シャーロック・ホームズ人物解剖図鑑

絵と文／えのころ工房

X-Knowledge

はじめに

1887年に誕生し、現在も世界中で人気の〈シャーロック・ホームズ〉。アーサー・コナン・ドイルによって書かれた60編の原作小説は、ファンの間で「正典（canon）」とも呼ばれ楽しまれています。不思議な事件の数々、鮮やかな謎解き、ホームズとワトスンの友情などなど……シリーズの魅力を挙げればキリがありませんが、各作品を彩る個性的な登場人物たちもそのひとつであることは間違いないでしょう。

本書では、正典に登場するそんな人物たちに焦点をあて、正典に書かれている描写に出来るだけ忠実に、時には映像化作品などの力を借りつつ、独自の解釈を加えながらヴィジュアル化することを試みました。熱心なホームズファンの中には「キャラのイメージが違う！」と違和感を持たれる方もおられると思いますが、そこは「著者はこんなイメージで読んでいるんだな」と寛大な気持ちで眺めていただけると幸いです。

また、本書では〈ホームズ〉の「基本」が分かる本にしたいと考え、物語のあらすじや注目ポイントなども取り上げてみました。そして事件の核心部分は【ネタバレ無し】を前提に、日付や曜日など正典内の矛盾がある点

もそのまま載せ「正典に書いてあることをおさらいできる本」を目指しています。
　この本が少しでも、〈ホームズ〉の世界がより身近により楽しく感じる手助けになれば幸いです。

【お断り】

●内容について……本書の内容は、ホームズ・シリーズの原文（初出時）にもとづいています。

●用語について……本書で使用するホームズ・シリーズの邦題及び人名などの固有名詞については、光文社文庫《新訳シャーロック・ホームズ全集》（日暮雅通訳）に準拠させていただいております。

●タイトル表記について……『』は長編及び短編集（単行本）など、「」は短編など、〈〉は雑誌など。

●略称について……「1章」「2章」のページ左端にある4文字のアルファベットは、作品タイトルの略称です。（例：『緋色の研究』↓STUD）

●価格表示について……本書では、英国通貨が登場した際には円表示も合わせて記載しております。国も時代も物価も違う状況で正確な価格表示が難しいことは重々承知しておりますが、物語の中の金銭感覚を少しでも感じていただけたら…という趣向です。円換算は光文社文庫《新訳シャーロック・ホームズ全集》の「あとがき」などを参考にさせていただき、1ポンド＝2万4千円といたしました。
⇒P142【アイテム／英国の貨幣】もご参照ください

●アイコンについて
・登場人物の顔アイコンは、その人物が作中で推理したり、観察したりした際の証言です。
・豆は豆知識を表しています。

contents
目次

●正典（原作）の短編集は、以下の略称を使っています。
『シャーロック・ホームズの冒険』→『冒険』
『シャーロック・ホームズの回想』→『回想』
『シャーロック・ホームズの生還』→『生還』
『シャーロック・ホームズ最後の挨拶』→『挨拶』
『シャーロック・ホームズの事件簿』→『事件簿』

ブックデザイン
米倉英弘（細山田デザイン事務所）
横村 葵
DTP
竹下隆雄
印刷
シナノ書籍印刷

序章

主要な登場人物とその身辺

世界一の名探偵シャーロック・ホームズとその相棒ジョン・H・ワトスン。彼らはどんな人物なのか？正典（原作）を紐解き、そこに記された姿を大解剖！

また、ふたりの大家であるハドスン夫人とスコットランド・ヤードに所属するレストレードといったお馴染みのキャラクターにも注目！

そして、ベイカー街221Bの居間の様子や、ホームズとワトスンが駆け回ったヴィクトリア時代のロンドン地図など――〈ホームズ〉の世界を楽しむための基本情報を紹介します。

【お断り】
※この本の中で取り上げる物語に書いてある特徴は青字、それ以外は黒字にしています。黒字で書かれた物語については、P212、P214【作品一覧】をご参照ください。

シャーロック・ホームズ

Sherlock Holmes

諮問探偵（コンサルティング・ディテクティブ）‥ベイカー街221Bに下宿し、その居間を事務所代わりに使っている。警察や他の探偵から持ち込まれる事件のほか、評判を聞いて訪れる一般市民の相談にも応じる。優れた直観力・観察力・豊富な犯罪知識を駆使し、事件を解決へと導く。

細い顔
（「緑柱石の宝冠」ほか）
黒い髪（「踊る人形」）
射るようにするどい眼
（『緋色の研究』ほか）
灰色の瞳
（『バスカヴィル家の犬』ほか）
肉の薄いワシ鼻
（『緋色の研究』「赤毛組合」）
角ばって突き出たあご
（『緋色の研究』）
筋肉質な前腕
（『四つの署名』）
ねじ曲がった
火かき棒をまっすぐに
直せるほどの腕力
（「まだらの紐」）
細く長い指
（「赤毛組合」
「オレンジの種五つ」
ほか）
手先が驚くほど器用
（『緋色の研究』）
痩せている
（『緋色の研究』
「ボヘミアの醜聞」
「花婿の正体」
「ボスコム谷の謎」
ほか）
痩せている膝
（「赤毛組合」）
細くて長い足
（「独身の貴族」
「ぶな屋敷」）
黒い眉
（「ボスコム谷
の謎」ほか）
こけたほほ
（「背中の
曲がった男」）
痩せた腕
（『四つの署名』ほか）
薄い唇
（「空き家の冒険」）
6フィート
（約182cm）
以上の身長
（『緋色の研究』
ほか）
背が高い
（「ボヘミアの醜聞」
「ボスコム谷の謎」
ほか）

Profile

- 生年月日不明
- あるカレッジで2年間を過ごした（「グロリア・スコット号」）
- 家族関係は、7歳年上の兄マイクロフト、フランスの芸術家ヴェルネの姉もしくは妹※にあたる祖母（ともに「ギリシャ語通訳」）、バーナーという遠縁の医者（「ノーウッドの建築業者」）がいる、ということ以外は謎

※：原文では「sister」のみの表記のため姉か妹かは不明です。

音楽好き

コンサートやオペラなどに度々足を運ぶほどの音楽好き。自身のヴァイオリンの腕前もなかなかのものだが、時間を選ばず演奏に熱中したりと、迷惑な一面もある。
⇒P097参照

癖

依頼人の話を聞く時は、両手の指先を合わせて目を閉じるのがホームズ流。

こんな状態ですが、しっかり聞いてます!

女性観

論理的思考の妨げになるので女性や恋愛といったものには無関心だが、女性を嫌悪しているわけではなく態度はいたって紳士的。

精力と無気力

ギラ
ギラ
心配…

事件や研究の時は、寝食も忘れて精力的に活動。

事件が終わるとその反動からか数日ほど無気力状態に。

⚠絶対に
マネしないように!!!

コカイン注射

事件がなく退屈に耐えきれなくなると、脳の刺激を求め麻薬のコカインに手を出してしまう困った悪癖がある。（当時は合法）

ヘビースモーカー

事件について黙考する時や、相棒ワトスンと歓談する時など、常にパイプ煙草が欠かせないホームズ。時にはあまりの煙の量にワトスンが火事と勘違いしてしまうことも。

化学実験マニア

犯罪捜査にも役に立つホームズの代表的な趣味。実験では悪臭を放つこともあり、同居人にとっては迷惑な一面も…。

証拠が台無しだよ

性格

相手の身分もおかまいなしに正直に物を言う性格。物事を正確に判断し、誇張も謙遜も良しとしない。ほめ言葉に弱い一面もある。

変装

ホームズが得意とする捜査法のひとつ。変装ついでにワトスンをからかうのも目的の一部かも…と思うこともしばしば。
⇒P063【Check Point／ホームズの変装】参照

バァ
君か?!!

運動

ボクシングや剣術、棒術（シングルスティック）は達人級。優れた身体能力の持ち主だが運動のための運動は好まない。

ジョン・H・ワトスン

John H.Watson

医師、伝記作家：シャーロック・ホームズの親友にして相棒。ホームズの人間性に魅かれ、ホームズの功績を世に広めるべく、事件を記録し発表している。

左腕を痛めている
動きがぎこちなく不自然だ

第二次アフガン戦争時の
「マイワンドの戦い」で銃撃を受け
肩を負傷（『緋色の研究』）
（下記【Check Point】参照）

くちひげ
（「海軍条約文書」「恐喝王
ミルヴァートン」ほか）

四角いあご
（「恐喝王ミルヴァートン」）

太い首
（「恐喝王ミルヴァートン」）

中背のがっしりした体格
（「恐喝王ミルヴァートン」）

四肢のどこかに
埋めて持ち帰った
ジェザイル銃弾の古傷が
天候の変化により
ズキズキとうずく
（「独身の貴族」）

ジェザイル銃で撃たれた
脚（右か左かは不明）の傷が
天候の変わり目になると痛む
（『四つの署名』）

ワトスンの容姿

ワトスンは、ホームズ・シリーズの中で自分自身の容姿のことはほとんど書いておらず、身長や髪の色などといった基本的な情報も分かっていません。

Profile

- 生年月日不明
- 1878年にロンドン大学で医学博士号を取得
- ネトリー陸軍病院で軍医の研修を受ける
- 第二次アフガン戦争（1878-1880）に軍医補として参加（第五ノーサンバーランド・フュージリア連隊→バークシャー連隊）。戦地で負傷後、腸チフスにかかり数か月間生死をさまよう
- 戦地から帰国後、シャーロック・ホームズと知り合い、ベイカー街221Bで共同生活を始める
- 英国に親類縁者はなく（『緋色の研究』）、父親と兄は亡くなっている（『四つの署名』）
- 時期や目的は不明だがオーストラリアに行ったことがある（『四つの署名』）

Check Point

マイワンドの戦い

Battle of Maiwand

第二次アフガン戦争中の1880年7月27日、アフガニスタン・カンダハル郊外の村マイワンドで行われた戦い。

アフガニスタンの首相の弟アユブ・カーンが起こした反乱を鎮圧するために派遣された英国軍・インド軍は、この土地で大敗。両軍双方ともに多くの戦死者・負傷者を出しました。

戦争体験

軍医として従軍した第二次アフガン戦争で大ケガをし、ジェザイル銃の弾を四肢のどこかに埋め込んだまま帰国。作中で、戦場での体験に言及することも多く、その影響の大きさを感じられる。

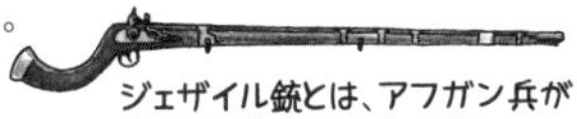

ジェザイル銃とは、アフガン兵が使用した先込式の歩兵銃

読書趣味

推理小説でのお気に入りの探偵は、デュパンとルコック（下記【Check Point】参照）。「オレンジの種五つ」では海洋冒険小説に夢中になるなど、専門書を読むホームズに比べ、ワトスンの読書は娯楽小説が目立つ。

Check Point

デュパンとルコック

Dupin & Lecoq

作家エドガー・アラン・ポーの〈探偵C・オーギュスト・デュパン〉が活躍する「モルグ街の殺人」(1841) は世界最初の推理小説と言われ、またエミール・ガボリオーの〈ルコック刑事〉が登場する『ルルージュ事件』(1866) は世界初の長編推理小説であり警察小説の祖とも言われています。この2人の作家によって推理小説の基本的な手法が確立され、ホームズなど後世の名探偵たちの大きな礎となりました。

エドガー・アラン・ポー
(Edgar Allan Poe 1809-1849)
アメリカ合衆国生まれ

エミール・ガボリオー
(Étienne Émile Gaboriau 1832-1873)
フランス生まれ

性格

正直で思いやりがあり、基本的に我慢強く温厚。自分の書いた物や観察力の無さをホームズにけなされることも多いが、腹を立てつつも素直に認めるなど度量も広い。また、ホームズの扱う事件が危険であるほど強く同行を願う、熱い心の持ち主でもある。

女性観

手記の中では女性（特に美人）への賛辞も多く、女性相手だとより親切で紳士的な印象。一目ぼれの相手に対しては動揺の余り支離滅裂になってしまう純情派でもある。

医師ワトスン

結婚を期にベイカー街を離れ町医者となるワトスン。「ボスコム谷の謎」や「技師の親指」などによると結構患者さんも多いようで、医者としても有能だったことが伺える。

喫煙

ホームズほどではないがワトスンも喫煙を好み、ホームズと出会った頃は「シップス」という強めの煙草を、その後は「アルカディア」煙草を愛好。

射撃

軍隊時代に支給された銃を所持。「ぶな屋敷」では動いている標的をしとめる腕前を披露。

ハドスン夫人

Mrs. Hudson

221Bの女主人：大家さんでありながら、食事やお茶の仕度、部屋の掃除、客の取り次ぎなどをこなし、ホームズやワトスンの生活を支えている。
　正典（原作）内では、台詞の中だけの場合と「下宿の女主人（landlady）」としか呼ばれていないがハドスン夫人であると思われる場合を含めて17作品に登場している。

Check Point

ハドスン夫人は謎の人？

Mrs. Hudson's Mystery

　ホームズ、ワトスンに継ぐ登場回数を誇る準レギュラーのハドスン夫人ですが、容姿や年齢に関する描写は全くなく、ファーストネームも不明です。また「夫人」と呼ばれていますが「夫」に関する情報も一切ありません。連載当時のシドニー・パジェットの挿絵にも1度も登場しておらず、シリーズ屈指の謎の人と言ってもいいでしょう。

	登場作品 ※＝下宿の女主人（landlady）表記
長編	※緋色の研究
長編	四つの署名
冒険	※ボヘミアの醜聞
	※オレンジの種五つ（台詞の中のみ登場）
	青いガーネット（台詞の中のみ登場）
	まだらの紐（台詞の中のみ登場）
回想	海軍条約文書
生還	空き家の冒険
	踊る人形
	ブラック・ピーター
	第二のしみ
長編	恐怖の谷
挨拶	ウィステリア荘
	レディ・フランシス・カーファクスの失踪（台詞の中のみ登場）
	瀕死の探偵
事件簿	マザリンの宝石（台詞の中のみ登場）
	三人のガリデブ

⇒P033【下宿の女主人】参照
⇒P060【ハドスン夫人】参照
⇒P081【Check Point／ターナー夫人】参照

レストレード

Lestrade

スコットランド・ヤードの警察官：ロンドンを拠点として活動しているホームズとは度々事件で顔を合わせる。またレストレードの依頼でホームズが動くなど、一緒に事件を捜査するケースも少なくない。正典（原作）では、台詞の中のみの登場も含めて、最多登場回数14回を誇る警察官。

　正典第1作目の『緋色の研究』事件の段階でホームズともすでに知り合っており、ワトスンとともに住み始めたばかりの221Bにも度々訪れている。ファーストネームの頭文字は「G」（「ボール箱」）。

コソコソしたずるそうな目つき（「ボスコム谷の謎」）
ネズミのような顔（『緋色の研究』）
血色の悪い顔（『緋色の研究』）
ビーズ玉のような小さな黒い目（『緋色の研究』）
ブルドッグのような顔（「第二のしみ」）
痩せて引き締まった身体（『緋色の研究』「ボスコム谷の謎」ほか）
イタチを思わせる姿（『緋色の研究』「ボスコム谷の謎」ほか）
小柄（『緋色の研究』ほか）

Check Point

レストレードの階級は？

Lestrade's rank name

　「警部」としてお馴染みのレストレードですが、実は正典に登場する14作品中「警部（inspector）」と明記されているのは3作品のみで、他では肩書きの表記のみです（下表参照）。

　いつ警部に昇進したのかなどの詳細も作中では語られていません。

	登場作品	作中年代	階級表記（肩書き）
長編	緋色の研究	1881年	detective
長編	四つの署名（台詞の中のみ登場）	1887年	—
冒険	ボスコム谷の謎	1887年以後	detective
	独身の貴族	1887年	official detective
回想	ボール箱	1887年以後	detective officer
長編	バスカヴィル家の犬	1889年	detective / professional
生還	空き家の冒険	1894年	detective / official detective
	ノーウッドの建築業者	1894年	**inspector**/ detective
	恐喝王ミルヴァートン	年代不明	**inspector**
	六つのナポレオン像	年代不明	detective / official
	第二のしみ	年代不明	**inspector**
挨拶	ブルース・パーティントン型設計書	1895年	detective / professional
	レディ・フランシス・カーファクスの失踪	年代不明	—
事件簿	三人のガリデブ（台詞の中のみ登場）	1902年	—

⇒P034、P115、P183【レストレード】参照
⇒P140【COLUMN／警察官登場回数ランキング】参照

221Bの居間大解剖！

『緋色の研究』『四つの署名』『冒険』編

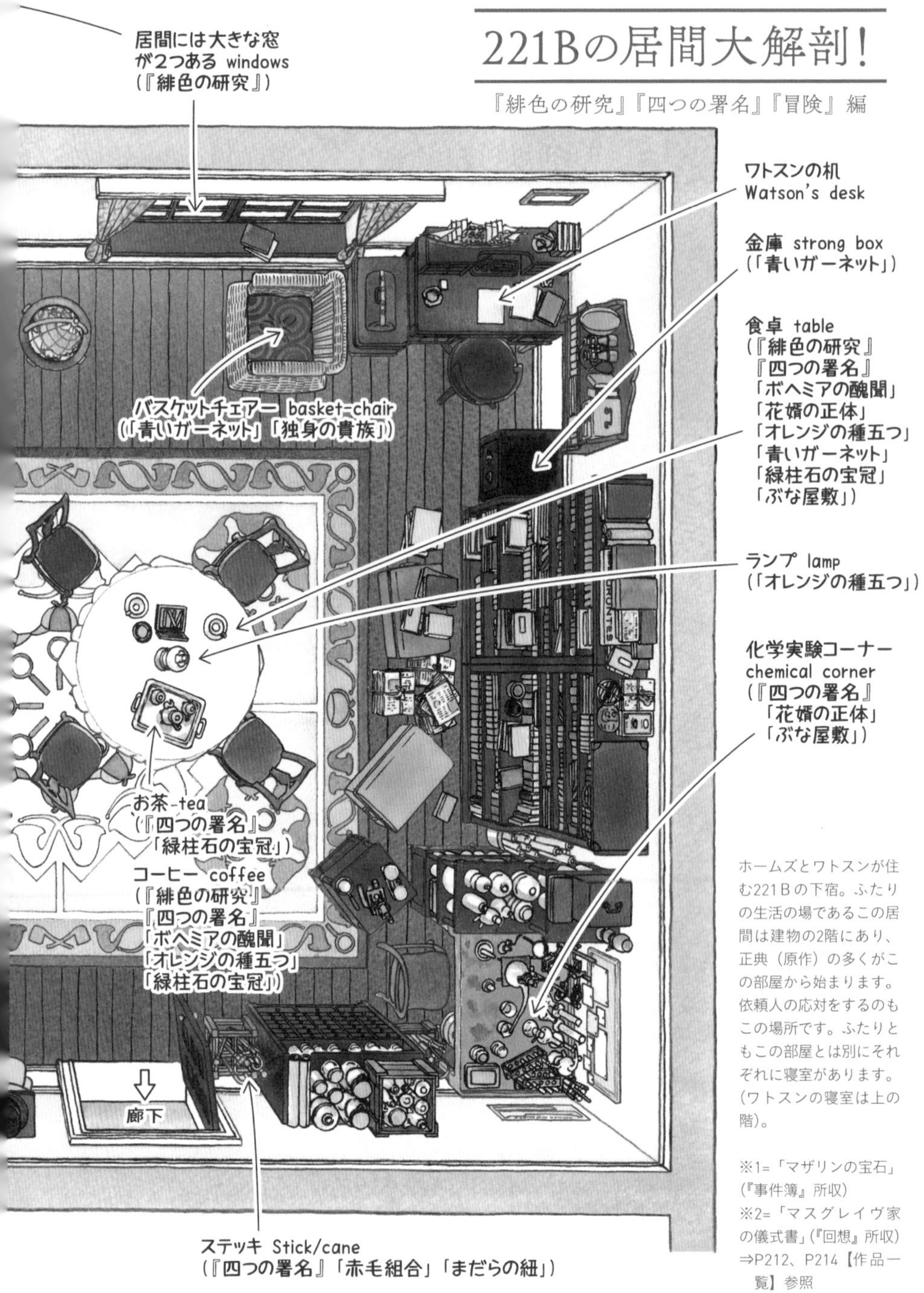

居間には大きな窓が2つある windows
(『緋色の研究』)
ワトスンの机
Watson's desk
金庫 strong box
(「青いガーネット」)
食卓 table
(『緋色の研究』
『四つの署名』
「ボヘミアの醜聞」
「花婿の正体」
「オレンジの種五つ」
「青いガーネット」
「緑柱石の宝冠」
「ぶな屋敷」)
ランプ lamp
(「オレンジの種五つ」)
化学実験コーナー
chemical corner
(『四つの署名』
「花婿の正体」
「ぶな屋敷」)
バスケットチェアー basket-chair
(「青いガーネット」「独身の貴族」)
お茶 tea
(『四つの署名』
「緑柱石の宝冠」)
コーヒー coffee
(『緋色の研究』
『四つの署名』
「ボヘミアの醜聞」
「オレンジの種五つ」
「緑柱石の宝冠」)
廊下
ステッキ Stick/cane
(『四つの署名』「赤毛組合」「まだらの紐」)

ホームズとワトスンが住む221Ｂの下宿。ふたりの生活の場であるこの居間は建物の2階にあり、正典（原作）の多くがこの部屋から始まります。依頼人の応対をするのもこの場所です。ふたりともこの部屋とは別にそれぞれに寝室があります。（ワトスンの寝室は上の階）。

※1＝「マザリンの宝石」（『事件簿』所収）
※2＝「マスグレイヴ家の儀式書」（『回想』所収）
⇒P212、P214【作品一覧】参照

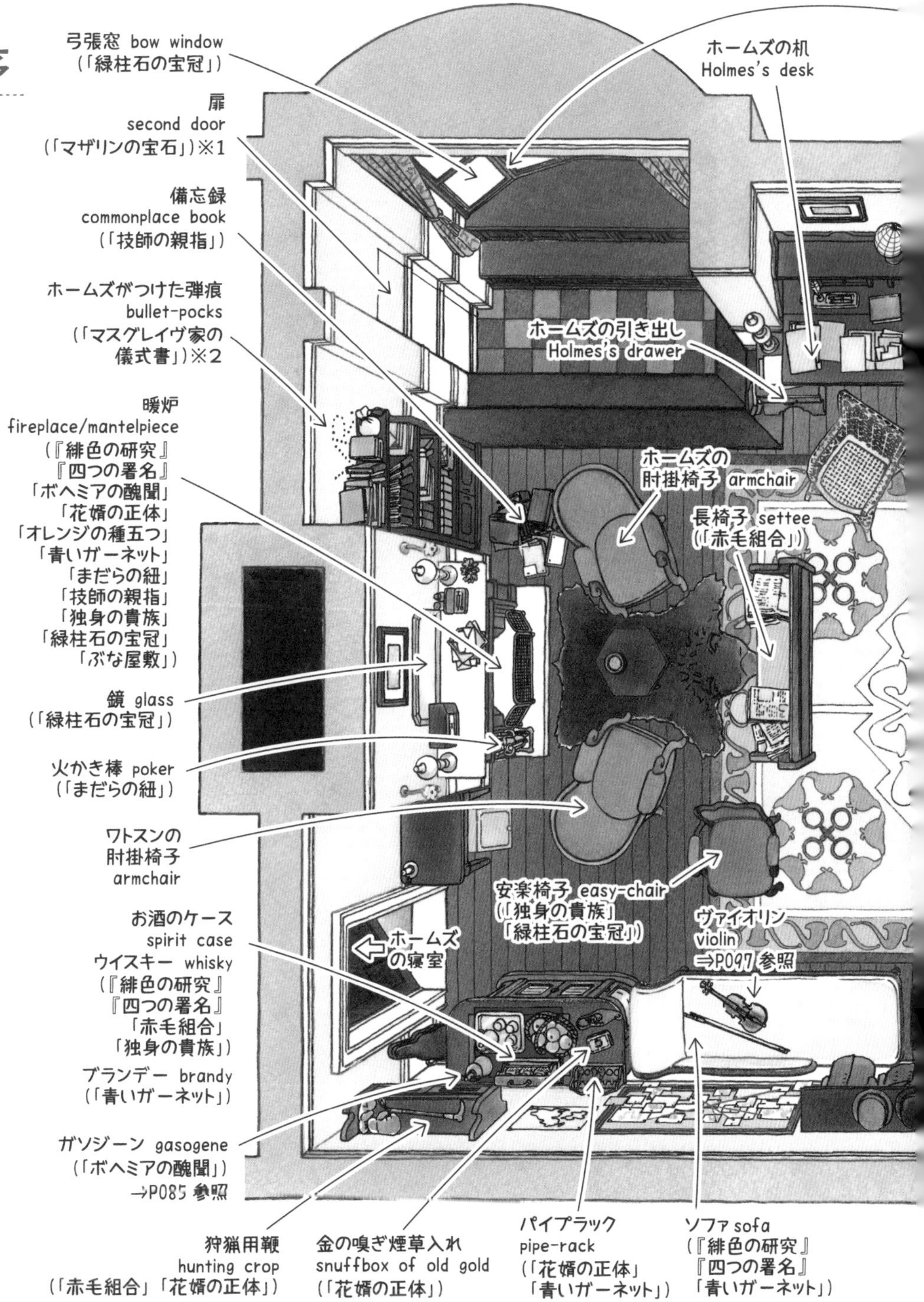
弓張窓 bow window
(「緑柱石の宝冠」)
扉
second door
(「マザリンの宝石」)※1
備忘録
commonplace book
(「技師の親指」)
ホームズがつけた弾痕
bullet-pocks
(「マスグレイヴ家の
儀式書」)※2
暖炉
fireplace/mantelpiece
(『緋色の研究』
『四つの署名』
「ボヘミアの醜聞」
「花婿の正体」
「オレンジの種五つ」
「青いガーネット」
「まだらの紐」
「技師の親指」
「独身の貴族」
「緑柱石の宝冠」
「ぶな屋敷」)
鏡 glass
(「緑柱石の宝冠」)
火かき棒 poker
(「まだらの紐」)
ワトスンの
肘掛椅子
armchair
お酒のケース
spirit case
ウイスキー whisky
(『緋色の研究』
『四つの署名』
「赤毛組合」
「独身の貴族」)
ブランデー brandy
(「青いガーネット」)
ガソジーン gasogene
(「ボヘミアの醜聞」)
→P085 参照
狩猟用鞭
hunting crop
(「赤毛組合」「花婿の正体」)
金の嗅ぎ煙草入れ
snuffbox of old gold
(「花婿の正体」)
パイプラック
pipe-rack
(「花婿の正体」
「青いガーネット」)
ソファ sofa
(『緋色の研究』
『四つの署名』
「青いガーネット」)
ホームズの机
Holmes's desk
ホームズの引き出し
Holmes's drawer
ホームズの
肘掛椅子 armchair
長椅子 settee
(「赤毛組合」)
安楽椅子 easy-chair
(「独身の貴族」
「緑柱石の宝冠」)
ヴァイオリン
violin
⇒P097 参照
ホームズ
の寝室

221Bを彩るアイテムたち

▲ワトスンの銃

ホームズも頼りとしているワトスンの軍用拳銃。『四つの署名』ではワトスンの机にしまわれていました。ちなみに、正典（原作）内では銃の種類は明記されていませんが、ワトスンが軍属だった1878～1880年に英国陸軍の制式拳銃だったのは、アダムス・マークⅢでした。

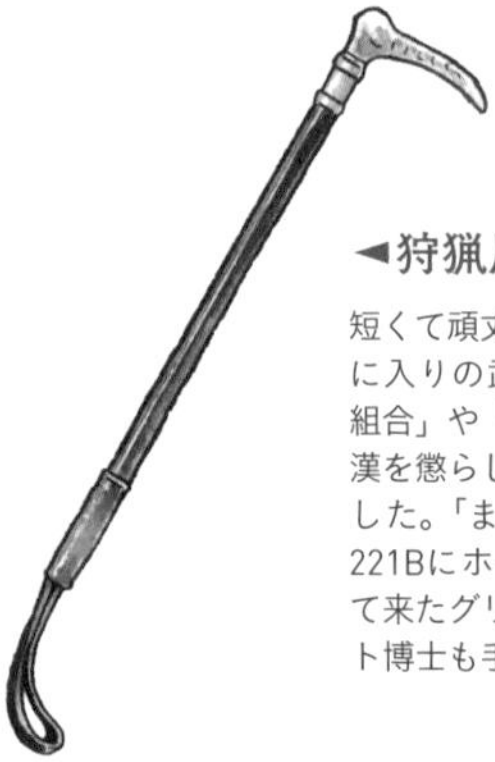

◄狩猟用鞭

短くて頑丈な鞭。ホームズお気に入りの武器のひとつ。「赤毛組合」や「花婿の正体」で、悪漢を懲らしめるために使用しました。「まだらの紐」 では、221Bにホームズを脅しにやって来たグリムズビー・ロイロット博士も手に持っていました。

▲ガソジーン

家庭用の炭酸水製造器。「ボヘミアの醜聞」では、久しぶりに221Bを訪れたワトスンに、ホームズが酒の台とガソジーンを指差し薦めました。ウイスキーのソーダ割りは、221Bを訪れた人たちにもふるまわれています。

⇒P085【アイテム／ガソジーン】参照

►肘掛椅子

暖炉の前の肘掛椅子は、ホームズの定位置ともいえる場所。ひとりでくつろいだり、ワトスンと談笑したり、依頼人の話を聞いたり、と大活躍している椅子です。

►化学実験器具

ホームズの探偵業にも大いに役立っている化学実験。 ホームズの実験机はさしずめ、221Bの「科捜研」といったところでしょうか。思えばワトスンとの運命的な出会いも、この趣味があったればこそ！とも言えますね。

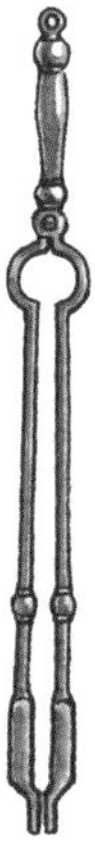

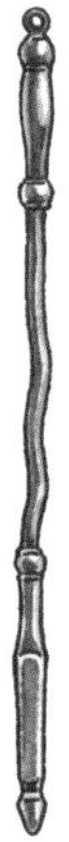

火かき棒►

暖炉やストーブから、燃え殻や灰を掻き出す時に使う道具。「まだらの紐」で怪力ロイロット博士に捻じ曲げられ、ホームズによって元に戻された火かき棒。この事件は1883年のことですから、ベイカー街に住んで2年でこんな姿になっちゃったんですね。

◄火ばさみ

「ぶな屋敷」で、ホームズは燃える石炭を火ばさみでつまみあげ、パイプに火をつけていました。

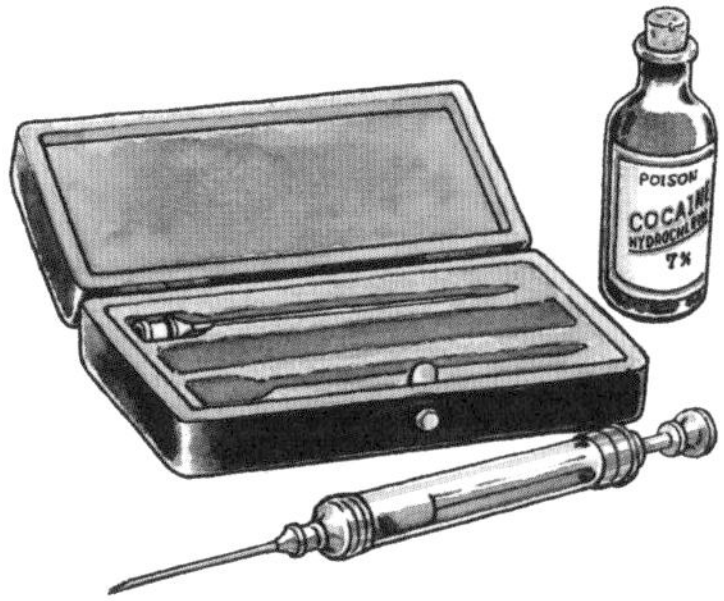

▲コカイン&皮下注射器

ホームズがコカインを皮下注射するための道具。ホームズには、事件の依頼がなく退屈に耐えられなくなると、コカインに走ってしまう悪い癖があります。コカインはヴィクトリア時代には合法でしたが、ワトスンは医者として中毒の危険性に気がついており、『四つの署名』ではコカイン注射をするホームズを強く諫めています。

▲備忘録

ホームズが作っている備忘録は、量と範囲があまりに膨大で、別に索引を作らなければならなくなるほど。『四つの署名』の中でホームズは探偵の条件として、観察力・推理力・知識の3つをあげていますが、この備忘録はその「知識」の結晶といったところでしょうか。

▼金の嗅ぎ煙草入れ

大きな紫水晶《アメジスト》をあしらった金の嗅ぎ煙草入れ。ワトスン曰く「ホームズの質素な生活ぶりにそぐわない」この品は、「ボヘミアの醜聞」事件解決後にボヘミア国王から贈られたものであることが「花婿の正体」で語られています。

▲金庫

「青いガーネット」で宝石〈青いガーネット〉を一時保管するのに使用。

▼ソファ

ソファは、221Bの居間で1番のくつろぎスペース。事件や研究が一段落して無気力状態のホームズがグッタリしたり、疲労困憊のワトスンがホームズのヴァイオリンの調べを聴きながら仮眠をとったりしています。

ヴィクトリア時代

ロンドン近郊MAP

『緋色の研究』『四つの署名』『冒険』編

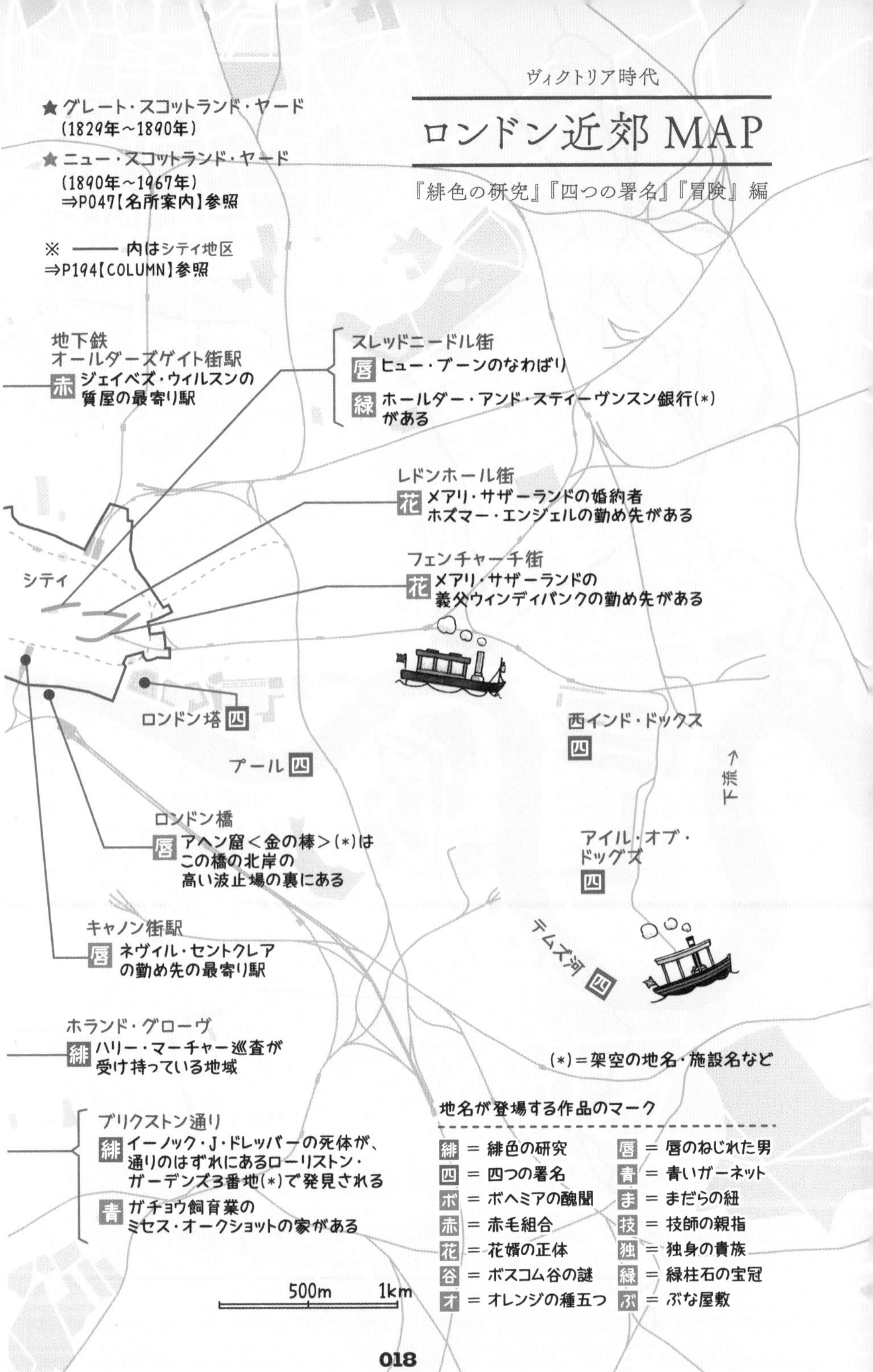

★グレート・スコットランド・ヤード
(1829年～1890年)
★ニュー・スコットランド・ヤード
(1890年～1967年)
⇒P047【名所案内】参照
※ —— 内はシティ地区
⇒P194【COLUMN】参照
地下鉄
オールダーズゲイト街駅
赤 ジェイベズ・ウィルスンの質屋の最寄り駅
スレッドニードル街
唇 ヒュー・ブーンのなわばり
緑 ホールダー・アンド・スティーヴンスン銀行(*)がある
レドンホール街
花 メアリ・サザーランドの婚約者ホズマー・エンジェルの勤め先がある
フェンチャーチ街
花 メアリ・サザーランドの義父ウィンディバンクの勤め先がある
シティ
ロンドン塔 四
西インド・ドックス
四
プール 四
下流→
ロンドン橋
唇 アヘン窟＜金の棒＞(*)はこの橋の北岸の高い波止場の裏にある
アイル・オブ・ドッグズ
四
キャノン街駅
唇 ネヴィル・セントクレアの勤め先の最寄り駅
テムズ河 四
ホランド・グローヴ
緋 ハリー・マーチャー巡査が受け持っている地域
(*)＝架空の地名・施設名など
ブリクストン通り
緋 イーノック・J・ドレッパーの死体が、通りのはずれにあるローリストン・ガーデンズ3番地(*)で発見される
青 ガチョウ飼育業のミセス・オークショットの家がある
地名が登場する作品のマーク
緋 ＝ 緋色の研究
四 ＝ 四つの署名
ボ ＝ ボヘミアの醜聞
赤 ＝ 赤毛組合
花 ＝ 花婿の正体
谷 ＝ ボスコム谷の謎
オ ＝ オレンジの種五つ
唇 ＝ 唇のねじれた男
青 ＝ 青いガーネット
ま ＝ まだらの紐
技 ＝ 技師の親指
独 ＝ 独身の貴族
緑 ＝ 緑柱石の宝冠
ぶ ＝ ぶな屋敷
500m 1km

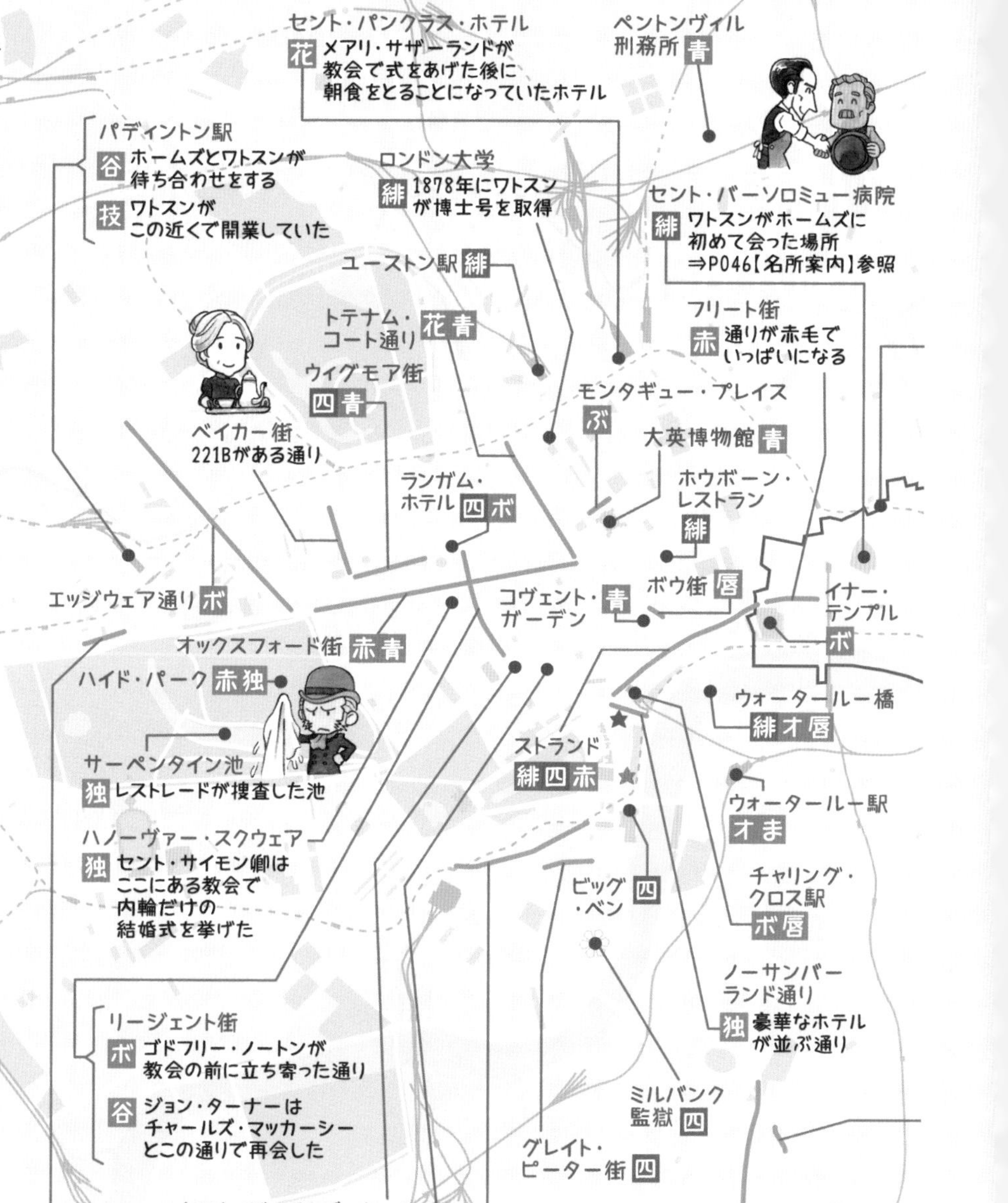
セント・パンクラス・ホテル
花 メアリ・サザーランドが教会で式をあげた後に朝食をとることになっていたホテル
ペントンヴィル刑務所 青
パディントン駅
谷 ホームズとワトスンが待ち合わせをする
技 ワトスンがこの近くで開業していた
ロンドン大学
緋 1878年にワトスンが博士号を取得
セント・バーソロミュー病院
緋 ワトスンがホームズに初めて会った場所
⇒P046【名所案内】参照
ユーストン駅 緋
トテナム・コート通り 花青
フリート街
赤 通りが赤毛でいっぱいになる
ウィグモア街
四青
モンタギュー・プレイス
ぶ
大英博物館 青
ベイカー街
221Bがある通り
ホウボーン・レストラン
緋
ランガム・ホテル 四ボ
ボウ街 唇
コヴェント・ガーデン 青
イナー・テンプル
ボ
エッジウェア通り ボ
オックスフォード街 赤青
ハイド・パーク 赤独
ウォータールー橋
緋オ唇
ストランド
緋四赤
サーペンタイン池
独 レストレードが捜査した池
ウォータールー駅
オま
ハノーヴァー・スクウェア
独 セント・サイモン卿はここにある教会で内輪だけの結婚式を挙げた
ビッグ・ベン 四
チャリング・クロス駅
ボ唇
ノーサンバーランド通り
独 豪華なホテルが並ぶ通り
リージェント街
ボ ゴドフリー・ノートンが教会の前に立ち寄った通り
谷 ジョン・ターナーはチャールズ・マッカーシーとこの通りで再会した
ミルバンク監獄 四
グレイト・ピーター街 四
セント・ジェイムズ・ホール
赤 サラサーテの演奏会があった
←上流
ヴィクトリア街
技 ヴィクター・ハザリーの事務所がある
クライテリオン・バー
緋 帰国したワトスンがスタンフォードと出会ったバー
ランカスター・ゲイト
独 アロイシャス・ドーランが買った屋敷がある

ヴィクトリア時代

ロンドン広域MAP

『緋色の研究』『四つの署名』『冒険』編

四 ホームズはここから
アセルニー・ジョーンズ
刑事宛てに電報を打った
アルバート・ドック
オ ローン・スター号(*)
が停泊していた
バーキング・レベル
の平坦地 四
西インド・
ドックス
四
ポプラ
ブラックウォール 四
プラムステッド湿地帯 四
アイル・
オブ・
ドッグズ
四
テムズ河 四
ウリッジ
グリニッジ
技 ヴィクター・ハザリーは
グリニッジにあるヴェナー・
アンド・マシスン社(*)
で7年見習いをした
デットフォード水域 四
四 オーローラ号(*)は
ウリッジへの
往復分ぐらいしか
燃料をつまずに
桟橋を出た
ペカム
唇 セントクレア夫妻の住む
<杉屋敷>(*)がある
リー
緋 指輪を取りに来た
老婆の娘サリーは
ペカムのメイフィールド・
プレイス(*)に
下宿している
赤字＝地区名
(*)＝架空の地名・施設名など
地名が登場する作品のマーク
四 ショルトー少佐が住んでいた
<ポンディシェリ荘>(*)がある
少佐亡き後は、息子のバーソロ
ミューが相続している
緋 ＝ 緋色の研究
四 ＝ 四つの署名
ボ ＝ ボヘミアの醜聞
赤 ＝ 赤毛組合
花 ＝ 花婿の正体
谷 ＝ ボスコム谷の謎
オ ＝ オレンジの種五つ
唇 ＝ 唇のねじれた男
青 ＝ 青いガーネット
ま ＝ まだらの紐
技 ＝ 技師の親指
独 ＝ 独身の貴族
緑 ＝ 緑柱石の宝冠
ぶ ＝ ぶな屋敷
5km

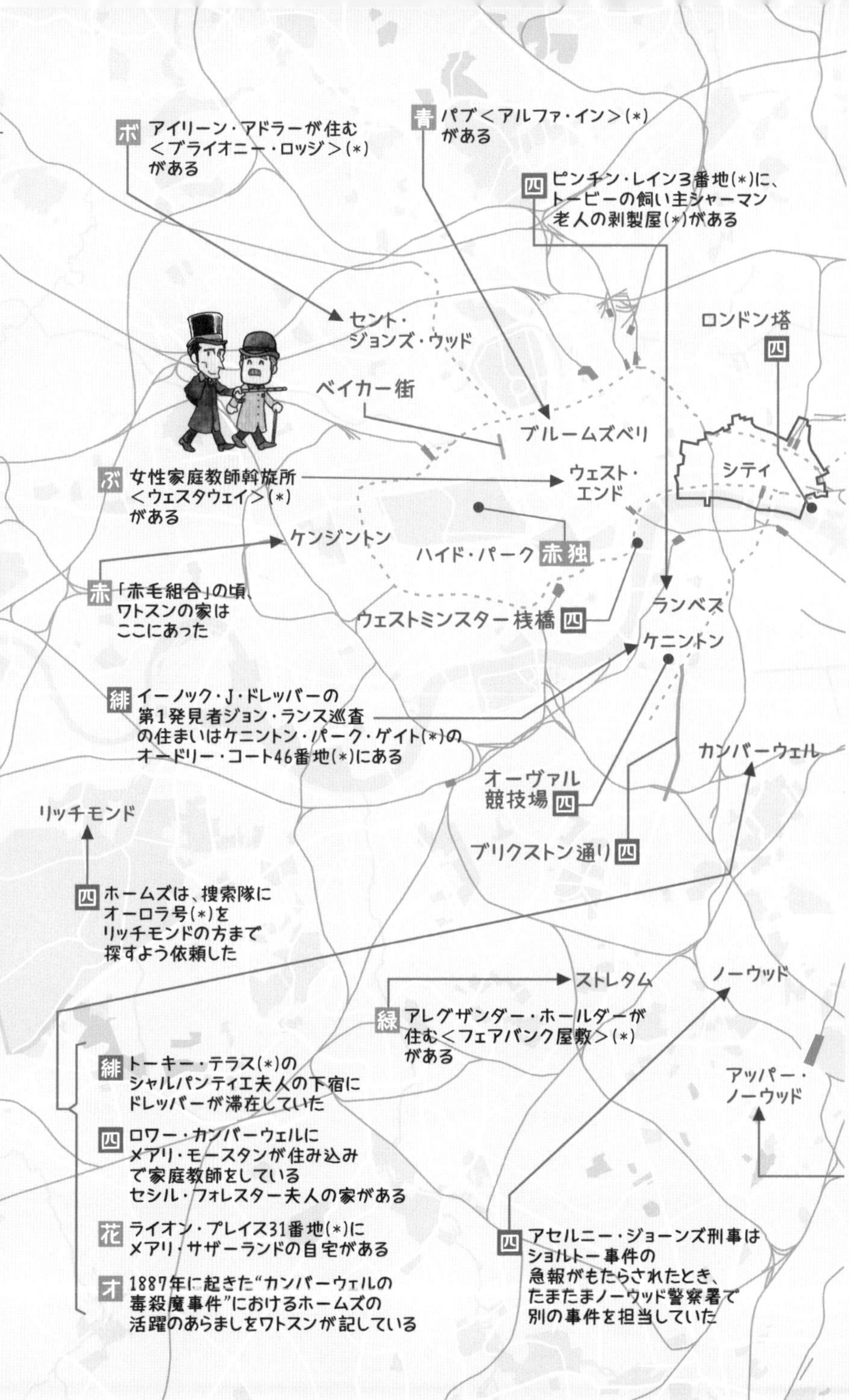
ボ アイリーン・アドラーが住む ＜ブライオニー・ロッジ＞(*) がある
青 パブ＜アルファ・イン＞(*) がある
四 ピンチン・レイン3番地(*)に、トービーの飼い主シャーマン老人の剥製屋(*)がある
セント・ジョンズ・ウッド
ロンドン塔 四
ベイカー街
ブルームズベリ
シティ
ぶ 女性家庭教師斡旋所 ＜ウェスタウェイ＞(*) がある
ウェスト・エンド
ケンジントン
ハイド・パーク 赤 独
赤 「赤毛組合」の頃、ワトスンの家はここにあった
ランベス
ウェストミンスター桟橋 四
ケニントン
緋 イーノック・J・ドレッバーの第1発見者ジョン・ランス巡査の住まいはケニントン・パーク・ゲイト(*)のオードリー・コート46番地(*)にある
カンバーウェル
オーヴァル競技場 四
リッチモンド
ブリクストン通り 四
四 ホームズは、捜索隊にオーロラ号(*)をリッチモンドの方まで探すよう依頼した
ストレタム
ノーウッド
緑 アレグザンダー・ホールダーが住む＜フェアバンク屋敷＞(*) がある
アッパー・ノーウッド
緋 トーキー・テラス(*)のシャルパンティエ夫人の下宿にドレッバーが滞在していた
四 ロワー・カンバーウェルにメアリ・モースタンが住み込みで家庭教師をしているセシル・フォレスター夫人の家がある
花 ライオン・プレイス31番地(*)にメアリ・サザーランドの自宅がある
オ 1887年に起きた"カンバーウェルの毒殺魔事件"におけるホームズの活躍のあらましをワトスンが記している
四 アセルニー・ジョーンズ刑事はショルトー事件の急報がもたらされたとき、たまたまノーウッド警察署で別の事件を担当していた

ヴィクトリア時代

グレートブリテン島MAP

『緋色の研究』『四つの署名』『冒険』編

② ダンディー Dundee
（スコットランド南東部の港町）

オ オレンジの種が入った第2の封筒は
ダンディーで投函されたものだった

⑤ クルー Crewe
（チェシャーの都市）

ま ヘレン・ストーナーの母親は、
クルーの近くで起きた
鉄道事故で亡くなった

⑥ チェスターフィールド Chesterfield
（ダービーの工業都市）

唇 ネヴィル・セントクレアの父親は
この都市の学校で教師をしていた

⑦ レディング Reading
（バークシャーの都市）

谷 ホームズは汽車がレディングを過ぎたあたりで
新聞を全部丸めて網棚に放り上げた

ま パーシー・アーミティジの家は、
レディングに近いクレーン・ウォーター(*)にある

技 ヴィクター・ハザリーは仕事を依頼され、レディングから
7マイル足らずのアイフォード駅(*)まで出かけた

⑧ ハロウ Harrow
（ミドルセックスの都市）

ま ヘレン・ストーナーのおばホノーリア・ウェストフェイルは、この近くに住んでいる

⑨ リッチモンド Richmond
（サリーの都市）

四 ホームズはベイカー街不正規隊にリッチモンドまで捜索するように指示した

⑩ リー Lee
（ケントの町）

唇 ネヴィル・セントクレアの＜杉屋敷＞(*)はこの町の近くにある

⑪ サリー Surrey

ま ロイロットの一族が先祖代々暮らす、＜ストーク・モーラン屋敷＞(*)がある
ロイロットの祖先は、イングランドでも有数の大富豪で
領地は一時期、北はバークシャー、西はハンプシャーまで広がっていた

⑪ レザーヘッド Leatherhead
（サリー北部の町）

ま レザーヘッドの駅は、ロイロットの
＜ストーク・モーラン屋敷＞(*)の最寄り駅

⑫ ホーシャム Horsham
（サセックスの町）

オ イライアス・オープンショーは
アメリカから帰国後、ホーシャム
の近くに屋敷をかまえた

⑬ ピータースフィールド Petersfield
（ハンプシャーの町）

独 セント・サイモン卿はハネムーンを
この近くにあるバックウォーター卿の
屋敷で過ごす予定だった

★＝ロンドン London

(*)＝架空の地名・施設名など

地名が登場する作品のマーク

緋 ＝ 緋色の研究	唇 ＝ 唇のねじれた男
四 ＝ 四つの署名	青 ＝ 青いガーネット
ボ ＝ ボヘミアの醜聞	ま ＝ まだらの紐
赤 ＝ 赤毛組合	技 ＝ 技師の親指
花 ＝ 花婿の正体	独 ＝ 独身の貴族
谷 ＝ ボスコム谷の謎	緑 ＝ 緑柱石の宝冠
オ ＝ オレンジの種五つ	ぶ ＝ ぶな屋敷

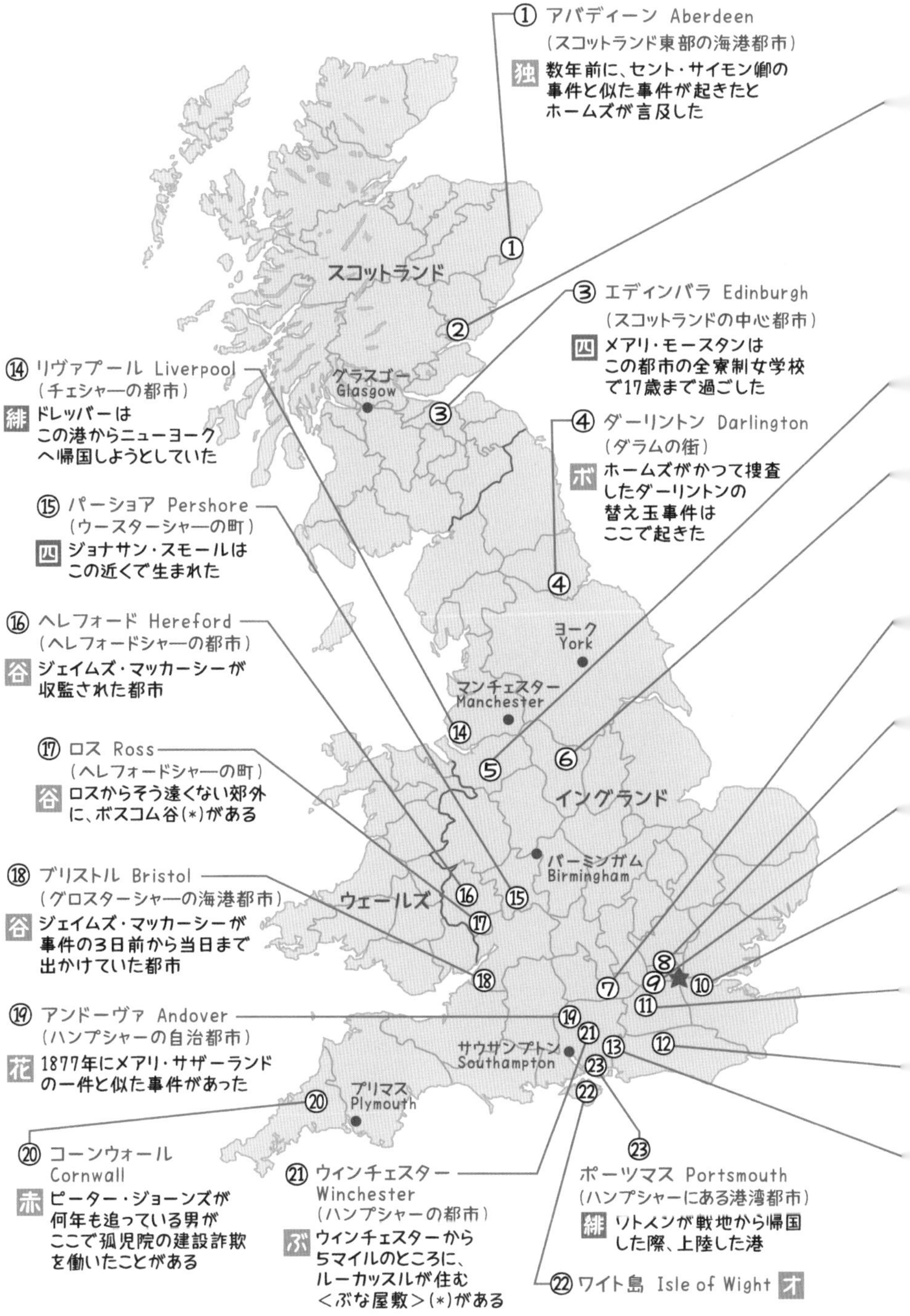
① アバディーン Aberdeen
(スコットランド東部の海港都市)
独 数年前に、セント・サイモン卿の事件と似た事件が起きたとホームズが言及した
スコットランド
③ エディンバラ Edinburgh
(スコットランドの中心都市)
四 メアリ・モースタンはこの都市の全寮制女学校で17歳まで過ごした
④ ダーリントン Darlington
(ダラムの街)
ボ ホームズがかつて捜査したダーリントンの替え玉事件はここで起きた
⑭ リヴァプール Liverpool
(チェシャーの都市)
緋 ドレッバーはこの港からニューヨークへ帰国しようとしていた
グラスゴー
Glasgow
⑮ パーショア Pershore
(ウースターシャーの町)
四 ジョナサン・スモールはこの近くで生まれた
⑯ ヘレフォード Hereford
(ヘレフォードシャーの都市)
谷 ジェイムズ・マッカーシーが収監された都市
ヨーク
York
マンチェスター
Manchester
⑰ ロス Ross
(ヘレフォードシャーの町)
谷 ロスからそう遠くない郊外に、ボスコム谷(*)がある
イングランド
バーミンガム
Birmingham
⑱ ブリストル Bristol
(グロスターシャーの海港都市)
谷 ジェイムズ・マッカーシーが事件の3日前から当日まで出かけていた都市
ウェールズ
⑲ アンドーヴァ Andover
(ハンプシャーの自治都市)
花 1877年にメアリ・サザーランドの一件と似た事件があった
サウサンプトン
Southampton
プリマス
Plymouth
⑳ コーンウォール
Cornwall
赤 ピーター・ジョーンズが何年も追っている男がここで孤児院の建設詐欺を働いたことがある
㉑ ウィンチェスター
Winchester
(ハンプシャーの都市)
ぶ ウィンチェスターから5マイルのところに、ルーカッスルが住む<ぶな屋敷>(*)がある
㉓ ポーツマス Portsmouth
(ハンプシャーにある港湾都市)
緋 リトメンが戦地から帰国した際、上陸した港
㉒ ワイト島 Isle of Wight オ

ベイカー街

Baker Street

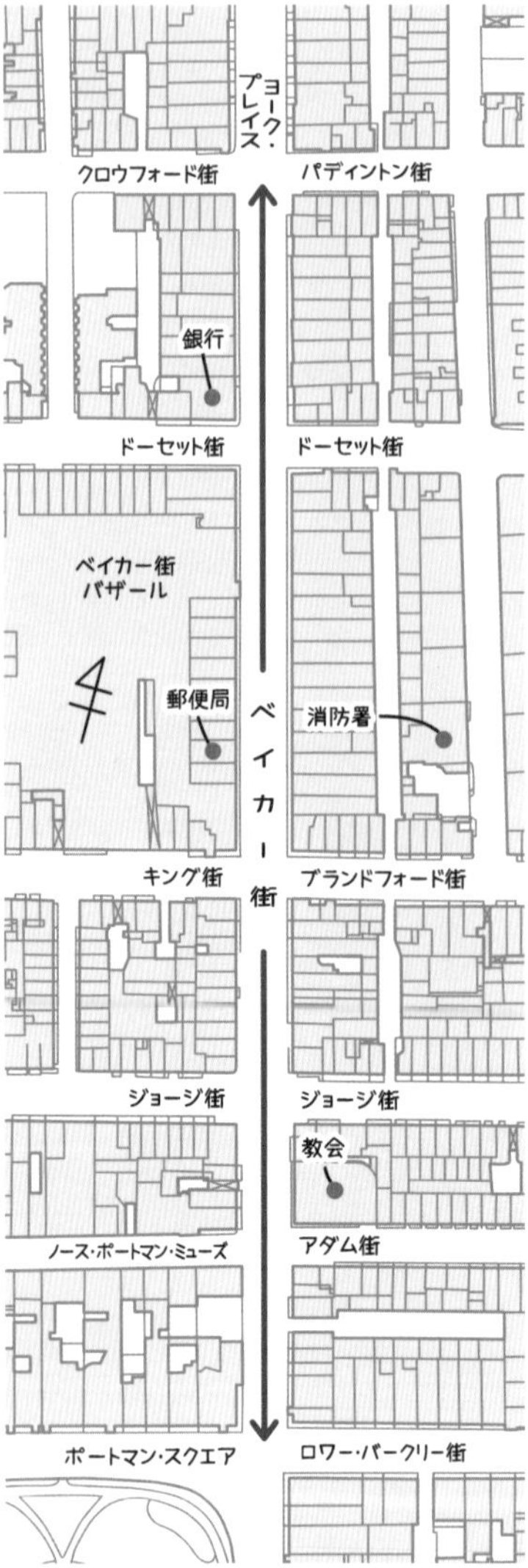
ヨーク・プレイス
クロウフォード街
パディントン街
銀行
ドーセット街
ドーセット街
ベイカー街バザール
郵便局
消防署
ベイカー街
キング街
ブランドフォード街
ジョージ街
ジョージ街
教会
ノース・ポートマン・ミューズ
アダム街
ポートマン・スクエア
ロワー・バークリー街

参考資料：「National Library of Scotland」サイト／ロンドンMAP1893年-1895年

世界一有名な通り

ホームズとワトスンが住んだことで世界的に有名な場所となったベイカー街は、ロンドンのマリルボーン区を南北に走る長さ400mほどの通りです。

ヴィクトリア時代のベイカー街には85番地までしかなかったため221番地は存在しませんでしたが、1921年に北側の「ヨーク・プレイス」、1930年にはさらにその先の「アッパー・ベイカー街」が「ベイカー街」に統合されたため番地が増え、221番地が登場しました。

ちなみに「221B」の「B」は、「ビス（bis・第2の）」という意味で補助的な住所を表しています。「221」にはハドスン夫人も住んでいるため、「B」でホームズ・ワトスンの部屋のことを差しました。

ところでホームズの時代には、「ヨーク・プレイス」の北端に位置しベイカー街とは繋がっていなかった「地下鉄ベイカー・ストリート駅」ですが、通りが統合されたため名実ともにベイカー街の駅になりました。駅出口にはホームズ像があり人気の観光スポットになっています。

1章

長編『緋色の研究』『四つの署名』の登場人物

シャーロック・ホームズ&ジョン・H・ワトスン。不滅の名コンビを引き合わせた運命の人物とは？

ワトスンがひと目惚れしたシリーズ屈指のヒロインとは？

長編として発表されたホームズ・シリーズ1作目『緋色の研究』と2作目『四つの署名』に登場する個性豊かなキャラクターたちを一挙紹介！

【長編】緋色の研究 A Study in Scarlet ／〈ビートンズ・クリスマス・マニュアル〉1887年

【長編】四つの署名 The Sign of Four ／〈リピンコッツ・マガジン〉1890年2月号

［お断り］
本書では、『四つの署名』を登場人物紹介の都合上、〈ロンドン編〉〈インド編〉の2つに分けていますが、正典（原作）は2部構成ではありませんのでご了承ください。

長編 01

緋色の研究

A Study in Scarlet

［依頼日］1881年3月4日（⇒P045参照）
［依頼人］トバイアス・グレグスン（警察）
［依頼内容］空き家で発生した殺人事件の捜査協力
［主な地域］ロンドン／ブリクストン通りローリストン・ガーデンズほか

その男 ぜひ紹介 してくれ！
え〜〜?!
あなた シャーロック・ホームズを 知りませんね!?
知ってる わけない けど
紹介しますけど あとで僕をうらんだり しないでくださいよ
問題のある 男なのかい？
そんなコトは ないです！
得体が知れない けどいい人ですよ！
医者では ないです
変人 だけどいい人です
医者では ないの？
セント・バーソロミュー病院
まあ とにかく
会ってみて ください
発見！ 大発見 だよ!!
ガチャ
ヘモグロビン ーーが…
えー
こちら ワトスン博士
そして シャーロック・ホームズ氏
はじめ まして！
お、あなた アフガニスタン に行っていま したね!!
ぎゅっ
えっ なぜ分かった んですか?!
その通り ですけど…
それは さておき
この実験 ですがー
ここに 血を一滴ー
見て見て
ほら この 反応!!
これが あったら
いや だから なぜ？
去年の あの 事件も
なかなか 高度な 実験です な
それから あの事件 だってー
あの ホームズさん
実はこの人 も下宿を 探して まして
あなたと 同居しても いいってー
イス どうぞ
コク
僕が見つけた 物件、ベイカー街 にあるんです
明日一緒に行って みましょう
わかりました じゃ明日！
ところで何で彼は 私のアフガニスタン 遠征のことが わかったんだ？
私は新しい友人との 新しく始まる生活 に胸をおどらせつつ 病院をあとにした
そういう人 なんです
何でも当て ちゃうんです

〈第一部〉

Story ワトスン&ホームズ、コンビで挑む初事件

ベイカー街221Bの下宿でワトスンとの共同生活を始めたホームズのもとへ、スコットランド・ヤードのグレグスンから助けを求める手紙が届きました。

ホームズはワトスンを連れ、事件現場の空き家へと向かいます。そこには、恐ろしい形相で体をねじ曲げ横たわる男の死体がありました。

死体に外傷はなく、壁に残された〝RACHE〟という血文字以外にこれといった手がかりも見当たらず、グレグスンと同僚のレストレードは完全にお手上げといった様子です。

しかし室内を丹念に調べ終えたホームズは、犯人の特徴をいくつか挙げ、犯行は毒によるものと断定したのでした。

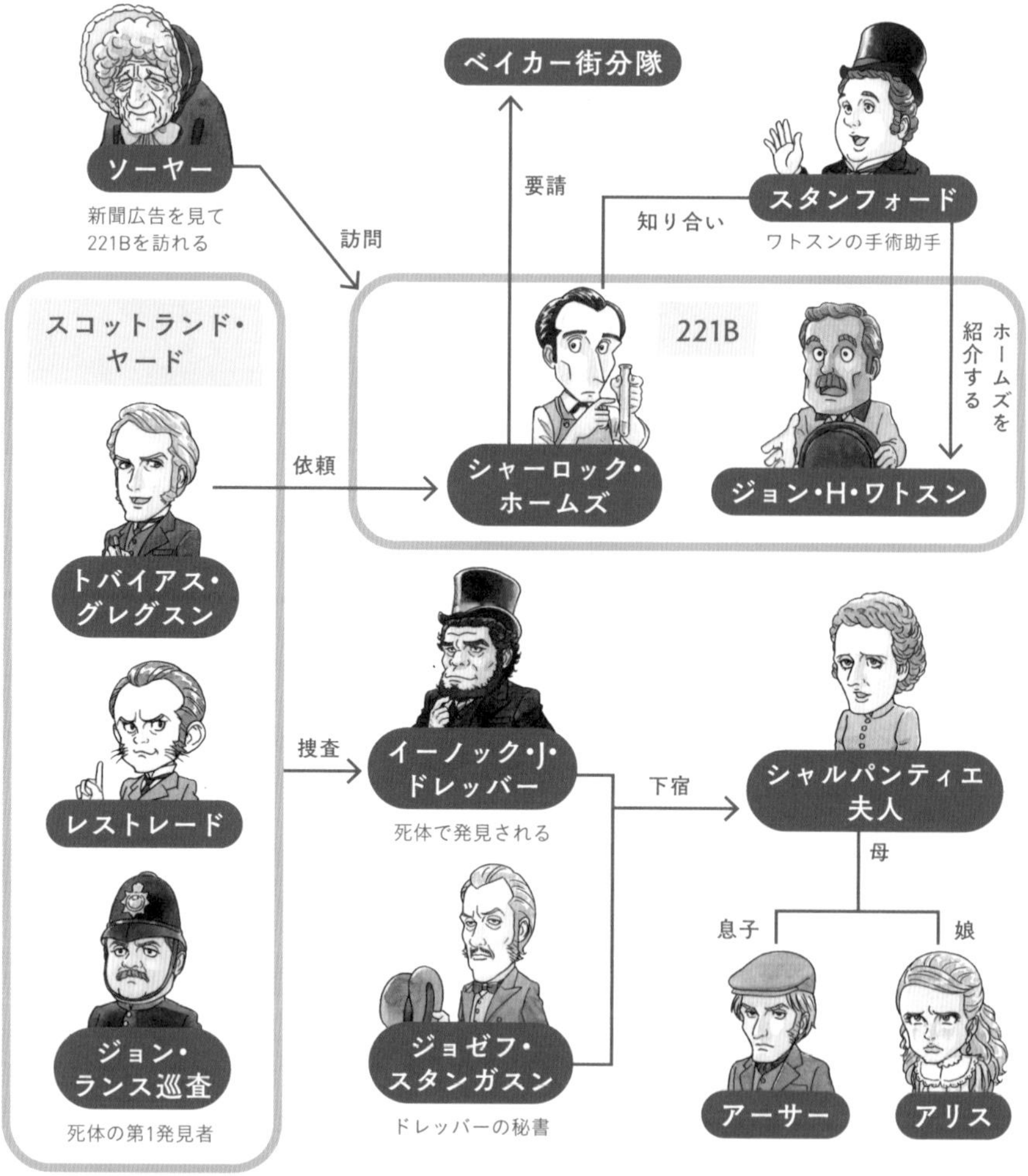

ベイカー街分隊
ソーヤー
新聞広告を見て221Bを訪れる
訪問
要請
スタンフォード
ワトスンの手術助手
知り合い
ホームズを紹介する
221B
シャーロック・ホームズ
ジョン・H・ワトスン
スコットランド・ヤード
トバイアス・グレグスン
依頼
レストレード
ジョン・ランス巡査
死体の第1発見者
捜査
イーノック・J・ドレッバー
死体で発見される
ジョゼフ・スタンガスン
ドレッバーの秘書
下宿
シャルパンティエ夫人
母
息子
娘
アーサー
アリス

マリィ
Murray

ワトスン付きの当番兵：英国軍が大苦戦を強いられた「マイワンドの戦い」のさなか、肩を負傷したワトスンを荷馬に乗せ、英国戦線まで連れ帰った。〈ホームズ〉の世界の大功労者。

マリィの勇敢かつ献身的な行動がなかったら、私は殺気立ったイスラム戦士の手に落ちていただろう。

スタンフォード
Stamford

ワトスンが戦地に赴く以前、セント・バーソロミュー病院に勤務していた際に、ワトスンの手術助手をしていた青年：下宿を探していたワトスンに、同居人を探していたホームズを紹介する。〈ホームズ〉の世界の大功労者。

⇒P046【名所案内／セント・バーソロミュー病院】参照

スタンフォードはクライテリオン・バーにひとり立っていた私の肩をたたいてくれた。彼とは特別親しかったわけではないが、荒漠たるロンドンでひとりぼっちだった私は、喜びのあまり、彼をホウボーン・レストランでの昼食へと誘った。

豆 クライテリオン・バー
Criterion Bar
ロンドンの中心地ピカデリーサーカスに建つクライテリオン・ホテル内に実在した高級バー。

豆 ホウボーン・レストラン
The Holborn
ロンドンのキングズウェイとハイ・ホウボーン通りの西側の角に実在したレストラン。クライテリオン・バーまでは、約1.3kmほどの距離がある。

便利屋
Commissionaire

元英国海兵隊軽歩兵隊の兵曹：ホームズに手紙を届けるため221Bを訪れる。

豆 兵曹
軍の階級区分は、国や時代によって違いがあるが、一般に少尉と伍長の間に位置する階級（軍曹や曹長など）をまとめて兵曹と呼ぶ。将校と兵とを仲介する役目を果たす。

典型的な
軍人のほおひげ
がっしりと
した体格
太い声
大きな
青い封筒
制服は繕《つくろ》いに
出している
⇒P149
【Check Point／
便利屋】参照
大きな青い
錨の刺青
ドスドスと階段を
のぼる重い足音
質素な身なり

ホームズの
〈どこから見ても海兵隊退役兵曹〉ポイント
- しっかりした真面目そうな中年の顔。
- 手の甲に通りの反対からでも確認できる大きな青い錨の刺青がある。
- 軍人特有の身のこなし、軍人典型のほおひげ。
- 頭の保ち方、杖の振り方に、少しばかり尊大で上から的な所がある。

シャーロック・ホームズ＝P008
ジョン・H・ワトスン＝P010

イーノック・J・ドレッバー

Enoch J. Drebber

事件の被害者：アメリカ人。ブリクストン通りローリストン・ガーデンズ3番地の空き家で死体となって横たわっている所を発見される。

被害者

見た目は43〜44歳
手入れの行き届いたシルクハット
細かく縮れた黒い髪
短く刈り込んだ濃いあごひげと突き出たあご
低い鼻
広い肩幅
純白のカラー
中肉中背
質のいいどっしりとしたブロードクロスのフロックコート
⇒P092豆参照
アルバート型の純金の鎖
⇒P107参照
【アイテム】参照
純白のカフス
薄い色のズボン
エナメルの靴

昼過ぎには酔っぱらってメイドばかりか娘のアリスにまで慣れ慣れしく接するので最悪でした。

豆ブロードクロス
Broadcloth
生地の織り方が緊密で柔らかな光沢がある平織物。アメリカではブロードクロス、英国ではポプリン(poplin)と呼ばれている。

イーノック・J・ドレッバーの遺留品

- ロンドンのバロード社製の金時計（No.97163）
- アルバート型の純金の鎖
- フリーメイスンの紋章入り金の指輪
  ⇒P094【COLUMN】参照

- ブルドッグの頭を形どり目玉にルビーを入れた金製のピン

- ロシア革の名刺入れ（名刺の表記は「クリーヴランド市　イーノック・J・ドレッバー」）
- ワイシャツ（E・J・Dのイニシャル入り）
- 現金7ポンド13シリング（約18万3千6百円）
- ボッカチオの『デカメロン』ポケット版（見返しにジョゼフ・スタンガスンの名入り）
- 手紙2通
- シルクハット（カンバーウェル通り129番地のジョン・アンダウッド父子商会の製品）

ジョゼフ・スタンガスン

Joseph Stangerson

イーノック・J・ドレッバーの個人秘書：アメリカ人。イーノック・J・ドレッバーと一緒にロンドンの下宿を出た後、ユーストン駅でドレッバーと一旦別れる。

下品で粗野なドレッバーさんと違って、物静かで控えめな方でした。

シャルパンティエ夫人＝P031

シャルパンティエ夫人

Madame Charpentier

トーキー・テラスで下宿屋を営んでいる未亡人：イーノック・J・ドレッバーとジョゼフ・スタンガスンに3週間ほど部屋を貸していた。

怪しいとピンときました！

私は夫人が真っ青なのに気がつきました。何か困り事を抱えているな…と。

アリス・シャルパンティエ

Alice Charpentier

シャルパンティエ夫人の娘：下宿を引き払ったはずのイーノック・J・ドレッバーが1時間ほどで戻ってきて、無理やり自分を連れていこうとするので怯える。

私は見逃しませんでした！

稀に見る美しい娘でしたが、目のあたりを真っ赤にし、話しかけるたびに唇をプルプルさせていました。

アーサー・シャルパンティエ

Arthur Charpentier

シャルパンティエ夫人の息子：海軍中尉。休暇で家に帰って来ていた。アリスに対するイーノック・J・ドレッバーのふるまいに腹を立て、取っ組み合いの末、逃げ出したドレッバーの後を追いかけた。

太い樫の棍棒

息子の高潔な性格や職業から言っても、疑うなんて許せません。

トバイアス・グレグスン＝P034

謎の人物

The murderer?

ホームズが推理によって導き出した犯人像に一致する人物：事件当夜ランス巡査とマーチャー巡査に、その翌日、ハリディ・プライベートホテルの近くにいた牛乳配達の少年に目撃される。

するどい黒い目
浅黒く日焼けした顔
ひげ
背が高い
茶色いコート

ホームズが現場に残されたものから推理した人物像

- 男盛り
- 身長6フィート（約182cm）以上
- 赤ら顔
- 右手の爪が伸びている
- トリチノポリ葉巻を吸う
- 長身の割に足が小さい
- 先が角ばった靴

ソーヤー

Mrs. Sawyer

老婆：ホームズが出した新聞広告を見て、犯罪現場に落ちていた指輪を娘サリーのものだと言い、受け取りに来た。

しょぼしょぼした目
耳障りな声
神経質に震える手
よろよろと引きずるような階段を上る足音

ブーツボーイ（雑用係）

The Boots

ハリディ・プライベートホテルの従業員：スタンガスンが宿泊していた部屋までレストレードを案内する。

牛乳配達の少年

A Milk boy

目撃者：搾乳場へ行く途中に、ハリディ・プライベートホテルの3階の窓からハシゴを使って降りて来た男を目撃する。

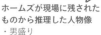

ウィギンズ

Wiggins

刑事警察のベイカー街分隊のリーダー

刑事警察のベイカー街分隊

The Baker Street division of the detective Police force

ホームズがロンドンでの調査の際に、頼りにしている浮浪児たち：ホームズは、ひとり1日1シリング（約千2百円）を渡し、捜査を依頼した。

⇒P060【Check Point／ベイカー街不正規隊】参照

警察1ダースよりも、あの子たちひとりのほうが探り上手だ。彼らならあらゆる場所へ行き、あらゆる事を聞き出せるからね。あと欲しいのは組織力だけさ。

この上なく汚れた、とびっきりのボロ服に身を包んだ浮浪児半ダースが、室内に飛び込んで来た。

テリヤ犬

The Terrier

221Bの女主人の飼い犬：随分前から病気で苦しんでおり、ワトスンは、下宿の女主人から早く楽にしてやって欲しいと頼まれていた。

白雪のような鼻づらは犬としての天寿を全うしていることを示していた。

下宿の女主人

The Landlady

221Bの女主人：刑事警察ベイカー街分隊の突然の来訪に困惑したり、ワトスンに病気で苦しんでいた老犬の安楽死をお願いしたりする。本作では名前の記載はない。

⇒P012【主要な登場人物／ハドスン夫人】参照

11時に下宿の女主人の寝室へ向かう堂々たる足音が、ドアの前を通り過ぎて行った。

221Bのメイド

Maid

221Bを訪れた老婆を玄関で応対する。

⇒P173【Check Point／221Bとワトスン家のメイド】参照

10時過ぎに寝室に向けてパタパタと歩みを進めるメイドの足音を聞いた。

トバイアス・グレグスン

Tobias Gregson

スコットランド・ヤードの警察官：ブリクストン通りのローリストン・ガーデンズ3番地で起きた殺人事件の調査をホームズに依頼する。

金髪（fair-haired）もしくは亜麻色の髪（flaxen-haired）
色が白い
背が高い

Check Point

トバイアス・グレグスン

Tobias Gregson

ホームズに「スコットランド・ヤードの中では腕利きの方だ」と言われる刑事。正典（原作）では、5作品に登場します。実際に活躍する『緋色の研究』「ギリシア語通訳」「ウィステリア荘」「赤い輪団」のほか、『四つの署名』では「毎度事件が手に負えなくなると僕のところに持ち込んで来る」と言うホームズの会話の中に登場しました。

⇒P140【警察官登場回数ランキング】参照

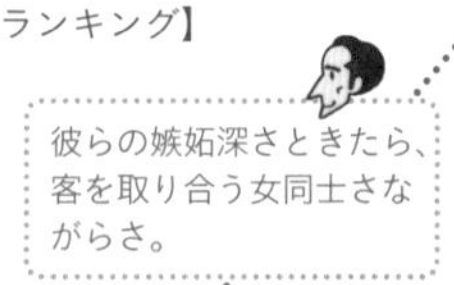

彼らの嫉妬深さときたら、客を取り合う女同士さながらさ。

レストレード

Lestrade

スコットランド・ヤードの警察官：トバイアス・グレグスンと一緒にローリンストン・ガーデンズ事件を担当。普段からホームズのもとを度々訪れている。本人の言によると勤続20年。

ビーズ玉のような小さな黒い目
血色の悪いネズミのような顔
2人ともスコットランド・ヤードきっての腕ききでね。ボンクラ軍団の中では拾いものってことさ。ただふたりとも機敏で精力的なんだが、話にならない程、型どおりでね。
小柄で痩せていてイタチを思わせる

Check Point

レストレード

Lestrade

⇒P013【主要な登場人物】参照
⇒P140【警察官登場回数ランキング】参照

ジョン・ランス巡査

Constable John Rance

スコットランド・ヤードの警察官：夜勤で巡回中、空き家の窓から明かりが漏れていることを不信に思い立ち寄り、ドレッバーの死体を発見する。通りで容疑者も目撃するが、ただの酔っ払いと思い込み、見のがしてしまう。ケニントン・パーク・ゲイトのオードリー・コート46番地在住。

お気の毒ですがランスさんそんなんじゃ警察では昇進できませんよ

ハリー・マーチャー巡査とふたりの警察官

Constable Harry Murcher and two more

スコットランド・ヤードの警察官：ハリー・マーチャーはホランド・グローヴ地区の受け持ち巡査。2時過ぎにランス巡査の呼子の音を聞き、他のふたりと現場へ駆けつける。

アーサーを逮捕した警察官

Two officers

スコットランド・ヤードの警察官：グレグスンに同行し、アーサー・シャルパンティエを逮捕する。

実在の人物

トマス・カーライル

Thomas Carlyle (1795-1881)

スコットランド、ダンフリーシャー生まれ／文学者、歴史家、評論家

ドイツ文学、哲学の影響を受け、ゲーテの『ヴィルヘルム・マイスター』の翻訳や『シラー伝』などを発表した。代表作は『フランス革命』（1837）、『英雄崇拝論』（1841）など。

私がトマス・カーライルを引き合いに出した時、彼はこの上ない無邪気さで、それは何をやった人なのかと質問してきた

ワトスンがまとめた〈ホームズの知識と能力「一、文学の知識—ゼロ」〉の根拠のひとつになったのは、ホームズのこの対応だった。

ウィルマ・ノーマン・ネルーダ

Wilma Norman-Neruda (1838-1911)

（現在のチェコ）モラヴィア州ブルノ生まれ／ヴァイオリニスト

7歳にして初めての公演をウィーンで行うなど、早くからヴァイオリニストとして活躍。ピアニストで指揮者のチャールズ・ハレ（Charles Hallé 1819-1895）の楽団に数多く出演した。

今日の午後は、ノーマン・ネルーダを聴きにハレの演奏会へ行きたいんだ

ホームズは、「彼女の“アタック（attack 音の出だし）”と“ボウイング（bowing 運弓法）”は実に素晴らしい」とネルーダを称賛した。

不滅のコンビの誕生

『緋色の研究』は、我らが名探偵シャーロック・ホームズの〝お披露目〟となる記念すべき作品です。

コナン・ドイルが初めて雑誌で発表した長編小説で、1887年の〈ビートンズ・クリスマス・アニュアル〉に掲載されました。

相棒ワトスン――と本作で呼ぶのはまだ早いかもしれませんが、ワトスンの〝語り部〟としての人生もここから始まります。

ワトスンとホームズの初めての出会いが語られ、お馴染みのベイカー街221Bでの共同生活がスタート。同居当初はホームズが何をしているか知らなかったワトスンですが、ホームズの口から諮問探偵《コンサルティング・デテクティブ》であることを告げられた直後にタイミング良く事件が舞い込み、初めてふたりで一緒に現場に向かうことになります。

今や世界中で知らぬ者のない不滅の名コンビの誕生です！

COLUMN

ビートンズ・クリスマス・アニュアル

Beeton's Christmas Annual

〈ビートンズ・クリスマス・アニュアル〉1887年号の表紙

〈ビートンズ・クリスマス・アニュアル〉は、英国で1860年〜1898年まで毎年発行されていた雑誌です。

第1作『緋色の研究』が掲載された1887年号は現存数が少なく、現在はレア本として貴重な存在になっています。2007年のサザビーズのオークションでは15万ドル以上の値がついたと言われています。

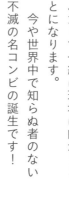

COLUMN

〈シャーロック・ホームズの知識と能力〉12箇条

一、文学の知識——ゼロ。
二、哲学の知識——ゼロ。
三、天文学の知識——ゼロ。
四、政治学の知識——きわめて薄弱。
五、植物学の知識——さまざま。ベラドンナ、アヘン、その他有毒植物一般にはくわしいが、園芸についてはまったく無知。
六、地質学の知識——限られてはいるが、非常に実用的。一見しただけでただちに各種の土壌を識別できる。（以下略）
七、化学の知識——深遠。
八、解剖学の知識——正確だが体系的ではない。
九、通俗文学の知識——幅広い。今世紀に起きたすべての凶悪犯罪事件に精通しているらしい。
一〇、ヴァイオリンの演奏に長《た》けている。
一一、棒術、ボクシング、剣術の達人。
一二、イギリスの法律に関する実用的な知識が豊富。

引用元：『緋色の研究　新訳シャーロック・ホームズ全集』（光文社文庫）

上記のリストは、『緋色の研究』でふたりが同居生活を始めて間もない頃、まだホームズの職業が明かされる前にワトスンがホームズについて書いたメモ書きです。このメモのきっかけは「文学者トマス・カーライルを知らない」と言ったホームズの言葉なのですが、その後ホームズは事件の現場で「天才とは無限に骨折りできる能力を言うそうだ（They say that genius is an infinite capacity for taking pains.）」とカーライルの言葉を引用しましたし、他にもシェイクスピアやゲーテの言葉を使い、文学の知識が「ゼロ」ではないところをたくさん披露しています。

「二、哲学」は、正確な知識量は分かりませんが「海軍条約文書」ではホームズが薔薇を手に独自の哲学を語ります。

「三、天文学」の知識「ゼロ」も、ホームズが地動説を知らなかったことにワトスンが驚いた結果なのですが、「ギリシャ語通訳」では「黄道の傾斜角度の変化」についてふたりで話をしているので、ホームズがワトスンをからかっただけなのかもしれません。

「四、政治学」の知識も、政治に関わる事件を多く手掛けていますし、「きわめて薄弱」とは思えません。

最初の4項目こそ外してはいますが、知り合って間もない段階でここまでホームズのことを観察できたワトスンはさすがホームズの伝記作家となる人物。なかなかの観察力と言ってもいいのではないでしょうか。

〈第二部〉

Story 1 アルカリの大荒野に男と少女は生き残った

1847年、北アメリカ内陸部の砂漠地帯をジョン・フェリアと幼い少女ルーシーはふたりきりでさまよっていました。川を求め移動する途中、飢えと渇きで家族や仲間たちを次々に失い、最後に生き残ったのがこのふたりだったのです。

そのふたりも死を覚悟し岩場で横になっていましたが、その時、大平原の彼方から砂塵とともに大幌《ほろ》馬車隊が現れました。武装した男たちに守られたその一団は安住の地を求めて旅をするモルモン教徒だったのです。

教義を信じる者には食べ物と飲み水を与えるという指導者の言葉を受けたフェリアはモルモン教の信徒となり、ルーシーを自分の娘として育てていくことを決意するのでした。

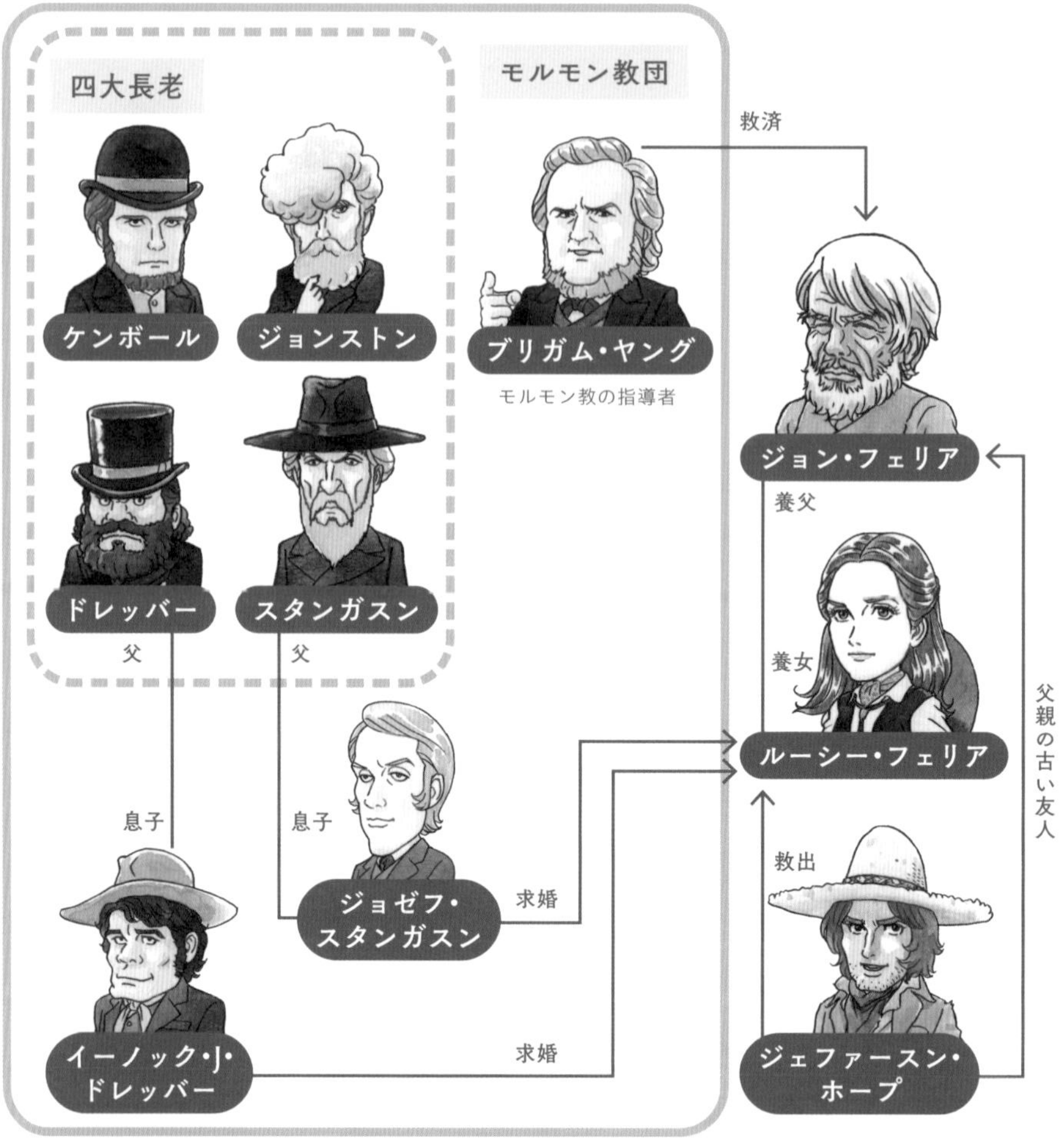

四大長老
モルモン教団
ケンボール
ジョンストン
ブリガム・ヤング
モルモン教の指導者
救済
ジョン・フェリア
ドレッバー
スタンガスン
父
父
養父
養女
ルーシー・フェリア
父親の古い友人
息子
息子
ジョゼフ・スタンガスン
求婚
救出
イーノック・J・ドレッバー
求婚
ジェファースン・ホープ

ジョン・フェリア（1847）

John Ferrier

アメリカの開拓者：水を求めて旅を続けてきたが、21人いた仲間は幼いルーシーと彼を除き全員死亡。ふたりで大平原をさまよっていた際、幌馬車で西部に移動するモルモン教団に遭遇した。入信することを条件に命を救われる。

落ちくぼんで
異様なまでに
光っている両目
長く伸びた
茶色い髪
骨に張りついた
羊皮紙のような皮膚
白髪が混じった
あごひげ
太い
しわがれた声
日に焼けた筋張った首
長身
だぶだぶの服
ガリガリに
痩せこけた体
骸骨のように細く
しなび切った手
金髪
ビロードの上着
褐色の目
ふんわりとした顔
澄んだ声
くびれてそばかすの
散った小さな手
白い腕
こざっぱりした
ピンク色の服
頑健な体質を
感じさせる
しっかり
した骨組
かわいらしいリネンのエプロン
白い靴下
ピカピカの
金具付きの
かわいい靴
ふっくらした白い足

豆 ビロード
veludo
天鵞絨とも書く、輪奈織《わなおり》の一種。別名ベルベット(velvet)。光沢があり、柔らかな肌ざわりで摩擦にも耐えるため、服や帽子、椅子など広く用いられている。

豆 リネン
linen
亜麻繊維を原料とした織物の総称。薄地で肌ざわりがよく吸水性がある。夏服やシーツ、タオル、ハンカチなどに用いられる。

ルーシー（1847）

Lucy

5歳ぐらいの少女：彼女ひとりを残して家族は死亡。ジョン・フェリアと共にモルモン教徒に助けられ、その後はジョン・フェリアの娘として育てられる。ラスト・ネームは不明。

ルーシー・フェリア（1860）

Lucy Ferrier

ジョン・フェリアの義理の娘：フェリア農場沿いの街道を通る旅人も足を止めて見とれるほどの美しい娘に成長。指導者ブリガム・ヤングが養父ジョンに対して、自分をモルモン教徒と結婚させるよう迫るのを立ち聞きする。

栗色の長い髪
色白
艶々したほほ
すらりとして
健やかな体つき
娘らしい
しなやかな
肢体
ホープに好意を持っている娘の気持ちを大事にしたい。
軽やかな足取り

奴らの妻となる娘を見るくらいなら
娘の墓を見て暮らす方がましだ！

ジョン・フェリア（1860）

John Ferrier

ルーシーの育ての親：有能で信頼できる人物としてモルモン教徒たちからの尊敬を得、ユタの広大な土地を与えられ大農場主となる。モルモン教の教義のひとつである一夫多妻制だけは頑なに拒否し、独身を通している。

Check Point

モルモン教

Mormons

正式名称は、「末日聖徒イエス・キリスト教会」（The Church of Jesus Christ of Latter-day Saints）。1830年に創立されたキリスト教系の新宗派。

初期には一夫多妻の主張などを理由に迫害され（1890年に廃止）、各地を転々としたが、1847年にソルトレーク・シティに移住し、発展した。

ジョン・フェリア＝ページ左

ジェファースン・ホープ（1860）

Jefferson Hope

カリフォルニア地方の開拓者：セントルイス出身。ネヴァダ山中での銀鉱脈探索からの戻り際《ぎわ》、ソルトレーク・シティの街はずれで牛の群れに巻き込まれたルーシーに出くわし、危機一髪で助け出す。
　父親とジョン・フェリアが親しい間柄で、ルーシーを助けた日の晩以後、自分もフェリア親子と親しく交際するようになる。

豆 ソンブレロ
sombrero
スペインや中南米のメキシコやペルー、アメリカ合衆国南西部などでかぶられている、頭頂部が高く突き出たつば広の帽子。麦わら、フェルト製、木の皮を編んだものなどがある。

大きなソンブレロ
黒い目
日焼けした野性的な顔立ち
背が高い

ポンチョ

Poncho

ルーシーの愛馬：牛の大群をものともせず突入するも、一頭の牛に角で脇腹を小突かれ取り乱し、ルーシーを乗せたまま跳ねまわってしまう。

ジョン・フェリアの考える好青年ポイント
- 立派なキリスト教徒の信頼できる青年。ルーシーも彼に好意を持っており、ふたりの結婚にも賛成している。
- 指導者ブリガム・ヤングから娘ルーシーとモルモン教徒との結婚を指示されたため、ネヴァダ山脈へと旅立ったホープに早く帰って来てくれるように手紙を出した。

ブリガム・ヤング（1847）
Brigham Young

モルモン教の指導者：モルモン教の開祖であるジョゼフ・スミスの死後、指導者に選ばれる。
　イリノイ州ノーヴーを追われ1万近い信者たちを率いて安住の地を求めて旅をしている。その長い旅路の途中、行き倒れになっていたジョン・フェリアとルーシーを発見、ふたりを救う。

見た目は
30歳ぐらいに
見える
大きな顔
毅然とした表情

砂色の髪
砂色の睫毛
がっしりとした
体格

ブリガム・ヤング（1860）
Brigham Yong

モルモン教の指導者：長い旅路の末たどり着いたユタの地に、有能な行政官としてソルトレーク・シティを作り上げる。
　ジョン・フェリアの家を訪れ、四大長老のスタンガスンかドレッバーの息子のどちらかと養女ルーシーを結婚させるように迫る。

四大長老
The four Principal Elders

モルモン教団の幹部

ケンボール
Kemball

ジョンストン
Johnston

スタンガスン
Stangerson
3人の妻と
息子ジョゼフがいる

ドレッバー
Drebber
息子イーノック
がいる

ジョゼフ・スタンガスン（1847）

Joseph Stangerson

モルモン教徒：12歳。四大長老スタンガスンのひとり息子。わがまま早熟。

この間父から製粉所を譲り受けたから、ジョゼフより僕の方が金持ち。

ジョゼフ・スタンガスン（1860）

Joseph Stangerson

モルモン教徒：ルーシーのもとを訪れ求婚する。イーノック・J・ドレッバーよりも年上で、教会でも上席に位置している。4人の妻を持つ。

父が亡くなったら、なめし工場や製皮工場が自分のものになる。

イーノック・J・ドレッバー（1860）

Enoch J. Drebber

モルモン教徒：四大長老ドレッバーのひとり息子。ジョゼフ・スタンガスンと共にルーシーのもとを訪れ求婚する。7人の妻を持つ。

クーパー

Cowper

モルモン教徒：ジェファースン・ホープと親しいモルモン教徒。

実在の人物

ジョゼフ・スミス・ジュニア

Joseph Smith, Jr. (1805－1844)

アメリカ合衆国バーモント州ウィンザー郡生まれ／モルモン教の開祖

天使モロニから啓示を受けたとして、『モルモン書』(The Book of Mormon)を執筆。1830年、モルモン教の団体を設立した。1844年にイリノイ州カーセージの獄中で反対派に殺害される。

ブリガム・ヤング

Brigham Young (1801－1877)

アメリカ合衆国バーモント州ホワイティンガム生まれ／モルモン教の指導者・政治家

⇒P042【ブリガム・ヤング】参照
⇒P040【Check Point／モルモン教】参照

ジョゼフ・スタンガスン＝ページ上段　イーノック・J・ドレッバー＝ページ中段

アメリカの大地が舞台

本作『緋色の研究』は、二部構成になっています。

前半の〈第一部〉ではロンドンで起きた怪事件を描き、後半の〈第二部〉では、その事件の根っことなる出来事を描くため舞台をアメリカ北西部に移し、時代も30年以上さかのぼったところから始まります。

そのため〈第二部〉では、ホームズたちの出番もめっきり減ってしまうのですが、西部開拓時代のユタの大地に生きる〈第二部〉の主人公たちも生き生きと描かれており、とても魅力的です。

ホームズ・シリーズの映像化作品はたくさんありますが、『緋色の研究』の映像作品は他の人気作に比べてかなり少なく、特にこのホームズとワトスンの出番がほぼ無くなる〈第二部〉をしっかり映像化したものは観たことがありません。

雄大なアメリカの大地を舞台に、ジョンとルーシーのフェリア父娘やジェファースン・ホープたちが躍動する姿を映像で観てみたいものです。

ソンブレロとライフル銃

COLUMN

〈ホームズ〉の時代のアメリカ

America in ‹Holmes› era

1776年に英国から独立したアメリカは、1846年に現在のアメリカ本土と呼ばれるエリアを獲得。1848年にカリフォルニアで金鉱が発見されると、空前のゴールドラッシュとなりました。

第1作『緋色の研究』の第二部の時代もちょうどその頃で、ルーシー・フェリアが住む街も金鉱を求めて行き来する人々の通り道となりました。ジェファースン・ホープも鉱山を探す旅の帰り道でルーシーと出会います。

「オレンジの種五つ」のイライアスは南北戦争に参加し、「独身の貴族」の花嫁ハティの父親はアメリカで金鉱を掘り当てて成功しました。他にも『バスカヴィル家の犬』『恐怖の谷』など、アメリカはホームズ・シリーズに何度も登場しています。

『緋色の研究』の事件の流れ

依頼日 1881年※1 3月4日（水）※2	2時	**ジョン・ランス巡査**：巡回中、空き家でドレッバーの死体を発見。
	朝食の頃	**ホームズ**：スコットランド・ヤードのグレグスンから殺人事件の捜査協力要請の手紙が届く。
	午前〜13時	**ホームズとワトスン**：グレグスンの待つ殺人現場に移動、検分を行う。
	午後	**ホームズとワトスン**：第1発見者ランス巡査の自宅を訪問し、聞き込みをする。
		ホームズとワトスン：昼食をとる。
		ホームズ：ノーマン・ネルーダの演奏会へ出かける。
		ワトスン：221Bに戻り、休憩をとる。
	夕食の頃	**ホームズ**：演奏会から帰宅。
	20時過ぎ	**ホームズ**：新聞広告を見た老婆が、221Bに指輪を受け取りに来る。
	21時前	**ホームズ**：帰る老婆を尾行する。
	22時過ぎ	**ワトスン**：メイドが寝室に向かうパタパタとした足音を聞く。
	23時過ぎ	**ワトスン**：221Bの女主人の寝室に向かう堂々した足音を聞く。
	0時近く	**ホームズ**：帰宅。
3月5日（木）	8時頃	**レストレード**：ハリデイ・プライベート・ホテルでスタンガスンの死体を発見。（殺害推定時刻は6時頃）
	朝食の頃	**ベイカー街分隊**：221Bに集合、ホームズの指示を受ける。 **グレグスン**：新情報をホームズに伝えるために221Bを訪問。
		レストレード：新情報をホームズに伝えるために221Bを訪問。
		ベイカー街分隊のウィギンズ：馬車と御者を221Bに呼んでくる。

※1：1881年＝正典（原作）には具体的な年の記載はありませんが、ワトスンが重傷を負った「マイワインドの戦い」は1880年7月27日に起き、ワトスンは現地で治療・回復後、腸チフスで数か月生死をさまよいます。そして、腸チフスが快方に向うとすぐ英国送還の判断が下され、その1か月後には帰国していますので、本書では『緋色の研究』は1881年に起きた事件と推察します。
※2：3月4日（水）＝現実の「1881年3月4日」は「金曜日」ですが、作中では「1881年3月4日」は「水曜日」と書かれています。この表は作中に記載されている曜日にもとづいて作成しています。

ホームズの世界を彩る

名所案内

セント・バーソロミュー病院

St Bartholomew's Hospital

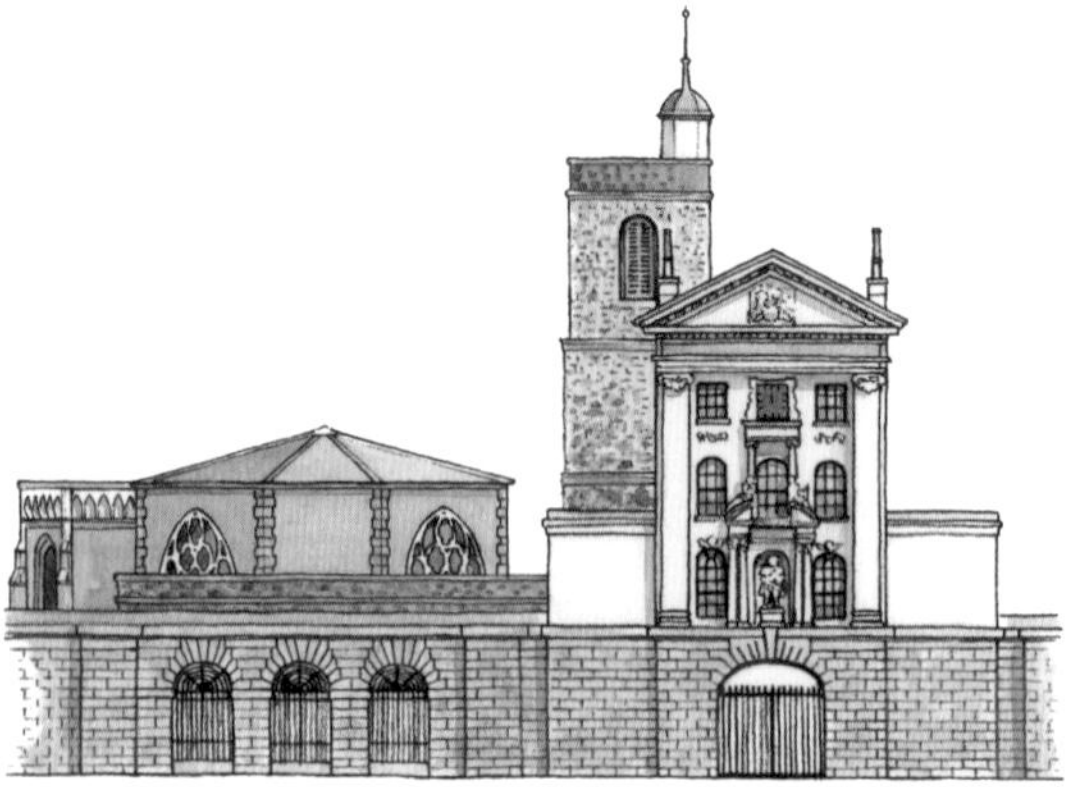

1702年に完成した「ヘンリー8世門（The King Henry Ⅷ Gate）」。門の奥には15世紀に建てられた塔を有する歴史的な礼拝堂（St Bartholomew the Less）が見える。

ふたりが出会った〝バーツ〟

正式名称は、王立セント・バーソロミュー病院（The Royal Hospital of St Bartholomew）、通称〝バーツ（Barts）〟。

設立は1123年。ヨーロッパ最古の病院と言われており、増築や改築はくり返されていますが、現在も設立当初と同じ場所に建っています。医療の進歩に繋がる研究が数多く行われ、看護職の発展にも貢献している由緒ある病院です。

『緋色の研究』ではワトスンがこの病院に勤めていたことが分かります。そして、ワトスンが初めてホームズに出会ったのもこの病院の化学実験室でした。セント・バーソロミュー病院にはふたりの出会いを記念した、ホームズの「アフガニスタンに行っていましたね？」という台詞が書かれたプレートが飾られており、このプレートは観光客も観ることができます。（当初は病理学研究室に掛けられていましたが、その後、病院内の博物館に移されました）。

『緋色の研究』は映像化されることが少なく、セント・バーソロミュー病院でのホームズとワトスンの出会いのシーンを観ることもなかなか叶わないのですが、〈ホームズ〉の舞台を現代に置き換えたBBCドラマ『SHERLOCK／シャーロック』では、第1作「ピンク色の研究」でふたりが初めて出会った場所としてロケに使われ、世界中のファンを喜ばせました。

スコットランド・ヤード
Scotland Yard

1890年に落成した2代目庁舎（ニュー・スコットランド・ヤード）。この建物は現在でもなお健在で、設計者にちなんで「ノーマン・ショウ・ビル（Norman Shaw Buildings）」と呼ばれている。

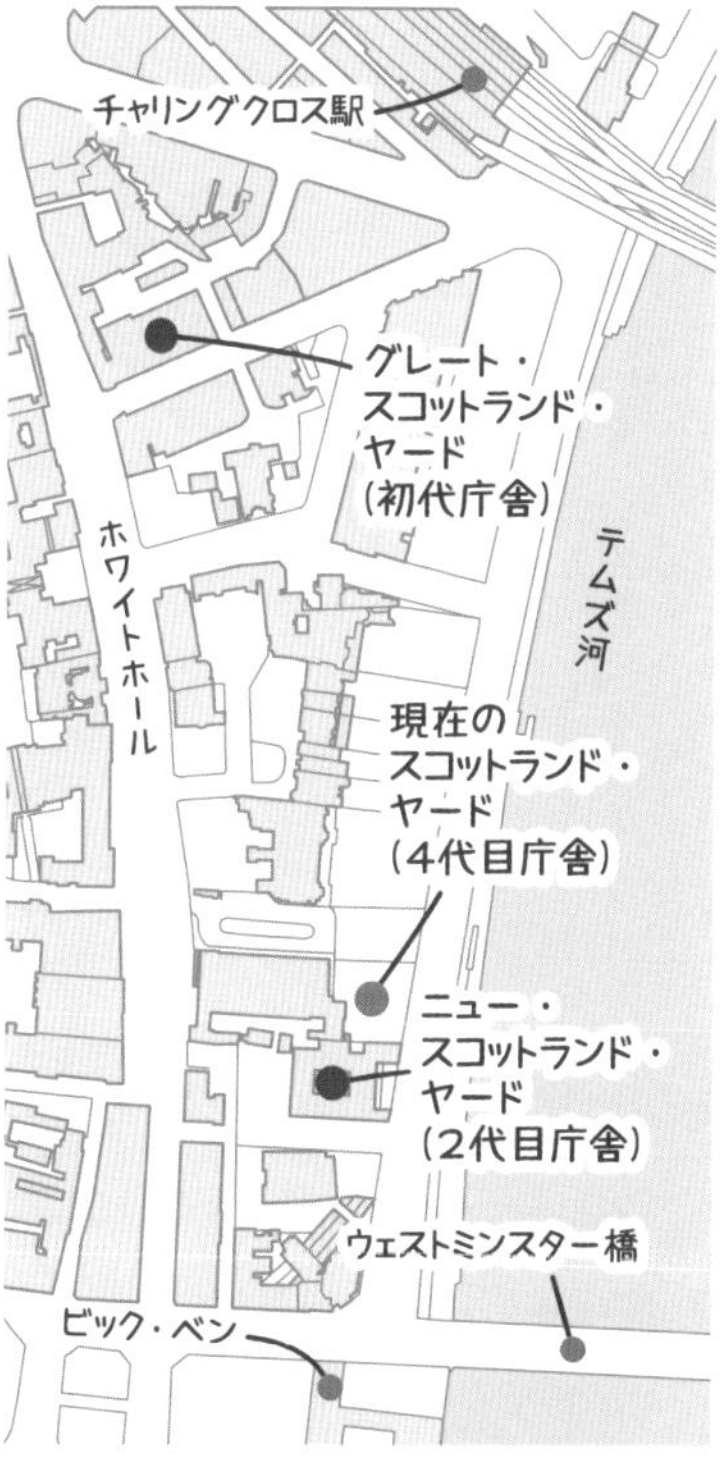
チャリングクロス駅
グレート・スコットランド・ヤード（初代庁舎）
ホワイトホール
テムズ河
現在のスコットランド・ヤード（4代目庁舎）
ニュー・スコットランド・ヤード（2代目庁舎）
ウェストミンスター橋
ビッグ・ベン

ロンドンの名所〝ヤード〟

ロンドン警視庁、特に犯罪捜査部（CID）の通称。1829年に創立され、スコットランド国王の離宮があったことに由来する「グレート・スコットランド・ヤード街」という通りに初代庁舎の裏口があったことから、〝スコットランド・ヤード〟と呼ばれるようになりました。初代の建物はテロリストの仕掛けた爆弾により1884年にほぼ全壊。1890年に少し南のヴィクトリア・エンバンクメントに本部を移し〝ニュー・スコットランド・ヤード〟として復活しました。その後、1967年のブロードウェイへの移転（3代目庁舎）を経て、2016年からは2代目庁舎の隣に帰ってきました（4代目庁舎）。

見どころcheck! 『緋色の研究』を少しだけディープに楽しもう!

同居したてのワトスンが見たホームズの生活

- 生活態度は規則正しく、穏やか
- 10時まで起きていることはめったに無い
- 1日中病院の実験室や解剖室で過ごすこと頻繁
- 時々シティの貧民地区辺りで長い散歩をする
- 研究に精を出した後は反動で1日中ぐったり

普段の彼の清廉さを見てなければ麻薬中毒を疑ったろう!

あなたはまだホームズを知らない!

ワトスンの仔犬の謎

物語に一切登場しないワトスンの仔犬!!

この"keep a bull pup (ブルドッグの仔を飼っている)"は、当時のインド英語の言い回しで「癲癇持ち」という意味があるそうです。実際ワトスンは221Bに越して来て間もない頃いわれ無き癲癇を起こしています。

ブルドッグの仔犬を飼っている
強い煙草のにおい
神経が弱ってるんで騒音はお断り
化学の実験をやる
何日も口を聞かない時もある
君は?
罰当たりな時間に起きる
面倒くさがり屋
朝食が用意されてないよ!!
キャン
キャン
いつもより早起きしたのはそっち!
同居を決める前にお互いの欠点を申告!

名台詞

"Get your hat."
「さぁ 君も帽子を!」

You wish me to come?

名コンビ誕生の瞬間

名台詞

"I consider that a man's brain originally is like a little empty attic."
「僕の考えでは、人間の脳は元来屋根裏の小さな空き部屋のようなものだ」

太陽系?ポイポイ
必要な知識だけストックすべし!

レストレード&グレグスンも初登場!!
で、この発見がどうしたって？
ふたりの手柄争いも見モノ！
RACHE
「レイチェル」という女の名を書きかけたんだよ！
その女に深い関わりが…
「RACHE」はドイツ語で「復讐」だよ！
彼らはボンクラ軍団警視庁の中では拾い物なんだがね…
行こうかドクター

名台詞

“There's the scarlet thread of murder running through the colourless skein of life.”

「人生という無色の糸束の中に紛れて、殺人という緋色の糸が通っている」

それをほどき、分離し
端から端まで明るみに
さらすのが僕らの責務だ！

今回の捜査費用

■ランス巡査への聞き込み料
半ソヴリン

■ベイカー街分隊へのお駄賃
6シリング

■新聞広告料
金額不明

■クリーヴランドへの照会電報
金額不明

※半ソヴリン(約1万2千円)、1シリング(約千2百円)

ワトスン大義に目覚める!!!
君の功績を世間は知るべきだ!!
君にその気がないなら
きっ
僕がやる!!
I will for you!
お好きなように

探偵の条件?!
四輪馬車の後ろに気づかれる事なくしがみつくこの軽業！
探偵なら誰もが体得すべき技術さ！
知識だけでなく身体能力も高い！

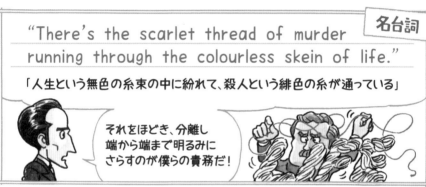

長編02

四つの署名

The Sign of Four

［依頼日］ 1887年9月7日（⇒P071参照）
［依頼人］ メアリ・モースタン（家庭教師）
［事件内容］ 不可解な手紙の差出人が面会を申し込んで来たので相談に乗って欲しい
［主な地域］ ロンドン郊外／アッパー・ノーウッドほか

期待が高かったものの何度もチャンスを棒にふり――
貧困生活と――短い繁栄を何度も繰り返す浮き沈みの激しい日々――
お
おい
最期は酒に溺れて人生の幕を下ろし――
ホームズ!!
ぷるぷる
さては兄貴の不幸な人生のことを知ってたな!
でなきゃこの時計ひとつでここまで――
全部当たりだよ
ワトスンすまない!
推理に没頭
しすぎて…
君が兄さんの話で心を傷めていることまで気が回らなかった
だが断じて誓うよ!
僕は君に兄さんがいることすら知らなかった!
ホントかい?
信じられないよ
ホントだよ!
説明すると
時計の表面に無数の傷があるだろう?
コインやなんかと一緒にポケットに入れるとこうなる
どれどれ
高価な時計だよほどのズボラでなきゃそんなことしない
高価な品を譲られたんだから他にもいろいろ貰ったことだろう
なるほど
蓋の内側の番号は質屋が彫ったものだ
4つもあるから質草として何度も出し入れされたんだ
よって生活の浮き沈み具合もわかる
よく見てごらん
はーたしかに
最後に
鍵穴を見ると周りが傷だらけだろう
手元が怪しい酒呑みが鍵を扱うと 大抵こうなる
なるほど!完璧な推理だ
僕が愚かだったよ
君の才能疑うなんて
信じてくれたかい
ホームズさん!若いご婦人がお見えですよ!
KNOCK KNOCK
メアリ・モースタンね ハドスンさんお通しして
知らない名だ…
君もここにいてくれワトスン
ホームズも私も待ち望んでいた依頼人が 今、姿を現した――しっかりとした足どりで

〈ロンドン編〉

Story 天蓋孤独のヒロインに毎年届く真珠の謎

メアリ・モースタンという女性が221Bを訪ねて来ました。

彼女はまだ学生だった10年程前に唯一の肉親である父親と音信不通になり、その後は住み込みの家庭教師として暮らしてきましたが、6年前から突如毎年大粒の真珠が一粒届くようになったというのです。

この差出人不明の不可解な贈り物に彼女は頭を悩ませていましたが、今朝になって突然同じ差出人からと思われる手紙が届き、今晩の面会を求められます。困惑した彼女は雇い主の夫人に薦められ、ホームズに相談をすることにしたのでした。

話に興味を持ったホームズは、ワトスンと共にメアリに同行することを提案しました――。

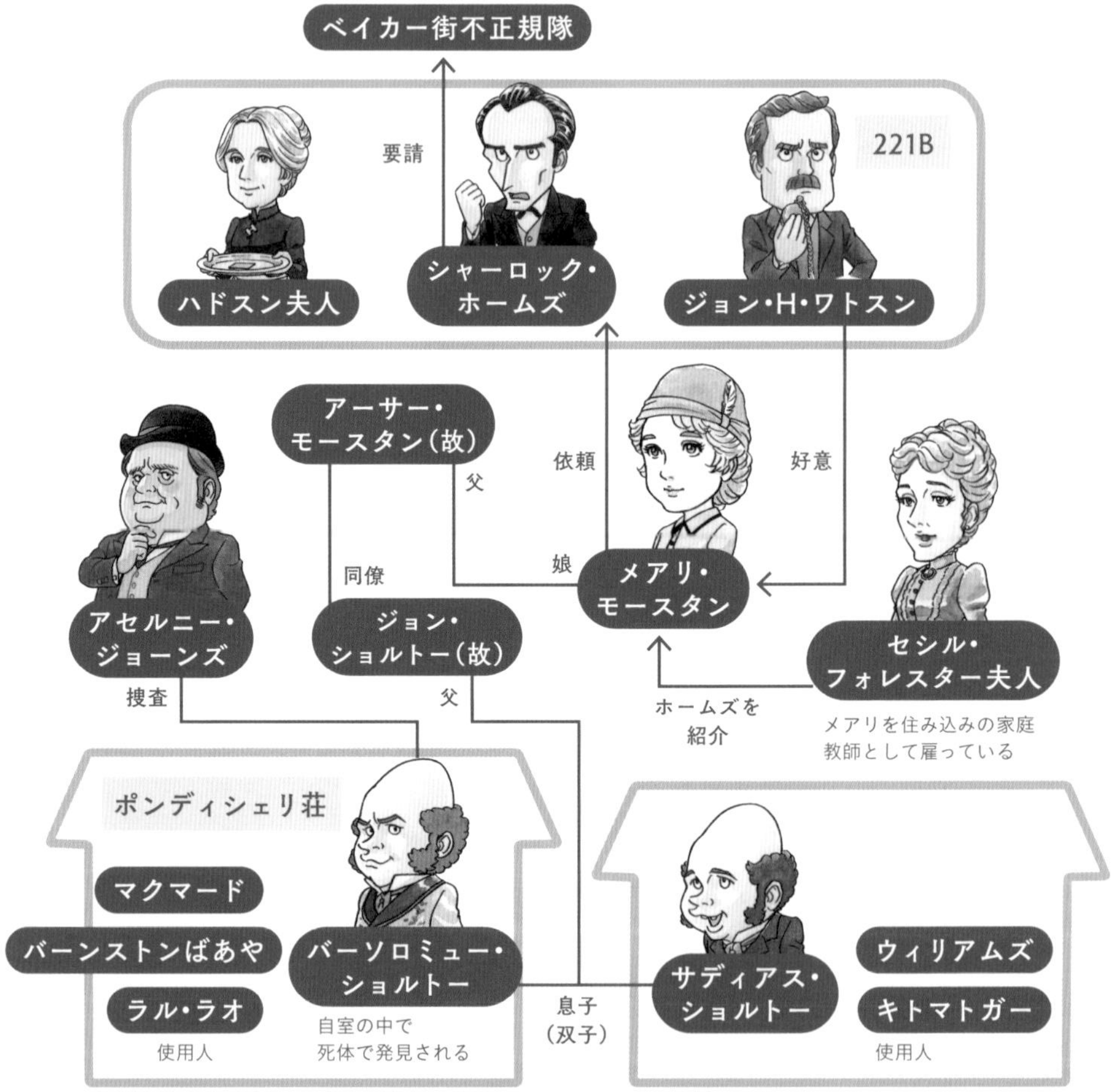

ベイカー街不正規隊
要請
221B
ハドスン夫人
シャーロック・ホームズ
ジョン・H・ワトスン
アーサー・モースタン（故）
父
依頼
好意
娘
同僚
メアリ・モースタン
アセルニー・ジョーンズ
ジョン・ショルトー（故）
セシル・フォレスター夫人
捜査
父
ホームズを紹介
メアリを住み込みの家庭教師として雇っている
ポンディシェリ荘
マクマード
バーンストンばあや
ラル・ラオ
使用人
バーソロミュー・ショルトー
自室の中で死体で発見される
息子（双子）
サディアス・ショルトー
ウィリアムズ
キトマトガー
使用人

メアリ・モースタン

Mary Morstan

依頼人

家庭教師《ガヴァネス》：住み込みの家庭教師を始めて間もなく、謎の人物から大粒の真珠が毎年1粒ずつ、6年に渡り小包で贈られて来るようになった。その真珠の贈り主から突然面会を求める手紙が届き困惑。ホームズのもとへ相談に訪れる。

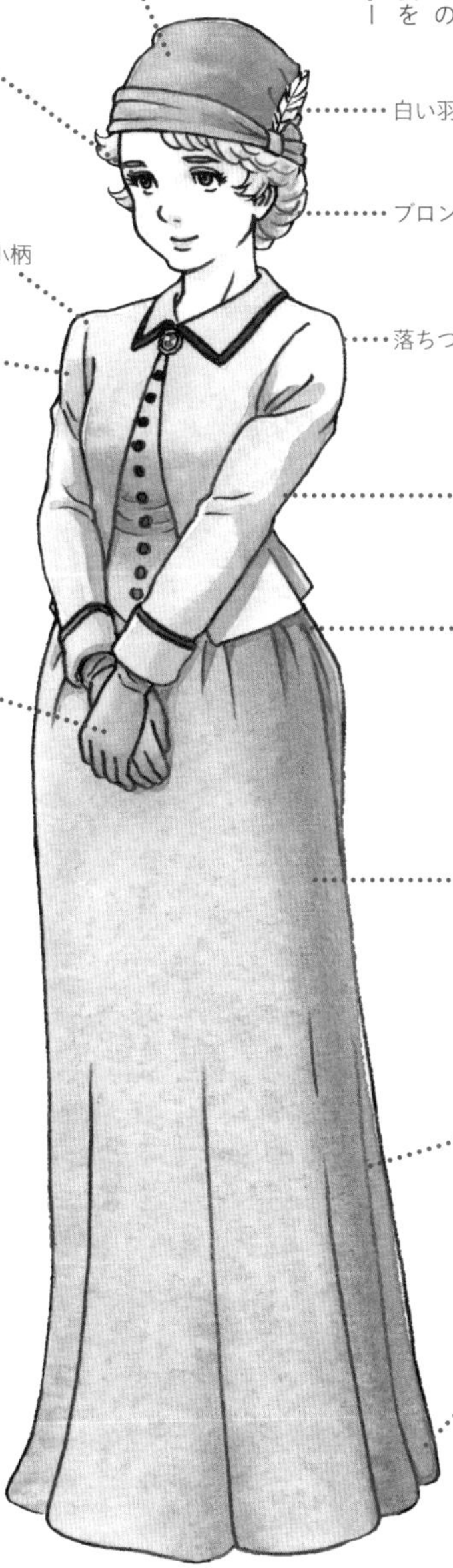
目立たない小さな
灰色のターバン
白い羽根
ブロンドの髪
小柄
落ちついた態度
飾りもヒダもない
地味な灰色がかった
ベージュのドレス
しっかりとした足取り
大きな青い瞳はひときわ気高く思いやり深い。
一目ぼれ?!
彼女の顔には整った作りも肌の美しさもなかったが、その表情には可愛らしさと愛嬌があった。3つの大陸と多くの国で女性を見て来た私だが、このように純粋極まる感性豊かな顔は、いまだかつて見たことがない。
健気で優しい性格。
きちんと手袋をして、服装の趣味も申し分ない。
地味で簡素な服装から、裕福とは言えないお財布事情が感じ取れる。
父親と別れた時、17歳だったとしたら、今は27歳のはず。

Profile

- 父親はインドの「第34ボンベイ歩兵連隊」に所属する将校だったが、メアリは幼い頃から英国で過ごす
- 母親は亡くなっており、英国には親戚もいない
- 17歳までエディンバラの全寮制女学校に就学
- 休暇で一時帰国していた父親が1878年12月3日に滞在中のランガムホテルから消息を絶つ
- 1882年頃からセシル・フォレスター夫人の家に家庭教師として住み込み始める
- 1882年5月から毎年同じ日に大粒の真珠が小包郵便で届くようになる

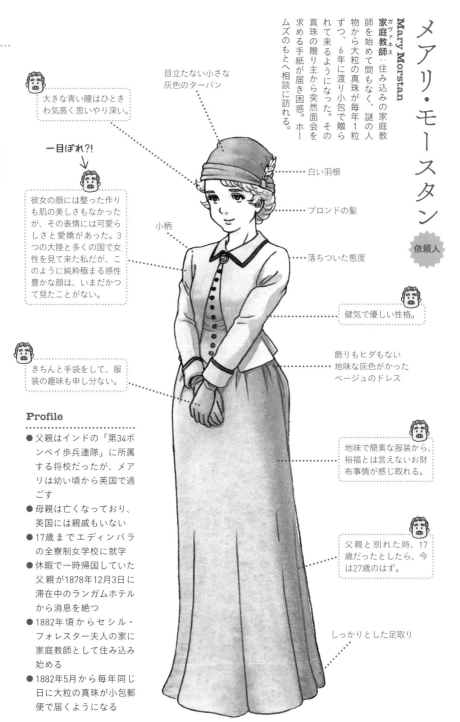

サディアス・ショルトー
Thaddeus Sholto

資産家：父ジョン・ショルトー少佐の遺言通り、財宝をモースタン大尉の遺児メアリに分配しようと考えているが、そのことで双子の兄弟バーソロミューと対立している。父の死後は一緒に住んでいた〈ポンディシェリ荘〉を出て別の屋敷で暮らしている。東洋趣味がある。

ひどく尖がった頭
赤毛
青い目
反り返った唇
かん高くてかぼそい声
しょっちゅう口元に手をやる癖
背が低い
30歳を過ぎたばかりで全体的に若々しい印象
東洋の水ギセルを好む

キトマトガー
Khitmutgar

サディアスの使用人：インド人。サディアス邸に到着したメアリたちを出迎える。「キトマトガー」は人名ではなく、ヒンドゥー語の執事や男性使用人のこと。サービスという意味の言葉が語源。

豆 水ギセル
hookah
喫煙具の一種。煙を1度水中に通し、ニコチンをろ過させてから吸飲する。17世紀初めにペルシャで発明された。

僧帽弁に問題が無いか心配していたので聴診器をあててみたが、何の異常も感じなかった…。明らかに病気ノイローゼだ。

ウィリアムズ
Williams

サディアスの使用人：ライシアム劇場にメアリを迎えに来た男。元ボクシング全英ライト級チャンピオン。判断力に関して、サディアスから全幅の信頼を置かれている。

驚くほどのするどい視線
色黒
御者の服装
小柄

宿なし子
Street Arab

ライシアム劇場前で、ウィリアムズがメアリたちの身元などを確かめている間、四輪馬車を任されていた少年。

マクマード

McMurdo

バーソロミューの使用人：〈ポンディシエリ荘〉の門番。元プロボクサー。4年前、アマチュアボクサーのシャーロック・ホームズと対戦をしている。

4年前アリスン館で、君の慈善試合の夜に3ラウンド戦ったアマチュアのことを忘れたかい？
しゃがれた声
尖がった顔
厚い胸板
背が低い

バーソロミュー・ショルトー

Bartholomew Sholto

サディアスの双子の兄弟：父ジョン・ショルトー少佐の遺した財宝の分配についてサディアスと意見が合わず対立。父と一緒に住んでいた〈ポンディシェリ荘〉に住み続け、屋敷と敷地内を6年間探し父の隠した財宝を発見する。

被害者
禿げ上がった長い頭
頭の周りに生えている固い赤毛
サディアス
バーソロミューは高価な真珠を手放すことに反対でした。私は真珠を1粒ずつミス・モースタンに送るよう説得するので精一杯でした。

ラル・ラオ

Lal Rao

バーソロミューの執事：インド人。

バーンストンばあや

Mrs. Bernstone

バーソロミューの家政婦：ホームズたちを連れ訪問したサディアスに、主人バーソロミューの異変を伝える。

背が高い

サディアス・ショルトー＝P054

サディアス
何を恐れているのか決して話をしてくれませんでしたが、父が義足の男を何よりも嫌っていることはハッキリとしていました。

ジョン・ショルトー少佐（故）

Major John Sholto

元英国陸軍少佐：現役中は、メアリの父モースタン大尉の所属するアンダマン諸島の部隊の指揮官。11年ほど前に退役し、インドから持ち帰った財産で裕福に暮らしていた。

　1882年、脾臓の持病が悪化し死亡。双子の息子バーソロミューとサディアスに、自分が隠した財宝の半分をモースタン大尉の遺児にも分配するように言い残す。

⇒P069【Check Point／アンダマン諸島】参照

ラル・チャウダー（故）

Lal Chowdar

ジョン・ショルトーの使用人：〈ポンディシェリ荘〉を訪ねて来たモースタン大尉を、主人ショルトー少佐に取り次ぐ。

Check Point

インドにかかわりがある人々

People associated with India

　本作『四つの署名』はインドと深いつながりがある物語ですが、正典（原作）には他にもインドにかかわりがある登場人物が多く、当時の英国とインドの密接さを感じることができます。

　「背中の曲がった男」のジェイムズ・バークリ大佐とヘンリー・ウッド伍長はインドの連隊所属でしたし、「唇のねじれた男」のアヘン窟〈金の棒〉の主《あるじ》はインド人元水夫、「まだらの紐」のグリムズビー・ロイロットはインドで医者をやっていました。「空き家の冒険」のセバスチャン・モラン大佐はインド陸軍の士官で虎狩りの記録を持っています。「三人の学生」のダウラッド・ラースは英国の大学に通うインド人の学生、「ヴェールの下宿人」で話題にのぼるバークシャー警察のエドマンズはインドのアラハーバードに転勤しました。そして、「ギリシャ語通訳」でホームズ兄弟の推理対象になったのも元インド勤務の軍人でした。

セシル・フォレスター夫人

Mrs. Cecil Forrester

メアリ・モースタンの雇い主：家庭内のもめ事をホームズに解決して貰ったことがあり、メアリにもホームズのもとを訪れるように薦める。ロワー・カンバーウェル区に住んでいる。

中年の品のいい女性
ほんの少し力をお貸ししたはずです、事件は非常に簡単なものでした。
夜中にミス・モースタンを送り届けた際、夫人が起きて待っていて母親のように声をかけ出迎えるのを見て、私は嬉しくなった。

シャーマン老人

Old Sherman

鳥の剥製屋の主人：トービーの飼い主。ランベス区の川沿いに近い、ピンチン・レイン3番地に店を構えており、43匹の犬の他、アナグマ、オコジョ、スローワーム（ヒメアシナシトカゲ）などを飼っている。

⇒P163【COLUMN／正典の中の変わった動物たち】参照

青い眼鏡
ひょろりと痩せていて猫背
ノックをしてもなかなか起きて来ず、訪問した直後はムゲもない態度だったが、ホームズの名を出した途端、飛んで出て来た。

トービー

Toby

シャーマン老人の飼い犬：スパニエルとラーチャーの雑種。

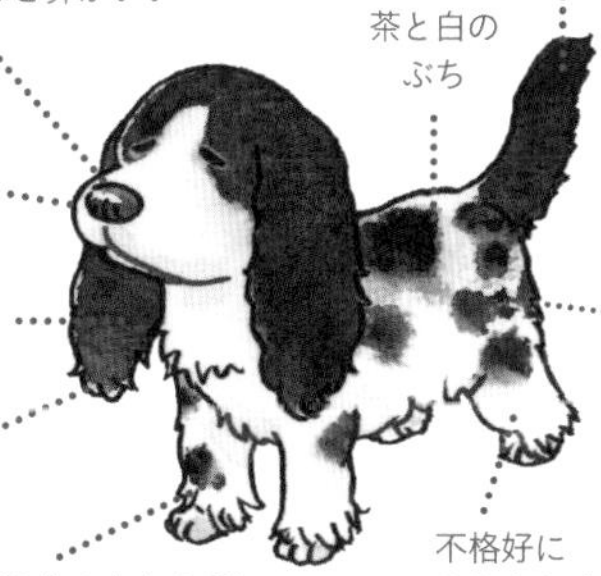
尻尾をピンと立てて追跡
驚くほど鼻がいい
茶と白のぶち
長い毛
垂れた耳
毛がふわふわした脚
不格好によたよた歩く
ロンドン中の警察よりトービー1匹の方が頼りになる。
シャーマン老人から渡された角砂糖をあげたら、文句ひとつ言わず同行してくれた。

スミス夫人

Mrs. Smith

貸し舟屋：夫と上の息子が何も言わずに、深夜に義足の男と一緒に持ち船で出かけ、丸1日経っても戻って来ないので心配している。

モーディカイ・スミス

Mordecai Smith

貸し舟屋：蒸気船〈オーロラ号〉の持ち主。夜中の3時頃に息子のジムを連れ、義足の男と一緒に〈オーロラ号〉で出かける。

ジャック

Jack

スミス夫妻の息子：ワトスン、トービーと供に調査に訪れたホームズからお小遣いを貰う。

ジム

Jim

スミス家の1番上の息子：父親と一緒に、夜中に〈オーロフ号〉で出かける。

Check Point

オーロラ号

The Aurora

モーディカイ・スミスの持ち船で、テムズ河でも指折りの快速艇。ホームズとワトスンがトービーと訪れた際には、スミスは義足の男と一緒に〈オーロラ号〉で出航していました。

スミス夫人曰く、テムズ河ではめったにないほどの綺麗な船で、最近、船体を黒塗りしたばかり。船体は黒地に赤い線2本、煙突は黒地に白い帯。

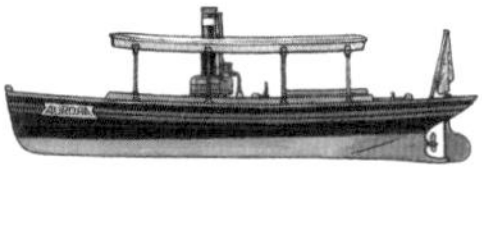

義足の男

The Wooden-legged man

容疑者

バーソロミュー殺害事件の容疑者：モーディカイ・スミスの持ち舟〈オーロラ号〉を借りて姿をくらます。

顔一面に皺《しわ》
白髪が混じる
黒い縮れ毛
太い眉
日焼けして
赤茶けた顔
鋭い目つき
ひげにおおわれ
出っぱったあご

我らが義足の友は、なかなかのクライマーのようだが、プロの船乗りじゃないな。手のひらが全然硬くなっていない。

ホームズの
現場の痕跡からの推理

- 教養がなくて小柄ですばしっこい
- 右足が義足で内側がすりへっている
- 左足に履いた靴は爪足が四角。
- おそまつな靴底
- 靴の踵に鉄の帯が打ちつけてある。
- 日焼けしている
- 中年
- 昔囚人だった
- 手が擦りむけている

トンガ

Tonga

義足の男の連れ：アンダマンの先住民族の男。

くしゃくしゃに
縮れた髪
大きくて
不恰好な頭
小さな目
獣っぽさと
残忍さが深く
刻まれた表情
黄ばんだ鋭い歯
厚い唇

黒っぽいアルスター・コートか毛布のようなものに身をくるんでいる

⇒P154【アイテム／アルスター・コート】参照

Check Point

アンダマンの先住民族

The aborigines of the Andaman Islands

アンダマン諸島に住む民族。身長140cm程の低身長、黒い肌、縮れた髪などが特徴で、農耕は行わず狩猟や採集をして暮らしています。長い間外界との接触がなく、火を起こすことも知らない珍しい民族でもありました。1970年の推計では人口は600人程度とされています。

⇒P069【Check Point／アンダマン諸島】参照

ハドスン夫人
Mrs. Hudson

221Bの女主人：依頼に来たメアリ・モースタンの名刺をホームズに取り次いだり、事件に没頭し過ぎるホームズのことを心配したりする。
⇒P012【主要な登場人物】参照

（ベイカー街不正規隊がいっぺんに居間に入ろうとするので）ハドスン夫人が慌てふためき泣き叫ぶように注意するのが聞こえた。

ウィギンズ
Wiggins

ベイカー街不正規隊の分隊長：『緋色の研究』に引き続き、221Bには不正規隊の仲間を引き連れずにひとりで来るようにとホームズから注意される。

不正規隊で
1番背が高い
痩せこけて
みずぼらしい風貌

ボロをまとった小さな浮浪児が1ダース。騒々しく入場したと思いきや、ただちに指示待ち顔で整列し、多少は規律のあるところを見せた。

ベイカー街不正規隊《イレギュラーズ》
The Baker Street Irregulars

浮浪児たちの集団：蒸気船〈オーロラ号〉の行方を捜すように、ホームズから指令を受ける。お駄賃は1日1シリング（約千2百円）。

Check Point
ベイカー街不正規隊《イレギュラーズ》
The Baker Street Irregulars

ホームズが事件を調査する際、手伝いを依頼する浮浪児たちの集団。報酬はひとり1日1シリング（約千2百円）、交通費も別途支給され、『四つの署名』では成功報酬も1ギニー（約2万5千2百円）提示されました。

第1作の『緋色の研究』から活躍しますが、残念ながら正典（原作）には3回しか登場しません。隊員は『緋色の研究』では6人、『四つの署名』では12人ほどいることが分かり、「背中の曲がった男」ではシンプスンという隊員が登場し、男の尾行をします。もっと彼らの活躍を見てみたかったですね。

アセルニー・ジョーンズ

Athelney Jones

スコットランド・ヤードの警察官：サディアス・ショルトーがノーウッドの警察に通報した際、たまたま別の事件でノーウッド警察に居合わせたため事件を担当。

　ホームズとは〝ビショップゲイト宝石事件〟で面識があった。

小さな目
まぶたの下に
盛り上がったたるみ
しわがれた声
多血症らしい
赤ら顔
横柄な口調
灰色の背広
巨体の割に
動きがいい
会った時には不愛想かつ横柄な常識家と思ったが、くつろげば社交的な人で、なかなかのグルメ。

制服姿の警部

Inspector in uniform

スコットランド・ヤードの警察官：アセルニー・ジョーンズに同行し〈ポンディシェリ荘〉に現れた警部。

巡査部長

Police-sergeant

スコットランド・ヤードの警察官：ジョーンズが容疑者を連行したあと、ひとり現場の部屋に残った警察官。ワトスンと共に屋根裏に上ろうとするホームズにランプを貸す。

警備の巡査

Two constables

スコットランド・ヤードの警察官：ワトスンがトービーを借りて現場に戻った際、〈ポンディシェリ荘〉の門の警備についていた警察官。

機関士

Engineer

ホームズの要請でジョーンズが手配した警察艇の機関士

操舵手

A man at the rudder

ホームズの要請でジョーンズが手配した警察艇の操舵手

ワトスンに付き添った警部

Inspector as Watson's Companion

スコットランド・ヤードの警察官：ホームズの要請でジョーンズが手配した警官のひとり。ジョーンズやホームズたちと一緒に警察艇に乗り込み、ワトスンがメアリのもとに箱を運んだ際には、付き添いとして一緒に馬車で同行する。

ぶっきらぼうだが、愛想がいい。

Check Point

スコットランド・ヤードの警察官

Scotland Yard Policemen

スコットランド・ヤードは、1829年に施行された首都警察法によって設立されました。当初は、800人ほどの警察官がロンドンの警備にあたりましたが、1887年には1万5千人ほどに増えています。(現在は約3万2千人)

中流階級の人々からは人気のある職業でしたが、警察官の給料は安く仕事も大変だったため、1872年と1890年には、賃金の値上げや年金の支給、褒賞金などの授与を要求するストライキが起きています。『四つの署名』で事件解決時の礼金を期待していた"ワトスンに付き添った警部"も、給料が少なくて大変だった警察官のひとりだったのでしょう。

⇒P047【名所案内／スコットランド・ヤード】

(参考文献：『図説シャーロック・ホームズ』河出書房新社刊)

サム・ブラウン

Sam Brown

スコットランド・ヤードの警察官：ホームズの要請でジョーンズが手配した警官のひとり。ジョーンズやホームズたちと一緒に警察艇に乗り込む。

Check Point
ホームズの変装
Disguises of Holmes

ホームズの特技のひとつである変装。顔だけでなく、表情や声、人格までも変わったように観せるので、ワトスンもたびたび騙され驚いています。

「ブラック・ピーター」では、ホームズはロンドンに少なくとも5か所隠れ家を持ち、そこでも変装していることが語られています。『バスカヴィル家の犬』では「変装を見破る能力は、犯罪捜査をする人間にとって第1の要件」と自身も変装を得意とするホームズならではの見解を披露しています。

正典（原作）では、ホームズは13回（10作品）変装しています。

船乗り風の男
A man, clad in a rude sailor dress

品の良くない
赤いスカーフ
粗末な船員服に
ピージャケット
ホームズ

船乗り風の老人
An aged man, clad in seafaring garb

もじゃもじゃの白い眉
黒くて
するどい目
あごを深々と
埋めている
色物のスカーフ
船乗りの服装
太い樫の杖
ごましおの長いほおひげ
肺に息を入れようと
すると両肩が波打つ
古ぼけた
ピージャケットの
ボタンを喉元まで
かけている
曲がった腰
ガクガクする膝
ホームズ

歳月と貧しさに負け、落ちぶれてしまった大船長、といった印象。

すっかり
だまされている

あなた役者になれたでしょう! それともとびっきりの名優に! 週給10ポンドは稼げますぞ！

実在の人物

ウィリアム・ウィンウッド・リード
William Winwood Reade (1838-1875)

スコットランド、パースシャー生まれ／歴史家、探検家、哲学者

著書『人生の苦難』（1872）は、自然科学の手法で西洋文化の発展を考えるという新しい視点で書かれたため、当時キリスト教の教義を攻撃したと大きな論争を引き起こしたが、「世俗主義者のための聖書」とも評され支持も集めた。

この本はたぐい稀なる1冊だね、オススメだよ！

ホームズは、ワトスンの時間潰しに、ウィンウッド・リードの著書『人生の苦難』を薦めた。

アセルニー・ジョーンズ＝P061

ヨハン・ヴォルフガング・フォン・ゲーテ

Johann Wolfgang von Goethe (1749-1832)

ドイツ、フランクフルト・アム・マイン生まれ／詩人、作家、自然科学者、政治家

　作品は、詩、小説、戯曲など多方面に及ぶ。自然科学の研究にも熱心に取り組み、形態学や色彩理論に関する著作も残した。代表作は『ファウスト』（1808、1833）『若きウェルテルの悩み』（1774）など。

「いつものことだ——人々は自分に理解できないものを嘲け笑う」

ホームズはアセルニー・ジョーンズの人物像をゲーテの言葉を借りて、こう表現した。

シャルル・ブロンダン

Charles Blondin (1824-1897)

フランス、サントメール生まれ／軽業師

　本名、ジャン＝フランソワ・グラヴレ(Jean François Gravelet)。

　1859年に、初めて2万5千人の聴衆を前にナイアガラ渓谷を綱渡りし、その後も趣向をこらし何度も渓谷を横断したことで知られる。

急いで下に降りて、それからブロンダンを見物してくれ！

ホームズは、犯行の検証のために雨樋をつたい屋根から降りる際、おどけて自分をブロンダンに例えた。

ジャン・パウル

Jean Paul (1763-1825)

ドイツ、ヴンジーデル生まれ／作家

　本名、ヨハン・パウル・フリードリッヒ・リヒター。古典主義とロマン主義の間で独自の文学世界を確立し、後世のリアリズム作家に大きな影響を与えた。代表作は『巨人』（1800〜1803）『生意気盛り』（1804〜1805）など。

リヒターには思考の糧になるものが多いよ

ホームズは、トービーとの追跡中にジャン・パウルの言葉をワトスンに語って聞かせた。

ホームズの設定が確固たるものになった一作

『四つの署名』は、『緋色の研究』に続くホームズ・シリーズの第2作目の作品です。アメリカの出版社リピンコットの依頼で執筆されました。

　これまでのコナン・ドイルの作品は、長編・短編を含め全て単発作品でしたので、本作がドイルが初めて手掛けた〝続編〟ということになります。

　この『四つの署名』では、ホームズにはコカインの使用癖があること、ボクシングや変装の達人であること、独特な女性観を持っていることなども明かされます。そして、依頼人の来訪から事件が始まるパターンや、前作では名前がなかった大家の女主人も「ハドスン夫人」と判明するなど、2作目にして、今後のシリーズの基本となる要素がいくつも登場しました。

　前作に引き続き〈ベイカー街不正規隊〉も再登場し、さらには、優れた嗅覚を持つ名犬トービー、テムズ河における汽艇での大追跡、ワトスンのロマンスなども物語に華を添えます。

　そして『緋色の研究』では、事件の傍観者的な立場だったワトスンも、この『四つの署名』では冒険も危険もしっかりと分かち合い、ホームズの相棒としてゆるぎない存在となりました。

COLUMN

リピンコッツ・マガジン

Lippincott's Magazine

〈リピンコッツ・マガジン〉は、アメリカ合衆国で、1868年〜1915年まで発行されていた月刊雑誌です。

　英国版〈リピンコッツ・マガジン〉を創刊するにあたって、英国の作家による書き下ろし小説が企画され、コナン・ドイルとオスカー・ワイルドに白羽の矢が立ちました。

　1890年2月号に『四つの署名』が掲載されています。

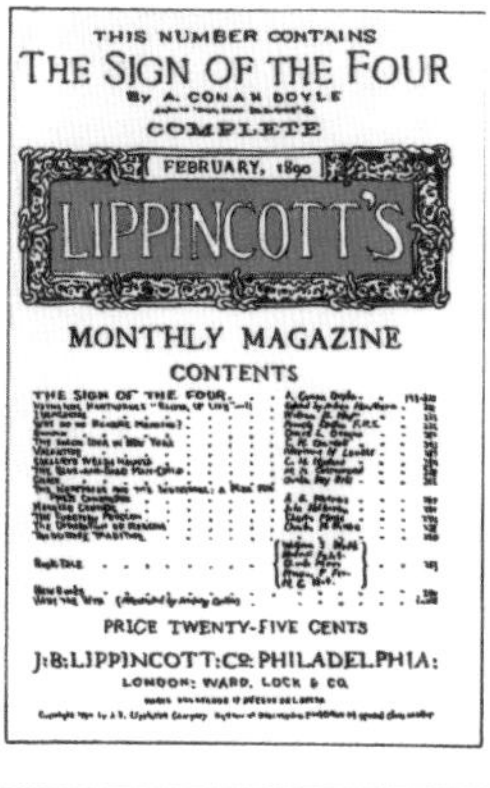

〈リピンコッツ・マガジン〉の表紙
一番上に『四つの署名』の文字が！

〈インド編〉

Story 戦乱の砦に隠された財宝

ジョナサン・スモールは英国陸軍の下士官としてインドに駐留していましたが、川で遊泳中にワニに右脚を噛み切られてしまいました。

運よく一命をとりとめた彼は退役しインドの農園で仕事についていましたが、突然インド人傭兵たちによる大反乱が起き、命からがらアグラの砦へと逃げ込みます。そこで元軍人の彼は現地兵を従え砦の入り口の警備を任されることになりました。そんな中、藩王《ラージャ》の財宝が秘かに砦に持ち込まれることを知った現地兵3人が、スモールを強盗の仲間へと強制的に誘います。そして、運び人を襲い財宝を強奪した4人はそれを安全な場所へと隠し、お互いを裏切ることのないよう誓い合うのでした。

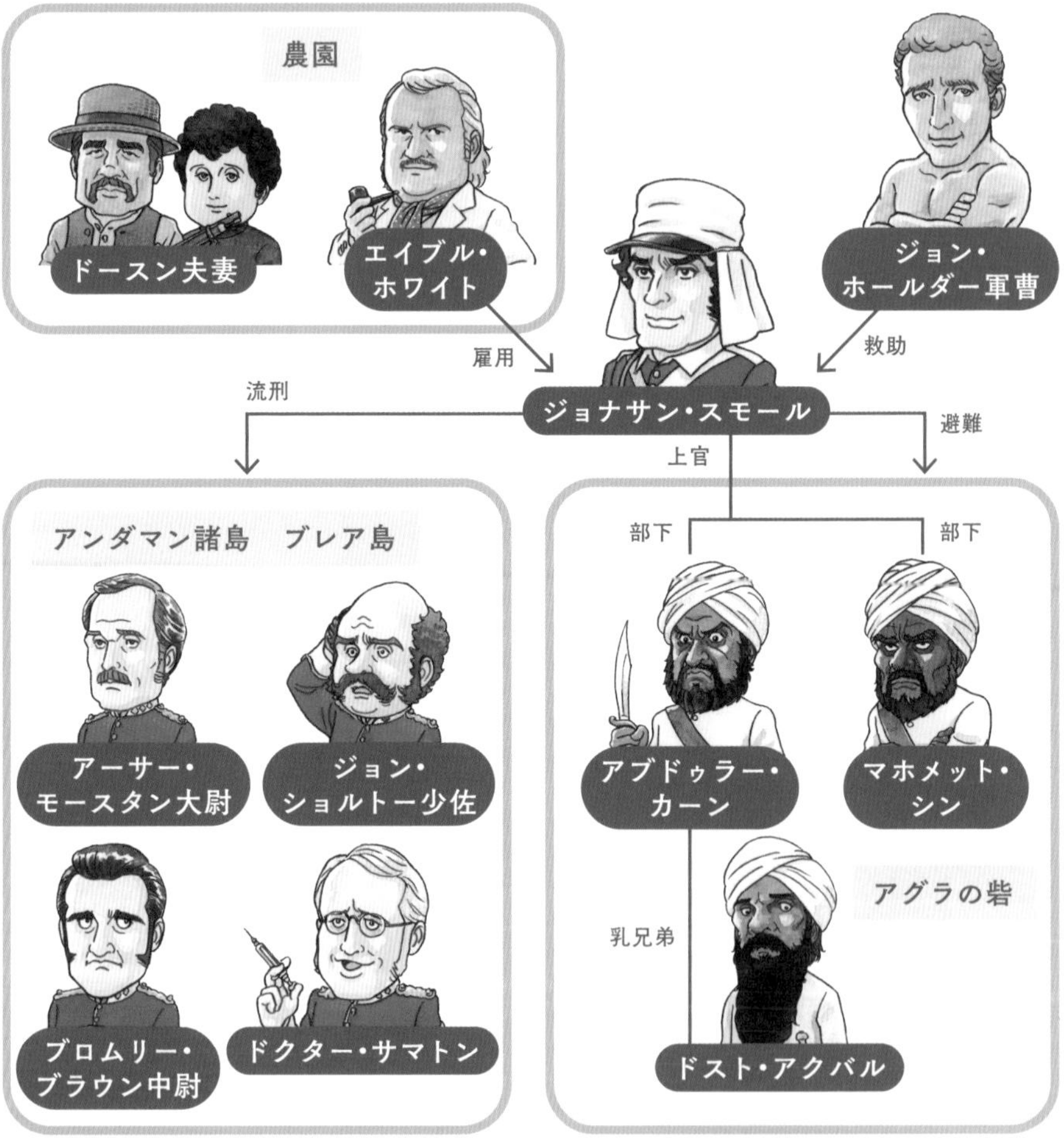
農園
ドースン夫妻
エイブル・ホワイト
雇用
ジョン・ホールダー軍曹
救助
ジョナサン・スモール
流刑
避難
上官
アンダマン諸島　ブレア島
アーサー・モースタン大尉
ジョン・ショルトー少佐
ブロムリー・ブラウン中尉
ドクター・サマトン
部下
部下
アブドゥラー・カーン
マホメット・シン
アグラの砦
乳兄弟
ドスト・アクバル

Check Point
インド大反乱
Indian Mutiny

1857年〜1859年に英国領インドで英国支配に対抗して起こった大反乱。インド人傭兵（セポイ）の蜂起が発端となり拡大したため、「セポイの反乱」と呼ばれていましたが、近年では、単なる傭兵の反乱ではなくインド史上最初の独立戦争と認識されています。

反乱軍は一時デリーを占拠、市民や農民も合流し各地にまで勢力を拡大しましたが、英国軍によって鎮圧されました。これをきっかけに東インド会社は解散、英国政府はムガール帝国を廃絶させインド帝国を樹立。英国によるインドの直接支配が決定的なものになりました。

ジョナサン・スモール
Jonathan Small

第三バフ（歩兵第三連隊）所属：ウースター州パーショア近くの生まれ。地元では一目おかれる農家の出身だが、放浪癖があり、18歳で軍へ入隊、第三バフに配属されインドに出征。ガンジス川で遊泳中、ワニに襲われ右脚を失う。

ジョン・ホールダー軍曹
Sergeant John Holder

第三バフ（歩兵第三連隊）所属：遊泳中にワニに襲われたジョナサン・スモールを助け、岸まで運ぶ。水泳の達人。

エイブル・ホワイト
Abel White

農園経営者：インドで藍の栽培をしている白人。インド西北州の辺境に近いムトゥラに農園を所有。脚を負傷し軍を除隊になったジョナサン・スモールを雇い、農園で働いているクーリーたちの監督員として採用する。

ホワイトさんは頑固な人で、大反乱で国じゅう火の海になっているっていうのに、唐突に起きたものは唐突に止むだろうって、たかをくくって逃げないんだ。

ドースン夫妻
Mr. & Mrs. Dawson

スモールと一緒にエイブル・ホワイトの農園の管理を行う夫婦。

豆 クーリー（苦力）
coolie

インドや中国で使われていた下層労働者の呼称。タミル語の「雇う」という言葉を、英語で「cooly, coolie」と表し、中国で「苦力」と表記したと言われている。1865年のアメリカの奴隷解放の後、奴隷に変わる労働力として酷使された。

ジョナサン・スモール＝ページ上段

マホメット・シン
Mahomet Singh

ジョナサン・スモールの部下：シーク教徒のパンジャブ人。アグラの砦の門の警備にあたる。

アブドゥラー・カーン
Abdullah Khan

ジョナサン・スモールの部下：シーク教徒のパンジャブ人。アグラの砦の門の警備にあたる。

チリアン・ウォラ（英国領インドの旧州パンジャブの村）で、武器を取って英国軍に抵抗したこともある強者。
獰猛《どうもう》な顔つき
背が高い
マホメット・シンよりも背が高くて、顔つきもおっかない。
カーンは英語が喋れるのにふたりでシークの言葉を喋っていて、こっちとはめったに口を利かない。

ドスト・アクバル
Dost Akbar

アブドゥラー・カーンの乳兄弟：シーク教徒。アクメットをアグラの砦まで護衛する。

アクメット
Achmet

北部州に領地を持つ藩王《ラージャ》の家来：ラージャの宝をアグラの砦に隠すための運び役を担う。

大柄
見世物以外では、こんな背の高い男にお目にかかったことはない。
腰帯のあたりまである黒いあごひげ

黄色い大きなターバン
穴から飛び出したネズミのようにキョトキョト動く小さな目
小柄
丸々と太った体
ショールでくるまれた荷物（高価な宝石や選り抜きの真珠などを入れた箱）

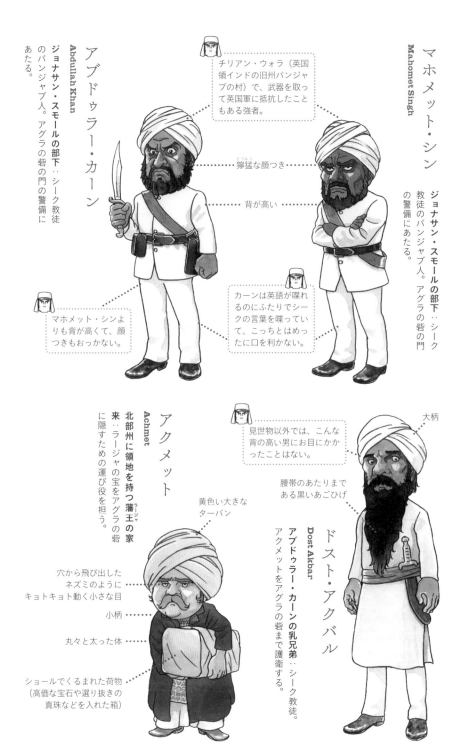

ジョン・ショルトー少佐

Major John Sholto

インド連隊「第34ボンベイ歩兵連隊」指揮官：アンダマン諸島ブレア島の囚人警備隊付。軍医サマトンの部屋で行われるカードギャンブルの常連の中で1番負けが込んでおり、破産寸前の状態となっている。サディアスとバーソロミューの父親。

アーサー・モースタン大尉

Captain Arthur Morstan

インド連隊「第34ボンベイ歩兵連隊」将校：アンダマン諸島ブレア島の囚人警備隊付。軍医サマトンの部屋で行われるカードギャンブルの常連。ショルトーほどではないがギャンブルの負債に頭を悩ませている。ジョン・ショルトー少佐とは仲が良く一緒にいることが多い。メアリ・モースタンの父親。

暇つぶし程度にカードゲームをやっている軍人たちは、場慣れした役人たちに巻き上げられるいっぽうだった。

ドクター・サマトン

Dr. Somerton

インド連隊「第34ボンベイ歩兵隊」軍医：アンダマン諸島ブレア島の囚人警備隊配属時、服役中のジョナサン・スモールを助手として使う。自室でカードギャンブルを行っていた。

ブロムリー・ブラウン中尉

Lieutenant Bromley Brown

インド連隊「第34ボンベイ歩兵隊」将校：アンダマン諸島ブレア島の囚人警備隊付。軍医サマトンの部屋で行われるカードギャンブルの常連。

Check Point

アグラの砦

Agra Fort

インド北部の都市アグラにある城塞。ムガル帝国第3代皇帝アクバル（Akbar 1542-1605）によって建設されました。高さ約20mの壮大な赤砂岩の城壁に囲まれた城内には美しい宮殿や庭園などもあり、1983年に世界文化遺産に登録されています。

Check Point

アンダマン諸島

Andaman Islands

ベンガル湾の南東部に位置する204島からなる弧状列島。

18世紀中頃から英国の流刑植民地となり、第二次世界大戦中には日本軍が占領。1950年から南にあるニコバル諸島とともにアンダマン・ニコバル諸島としてインド中央政府の直轄地となりました。

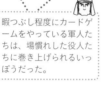

国境を越えた物語

『四つの署名』も『緋色の研究』と同じく〝ロンドンでの事件〟と〝その原因となった外国での過去の出来事〟という、ふたつの話から成り立っています。

『緋色の研究』では、事件の発端はアメリカにありましたが、『四つの署名』は当時英国の植民地だったインドにありました。実際に起きた「インドの大反乱」なども物語に関わっており、当時の英国・インド間の情勢を垣間見ることができます。

インドに関係する事件としては、本作以外にも「まだらの紐」「背中のまがった男」など、いくつかありますし、『緋色の研究』「オレンジの種五つ」「独身の貴族」『恐怖の谷』などではアメリカが、他にも「悪魔の足」や「黄色い顔」「白面の兵士」などではアフリカ、「ボスコム谷の謎」ではオーストラリア、などホームズ・シリーズでは様々な国が事件の起因として登場します。

英国が関わる当時の世界の様子が物語からうかがえるのもホームズ・シリーズの魅力です。

カーンとスモール

COLUMN

〈ホームズ〉の時代のインド

India in ‹Holmes› era

ヴィクトリア時代のインドは英国経済の要と考えられていました。「インド大反乱」を契機に、それまでインドを支配していた東インド会社は解散。インドは英国の支配下に置かれ、1877年にはヴィクトリア女王がインド皇帝を兼任する「インド帝国」が成立します。名目上は同君連合の形式がとられ独立国とされていましたが、官僚や軍隊を本国から派遣し、現地を副王（Viceroy）と呼ばれる英国の総督が統治するなど、事実上は英国の植民地でした。

インドは〝英国王の王冠に輝く最大の宝石〟とも言われ、1947年に独立するまで英国のインド支配は続きました。

『四つの署名』は、こういった時代のお話でした。

⇓P067【Check Point／インド大反乱】参照

『四つの署名』の事件の流れ

1878年 12月3日		**アーサー・モースタン大尉**：インドから帰国直後、行方不明となる。
1882年 5月4日		**メアリ・モースタン**：〈タイムズ〉紙上に自分の住所を問い合わせる広告を見つける。（それ以降毎年真珠が一粒届くようになる）
依頼日 1887年※1 9月7日（火）※2	朝	**メアリ**：謎の人物から面会を求める手紙が届く。
	昼食後	**メアリ**：221Bを訪れ、調査を依頼する。
	15時半頃	**メアリ**：いったん帰宅。 **ホームズ**：調査に出かける。
	17時半過ぎ	**ホームズ**：帰宅。
	18時過ぎ	**メアリ**：221Bを再び訪問。
	19時頃	**ホームズとワトスン、メアリ**：ライシアム劇場の入り口に到着。
		ホームズとワトスン、メアリ：サディアス・ショルトーの邸宅に到着。
	23時近く	**ホームズとワトスン、メアリ、サディアス**：サディアスの兄弟バーソロミューの邸宅に移動。バーソロミューの遺体を発見する。
		スコットランド・ヤードのジョーンズ：殺害現場に到着。
9月8日（水）	1時頃〜3時	**ワトスン**：メアリを家まで送る。犬のトービーを借りて現場に戻る。
	早朝	**ホームズとワトスン、トービー**：犯人の匂いを追跡する。
	8時〜9時頃	**ホームズとワトスン**：221Bに帰宅。 **ホームズ**：朝食後、集まったベイカー街不正規隊に指示を出す。
	午後遅く	**ワトスン**：仮眠後、メアリを訪問。／**ホームズ**：221Bに待機。
	日没後	**ワトスン**：221Bに帰宅。
9月9日（木）		**ホームズ**：1日中事件の報告を待つ。／**ワトスン**：メアリを訪問。
9月10日（金）	明け方	**ホームズ**：若い船員に変装して調査へ。／**ワトスン**：221Bに待機。
	15時	**ジョーンズ**：221Bを訪問。／**ホームズ**：帰宅。3人で夕食をとる。
	18時半	**ホームズとワトスン、ジョーンズ**：桟橋に向けて出発。
	20時頃	**ホームズとワトスン、ジョーンズ**：警察の蒸気船で犯人の追跡を開始。

※1：1887年＝正典（原作）には具体的な年の記載はありませんが、メアリに届いた真珠の数が6個、彼女の父親が行方不明になったのは10年程前、ワトスンの結婚前の話、ということを総合的に考え、本書では本作は1887年に起きた事件と推察します。

※2：9月7日（火）＝原文では、依頼日が「July 7.」（7月7日）に、依頼日の夜は「September」（9月）となっていますが、この件はドイル自身も間違いを認めており、メアリが晩にマントを着て、ホームズが牡蠣を調理していることから、この事件が起きた月は「9月」と判断しました。また、現実の「1881年9月7日」は「水曜日」ですが、この表では作中の記述にもとづいて「火曜日」としています。

見どころcheck! 四つの署名 を 少しだけ ディープに楽しもう!

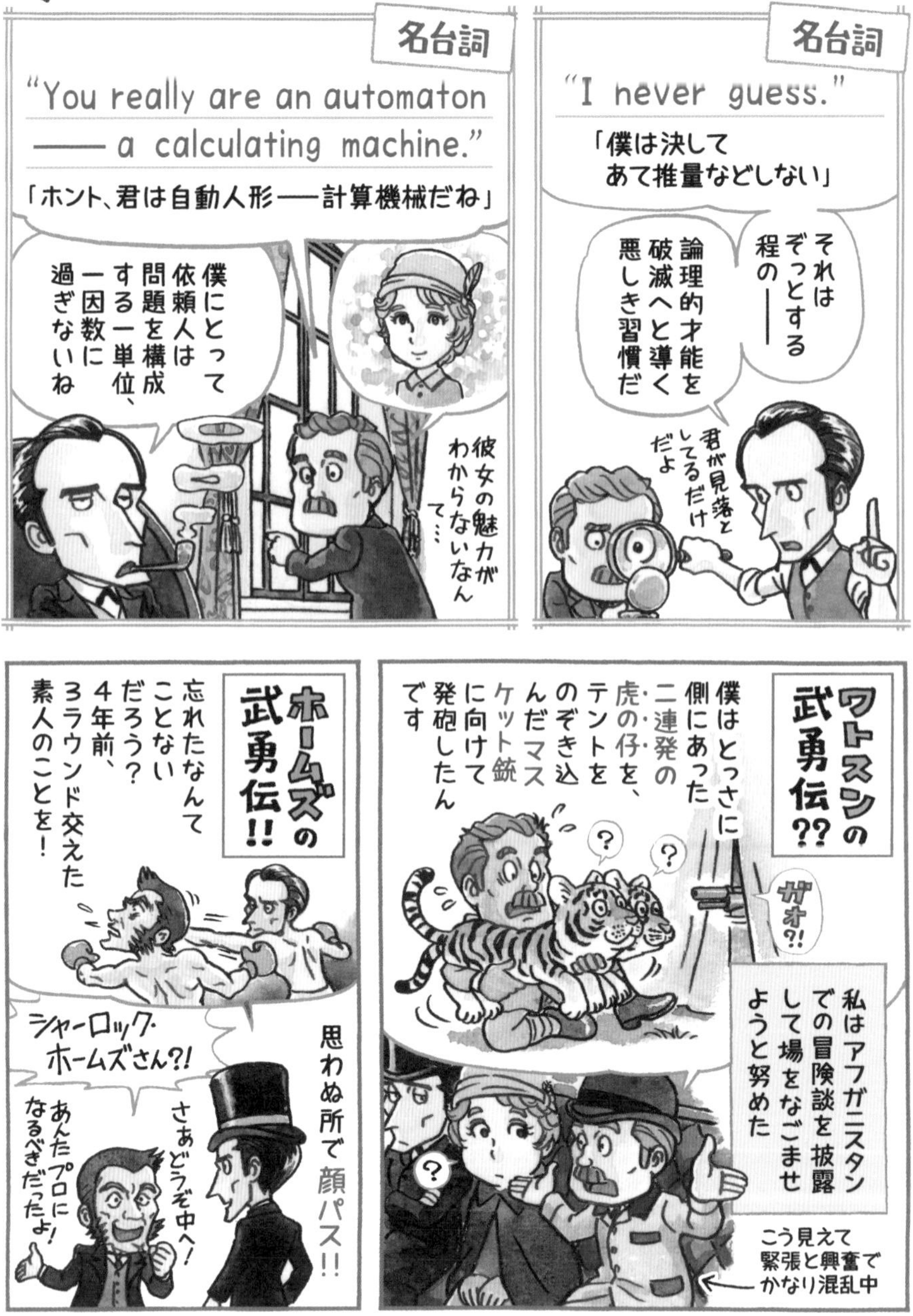

名台詞
“I never guess.”
「僕は決して
あて推量などしない」
それはぞっとする程の——
論理的才能を破滅へと導く悪しき習慣だ
君が見落としてるだけだよ
名台詞
“You really are an automaton
—— a calculating machine.”
「ホント、君は自動人形——計算機械だね」
僕にとって依頼人は問題を構成する一単位、一因数に過ぎないね
彼女の魅力がわからないなんて…
ワトスンの武勇伝??
僕はとっさに側にあった二連発の虎の仔を、テントをのぞき込んだマスケット銃に向けて発砲したんです
?
?
ガオ?!
私はアフガニスタンでの冒険談を披露して場をなごませようと努めた
?
こう見えて緊張と興奮でかなり混乱中
ホームズの武勇伝!!
忘れたなんてことないだろう? 4年前、3ラウンド交えた素人のことを!
シャーロック・ホームズさん?!
思わぬ所で顔パス!!
さあどうぞ中へ!
あんたプロになるべきだったよ!

依頼人が来たのはいつ?
消印は— 7月7日 フムフム
朝届いた手紙の消印は7月7日
しかしワトスンはその日の夜に、その日のことを9月と語りました
それは9月の陰鬱な晩…
一体どっち?!!＊

＊⇒P071 注釈※2参照

軽業師ホームズ
スルスル
ブロンダンばりの軽業にご注目あれ!

名奏者ホームズ
ソファに横になりな 僕の調べで眠りに誘ってしんぜよう

料理人ホームズ
出陣前の腹ごしらえを、ホームズ自らの手料理で!
君はまだ僕の家政力を知らなかったね
ライチョウのつがい
牡蠣
ちょっと選り抜きの白ワイン

私は波乱万丈の半生において、様々な国で様々な動物狩りを経験したが、この時の翔ぶが如きテムズ河下りの熱狂的な人間狩り程に、荒々しいスリルを味わったことはない
奴が手を上げたら撃つんだ!
ワトスンの「語られざる冒険」も、いろいろと聞いてみたい!

今回の捜査費用

- トービーの借り賃
  半ポンド
- 聞き込みのためジャック坊やに
  2シリング
- イレギュラーズへのお駄賃
  1日1人頭
  1シリング×12人(?)×3日(?)
- 電報代
  - ウィギンズ宛て
  - アセルニー・ジョーンズ宛て

  共に金額不明

※1ポンド＝1ソヴリン(約2万4千円)、1シリング(約千2百円)

ヴィクトリア時代

『四つの署名』考察MAP

ヴィクトリア時代のロンドン地図と照らし合わせて、正典（原作）内のホームズのセリフなどから彼らのたどった足跡を推察してみました。

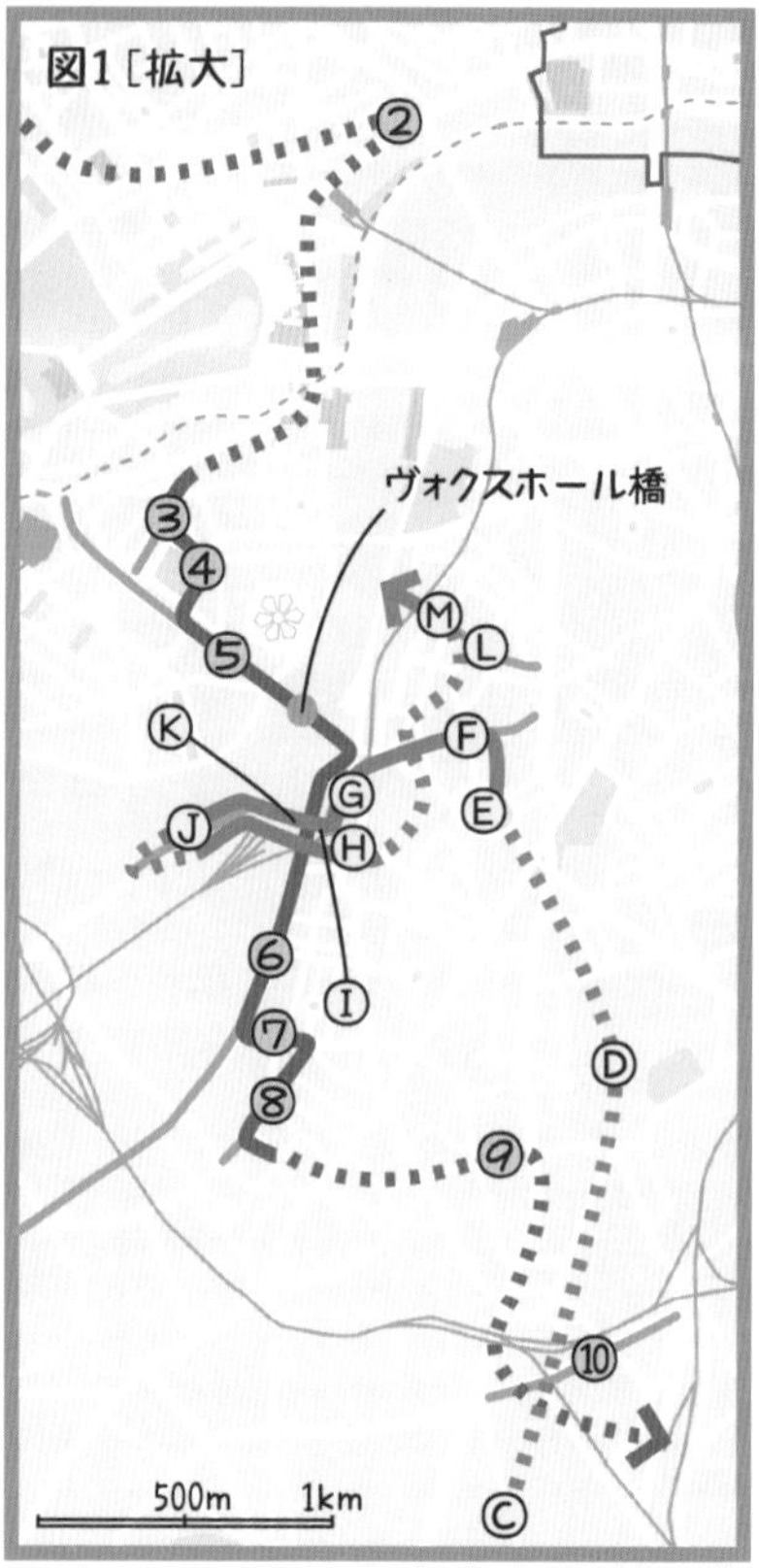

図1［拡大］
ヴォクスホール橋
500m
1km

図1
シティ
カンバーウェル
ブリクストン
ストレタム
ノーウッド
アッパー・ノーウッド
3km

ホームズとワトスン メアリの謎の人物訪問経路

①ベイカー街
②ライシアム劇場
③ロチェスター・ロウ
④ヴィンセント・スクウェア
⑤ヴォクスホール橋通り
●ヴォクスホール橋
⑥ワンズワース通り
⑦アプライオリ通り
⑧ラークホール・レイン
＊ストックウェル・プレイス
⑨ロバート街
⑩コールドハーバー・レイン

● = 作中での言及無し
＊ = 架空の地名・施設名※
赤字＝地区名

ホームズとワトスン トービーのクレオソート追跡経路

Ⓐポンディシェリ荘
Ⓑストレタム
Ⓒブリクストン
Ⓓカンバーウェル
Ⓔオーヴァル競技場
Ⓕケニントン・レイン
Ⓖボンド街
Ⓗマイルズ街
Ⓘナイツ・プレイス
Ⓙナイン・エルムズ通り
＊ホワイト・イーグル酒場
＊ブロデリック・アンド・ネルスン会社の材木置場
Ⓙナイン・エルムズ通り
Ⓘナイツ・プレイス
Ⓚベルモント・プレイス
Ⓛプリンス街
Ⓜブロード街

※架空の地名・施設名のため、地図上の場所は不明です。

2章

短編集『シャーロック・ホームズの冒険』の登場人物

『シャーロック・ホームズの冒険』は、〈ストランド・マガジン〉に連載された短編第1作〜第12作をまとめたホームズ・シリーズ初の短編集です。「ボヘミアの醜聞《スキャンダル》」の〝あのひと〟アイリーン・アドラーや「赤毛組合」の赤毛の依頼人ジェイベズ・ウィルスンをはじめ、バリエーション豊かなゲストキャラクターに彩られた、何度読んでも色あせない1冊です。

【短編集】
シャーロック・ホームズの冒険
The Adventures of Sherlock Holmes／1892年

ボヘミアの醜聞／〈ス〉1891年7月号
赤毛組合／〈ス〉1891年8月号
花婿の正体／〈ス〉1891年9月号
ボスコム谷の謎／〈ス〉1891年10月号
オレンジの種五つ／〈ス〉1891年11月号
唇のねじれた男／〈ス〉1891年12月号
青いガーネット／〈ス〉1892年1月号
まだらの紐／〈ス〉1892年2月号
技師の親指／〈ス〉1892年3月号
独身の貴族／〈ス〉1892年4月号
緑柱石の宝冠／〈ス〉1892年5月号
ぶな屋敷／〈ス〉1892年6月号

〈ス〉＝〈ストランド・マガジン〉

1888年3月20日 私は久しぶりにベイカー街を訪れた
セカ セカ
結婚して開業医となってる
221B
ホームズの奴さては事件に取り組んでるな
7ポンド半も太ったところを見ると、結婚生活は順調のようだね
じろじろ
ポイ
お サンキュー
なぜ分かる?!
分かることは他にもあるさ
君は最近、雨でずぶぬれになった――
君は今、出来の悪いメイドに困っている――
またまた当たり!
じろ
じろ
君は何世紀か前だったら火あぶりだな
単純な推理さ
君の靴についた新しいひっかき傷は明らかに泥をこすり落とそうとして不注意でつけたものだ
そこから
①君は雨の日にぬかるみを歩いた
②靴の手入れをしたメイドはひどく不器用で不注意だ
――という推理ができる
その簡単な推理が僕にはできないんだよなぁ
君は見てるだけで観察してないからさ
ところで今しがたこんな手紙が届いたんだが――
興味あるだろ?
どれどれ
「今夜8時15分前、きわめて重大な問題についてご相談申し上げるべく、ある人物が…
日付も記名もないね
ホームズ宛ての謎の手紙に続き、まもなく響くノックの音が、事件の始まりを告げる――――

冒険 01

ボヘミアの醜聞《スキャンダル》

A Scandal in Bohemia

［依頼日］ 1888年3月20日
［依頼人］ ボヘミア国王
［依頼内容］ 過去に交際していた女性アイリーン・アドラーが隠し持つ写真と手紙を手に入れて欲しい
［主な地域］ ロンドン／セント・ジョンズ・ウッド ほか

Story ホームズと渡り合った「The Woman」

ホームズのもとへボヘミアの国王が現れ、元愛人でオペラ歌手のアイリーン・アドラーが隠し持つ〝写真と手紙〟を手に入れて欲しいと依頼してきました。

現在、スカンジナヴィア国第二王女との間に縁談が進められている国王に対し、3日後の婚約発表当日に問題の写真と手紙を先方に送り付けるとアドラーが脅迫してきたというのです。

その写真と手紙の内容は破談を確実にし、王室の名誉失墜のみならず欧州の歴史をも左右しかねないと危惧した国王は、盗賊を雇いロンドンに暮らすアドラーの身辺を何度も捜させましたが、ことごとく失敗していました。

困り果てた国王は、最後の頼みの綱として221Bを訪れたのでした。

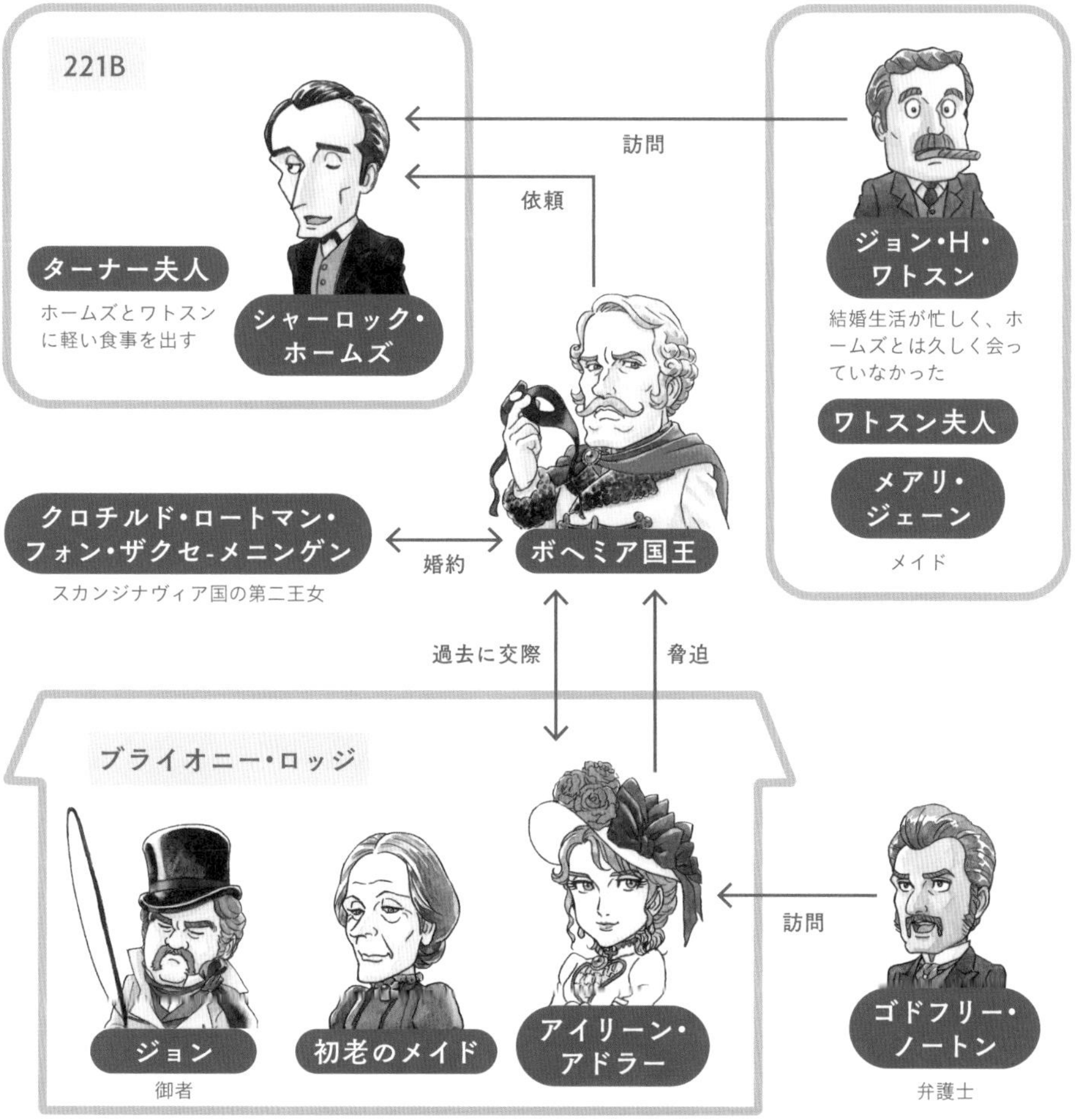

221B
ターナー夫人
ホームズとワトスンに軽い食事を出す
シャーロック・ホームズ
訪問
依頼
ジョン・H・ワトスン
結婚生活が忙しく、ホームズとは久しく会っていなかった
ワトスン夫人
メアリ・ジェーン
メイド
クロチルド・ロートマン・フォン・ザクセ-メニンゲン
スカンジナヴィア国の第二王女
婚約
ボヘミア国王
過去に交際
脅迫
ブライオニー・ロッジ
ジョン
御者
初老のメイド
アイリーン・アドラー
訪問
ゴドフリー・ノートン
弁護士

ヴィルヘルム・ゴッツライヒ・ジギスモント・フォン・オルムシュタイン

the King of Bohemia
Wilhelm Gottsreich Sigismond von Ormstein

依頼人

ボヘミア国王／カッセル-ファルシュタイン大公：30歳。スカンジナヴィア国の第二王女クロチルド・ロートマン・フォン・ザクセ-メニンゲン姫との婚約発表を翌週の月曜日に控えている。フォン・クラム伯爵（Count von Kramm）と名乗り、ホームズのもとを訪れる。

秀でた色白の額
長くまっすぐなあごは頑固一徹レベルの意志の強さを表している。
（上半分はマスクで隠れていたが）顔の下半分から頑固な人間性が見てとれる。
この服装は贅沢すぎて英国ではむしろ悪趣味とみなされるレベル
きつく結んだ厚い唇
大粒の緑柱石のブローチ
広い肩
ほお骨まで隠れる黒いマスク
幅広いアストラカンの毛皮
幅広いアストラカンの袖
豆アストラカン
astrakhan
カラクール種（中央アジア原産の羊）の生後まもない子羊からとれる高級毛皮。
ヘラクレスのようにたくましい体
ダブルの上衣
濃紺の袖なしマント（裏地は燃えるような赤絹）
身長6フィート6インチ（約198cm）以上
このブーツは服装全体が表現しようとしているゴリゴリの豪華絢爛さの総仕上げといった感じだ。
ふさふさの茶色の毛皮
陛下が言葉を発する前からご正体がわかっていました
ホームズにはバレバレ！

アイリーン・アドラー

Irene Adler

コントラルト歌手：ボヘミア国王が皇太子時代にワルシャワに長期滞在している際に知り合い、交際していた。

豆 19世紀末の帽子
絹でできた花やリボン、羽など、精巧な飾りにおおわれたタイプのものが登場し流行した。

顔立ちがことのほか美しい。

近所の男たちはみんな「ボンネットを被らせたらこの惑星で最も美しい」と崇めている

豆 ボンネット
bonnet
頭頂から後頭部にかけて深くかぶり、あごの下で紐を結ぶタイプの帽子。18～19世紀に流行した。

ちらっと見ただけだが…
たしかに男が命をささげてもいいと思いそうな、愛らしい顔立ちの女性だったよ

豆 19世紀末のドレス
19世紀には、腹部を押さえバストとヒップを強調した細いS字型のシルエットが流行。コルセットでウエストを締め上げげた。ウエストサイズは、18インチ（約45.7cm）が理想とされた。

彼女は美麗なる女の顔と、堅牢なる男の魂を持ち合わせておるのだ

ホームズの調査結果
・今でも時々コンサートで歌っている。
・静かな暮らしをしている。
・毎日5時に出かけ7時きっかりに夕食に戻る。コンサート以外でこの時間に外出することはめったにない。

未練たらたら
余と同じ身分であったなら、どのような王妃になったことであろうか…

Profile

- 1858年 アメリカ合衆国ニュー・ジャージー州生まれ（当年30歳）
- イタリア・ミラノのスカラ座にも出演歴あり
- ワルシャワ帝室オペラではプリマドンナも務める。歌劇団を引退後、ロンドンで暮らしている
- ロンドン、セント・ジョンズ・ウッド、サーペンタイン通り〈ブライオニー・ロッジ〉在住

ボヘミア国王＝P078

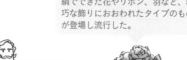

Check Point

イナー・テンプル法学院

The Honourable Society of the Inner Temple

シティ区域内にある法学院。法学院はロンドンに4つあり、イングランドとウェールズにおける法廷弁護士の育成や認定などの権利を専有しています。

「テンプル」は、この土地を開拓した「テンプル騎士団」に由来し、シティ区域内に位置したことから「イナー・テンプル」と呼ばれています。中には教会、図書館、大食堂の他に法廷弁護士や法学生のための事務所や住居などもあり、ノートンの事務所もこの「イナー・テンプル」にありました。

ゴドフリー・ノートン

Godfrey Norton

弁護士：イナー・テンプル法学院所属。たびたびアドラーが住む〈ブライオニー・ロッジ〉を訪れている。

ワシのように
高い鼻
くちひげ
色が浅黒い

彼は目をみはるような好男子だったよ

ジョン

John

アドラーの御者：洒落た四輪馬車《ランドー》を扱う。

耳の方に寄った
ネクタイ
コートのボタンを半分しかかけていない。（アドラーを教会へと送る際はよほど急いでいたのか、このような恰好だった）

初老のメイド

An elderly woman in Briony Lodge

アドラーのメイド

馬扱い人

Ostler

〈ブライオニー・ロッジ〉の近所にある貸馬車屋で働く馬扱い人：馬にブラシをかけるのを手伝ったホームズに、2ペンスを渡し（約2百円）、ビール1杯と煙草2服をおごる。

白い法衣

牧師

Clergyman

セント・モニカ教会の牧師：エッジウェア通りにある教会の牧師。アドラーとノートンに対し、結婚許可証の不備を指摘する。

通りに集まった人々

People gathered on the street

〈ブライオニー・ロッジ〉があるサーペンタイン通りに集まった人々：薄汚い身なりの男たち、ハサミ研ぎ職人、近衛兵、子守の娘、葉巻をくわえながら通りをぶらぶらしている身なりのいい青年などがいた。

ターナー夫人

Mrs. Turner

〈ブライオニー・ロッジ〉に出かけるホームズとワトスンのために軽い食事を出す。

これがどうにも手に負えない娘でね…

メアリ・ジェーン

Mary Jane

ワトスン家のメイド：ひどく不器用で無神経なため、ワトスン夫人に暇を出される。

Check Point

ターナー夫人

Mrs.Turner

「ターナーさんが料理を運んできてくれたら、説明するよ」――本作にはホームズから「ターナーさん」と呼ばれる女性が登場します。

本作のこの台詞のみの登場でこれ以上の詳細は全く分からず、「料理を運ぶ係の人」とも取れる表現でもあるため、「ハドスン夫人が一時的に雇った人」説や、「コナン・ドイルの書き間違え」説など諸説唱えられ、ホームズ研究のひとつにもなっています。

⇒P012【主要な登場人物／ハドスン夫人】参照

酔っぱらいの馬扱い人
A drunken-looking groom

ホームズ

ぼさぼさの髪
伸びたほおひげ
真っ赤な顔
汚らしい服

3度も見直して、やっとホームズだと分かる。

非国教会の牧師
Nonconformist Clergyman

ホームズ

つば広の黒い帽子
思いやりのあるほほえみ
愛想がよく人も良さそう
白いネクタイ
だぶだぶのズボン

ホームズが犯罪のスペシャリストになったと同時に演劇界はひとりの名優を失った！

実在の人物

ジェイムズ・ボズウェル
James Boswell (1740–1795)

スコットランド、エジンバラ生まれ／作家、弁護士

文壇の重鎮サミュエル・ジョンソンと深い親交を持ち、その言動を詳細に記録した。ジョンソンの没後に発表した『サミュエル・ジョンソン伝』（1791）は、伝記文学の傑作と評されている。

ボズウェルなしの僕なんてありえないよ

ホームズは、自分の事件記録を取ってきたワトスンのことを作家ボズウェルに例えた。

ジョン・ヘア
John Hare (1844–1921)

ヨークシャー、ギグルズウィック生まれ／俳優

20代の頃はプリンス・オブ・ウェールズ劇場で俳優として活躍し、その後は複数の劇場で支配人も兼任した。1907年、ナイトに叙された。「ボヘミアの醜聞」事件当時（1888年）は43歳。

博愛と好奇の眼差しを備えた風貌は、並び例えるものがいるとしたらジョン・ヘアのみ

ワトスンは、ホームズの変装の見事さを表現するために、幅広い役柄をこなす名優ジョン・ヘアを引き合いに出した。

ホームズが唯一認めた女性、登場回数も一度きり

「ボヘミアの醜聞」は、創刊半年後の〈ストランド・マガジン〉1891年7月号から連載された読み切り短編シリーズの第1作目の作品です。前2作が単発の長編だったことを考えると、本作は記念すべき〈ホームズ・シリーズ化第1号〉作品と言ってもいいかもしれません。

そして本作には、多くのファンから〝特別なヒロイン〟と認識されているアイリーン・アドラーが登場します。

アドラーは、ホームズが〈THE WOMAN《あのひと》〉と敬意を込めて口にする唯一の女性。映像化作品にも数多く登場し、〝女盗賊〟や〝女スパイ〟だったり、ホームズとの間に恋愛めいた感情を持たせたりと、まるで『ルパン三世』の峰不二子のような位置づけになることも多いキャラクターです。そんな彼女ですが、意外なことに正典（原作）に登場するのは、この1作だけ。一国の王を手玉に取りホームズと互角に渡り合うほどの女傑ですが、実質はただのオペラ歌手です。

1作品のみのゲストヒロインがここまでの広がりを見せるのもこのひとの持つミステリアスな魅力ならではかもしれません。

COLUMN

ストランド・マガジン
The Strand Magazine

〈ストランド・マガジン〉は、ジョージ・ニューンズ（George Newnes 1851～1910）によって創刊され、イラストも豊富で一般大衆が楽しめる月刊雑誌として、1891年1月から1950年3月まで発行されていました。

ホームズ・シリーズの掲載は、創刊半年後の1891年7月号の「ボヘミアの醜聞」から1927年4月号の「ショスコム荘」まで37年間に渡りました。

全60作品中『緋色の研究』と『四つの署名』を除く58作品が〈ストランド・マガジン〉に掲載されています。

〈ストランド・マガジン〉1891年7月号の表紙

「ボヘミアの醜聞」の事件の流れ

1883年頃		**ボヘミア国王**：アイリーン・アドラーと交際。（その後、破局）
時期不明		**ボヘミア国王**：スカンジナヴィア王の次女との縁談が調う。
時期不明		**ボヘミア国王**：アドラーから「婚約発表当日に“手紙と写真”を相手方に送りつける」という脅迫を受ける。
時期不明		**ボヘミア国王**：盗賊を雇い、“手紙と写真”を取り返そうと5度試みるが失敗する。
依頼日 1888年 3月20日（金）	19時45分	**ボヘミア国王**：221Bを訪れ、 “手紙と写真”の奪取を依頼する。 
3月21日（土）	8時～	**ホームズ**：馬扱い人に変装し、アドラーの住む〈ブライオニー・ロッジ〉の付近で聞き込みをする。
	12時25分	**アドラー**：馬車で教会に向かう。 **ホームズ**：アドラーを追跡、教会で接触する。 
	15時	**ワトスン**：221Bを訪問。
	16時	**ホームズ**：変装姿のまま、221Bに帰宅。
	17時	**アドラー**：馬車で公園に出かける。
	18時15分	**ホームズとワトスン**：ホームズは牧師に変装。ベイカー街を出発。
	18時50分	**ホームズとワトスン**：〈ブライオニー・ロッジ〉のあるサーペンタイン通りに到着。
	19時	**アドラー**：帰宅。 〈ブライオニー・ロッジ〉前で騒動が起き、 ホームズ牧師が負傷、 〈ブライオニー・ロッジ〉に 担ぎ込まれる。 
	夜遅く	**ホームズとワトスン**：221Bに帰宅。 ワトスン：221Bに泊まる。
3月22日（日）	8時	**ホームズとワトスン、ボヘミア国王**：〈ブライオニー・ロッジ〉を訪問する。
3月23日（月）*		ボヘミア国王、婚約発表の日。

＊＝現実の「1888年3月23日」は「金曜日」ですが、作中では依頼日（1888年3月20日）の３日後が「月曜日」と書かれています。この表は作中に記載されている曜日にもとづいて作成しています。

「ボヘミアの醜聞」に登場する
ホームズの世界を彩るアイテム

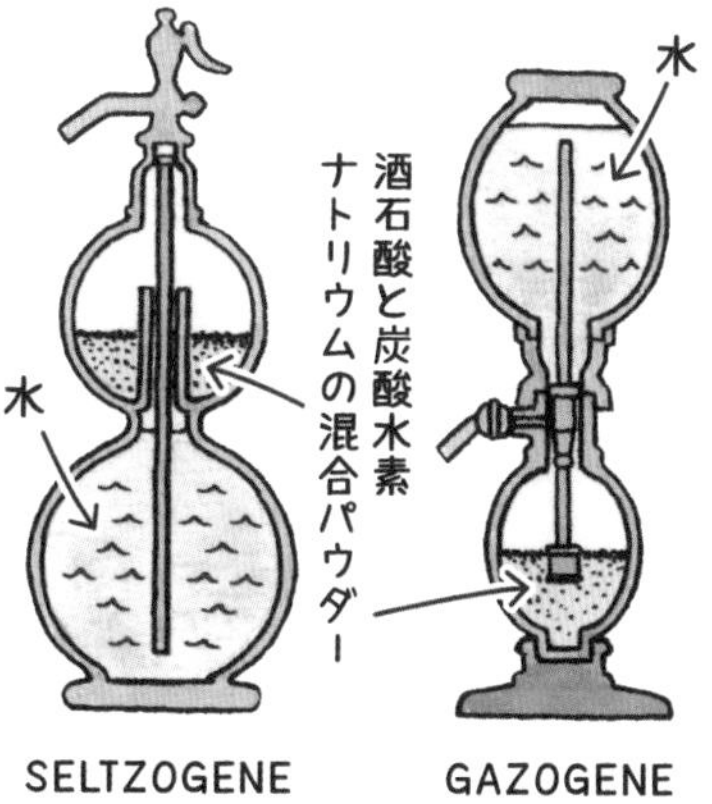
水
酒石酸と炭酸水素ナトリウムの混合パウダー
水
SELTZOGENE
GAZOGENE
ハロッズ百貨店の1895年のカタログにはこの2種類の商品の記載がある

ガソジーン
Gasogene

家庭用の炭酸水製造器。

ガラス製の２つの球を上下に繋げた形をしており、片方の球に酒石酸と炭酸水素ナトリウムの混合パウダーを入れて炭酸ガスを発生させ、もう一方の球に入れた水と混合させ炭酸水を作る。ガスの圧力で器具が破裂した際のガラスの飛散を防ぐため、籐網《とうあみ》や金網で装置全体が覆われている。

⇒P016【221Bを彩るアイテムたち／ガソジーン】参照

一度は味わいたい ホームズの炭酸割り

正典（原作）で「ガソジーン」が登場するのは、「ボヘミアの醜聞」「マザリンの宝石」の2回です。

「ボヘミアの醜聞」では、ホームズがガソジーンとお酒の棚(spirit case)を無言で指差し、久しぶりに221Bを訪れたワトスンに歓迎の意を示します。「マザリンの宝石」でも、久しぶりに古巣に訪れたワトスンに「ガソジーンも葉巻も昔と同じところにあるよ」と話しかけます。

登場回数はたった2回ですが、この会話からガソジーンは221Bの居間に当たり前のように置かれていることが伺えます。

「赤毛組合」や「独身の貴族」で、ホームズとワトスンが飲んだウイスキーのソーダ割りは、このガソジーンを使って作られたものでしょう。ウイスキーのソーダ割りは自分たちで楽しむだけではなく、スコットランド・ヤードのジョーンズ（『四つの署名』）にもふるまわれています。

正典にはたった2回しか登場していないガソジーンですが、ファンの間では人気が高く、世界最古の歴史を持つアメリカのホームズファンクラブ「ベイカー・ストリート・イレギュラーズ」では、会長職は「ガソジーン」と呼ばれているそうです。

当時、ガソジーンは2種類あったそうですが、映像作品では上図左側のセルツォジーン型の方をよく見かけます。なぜセルツォジーン型ばかりなのか研究してみるのも楽しそうですね。

見どころcheck! ボヘミアの醜聞 を少しだけディープに楽しもう!

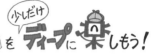

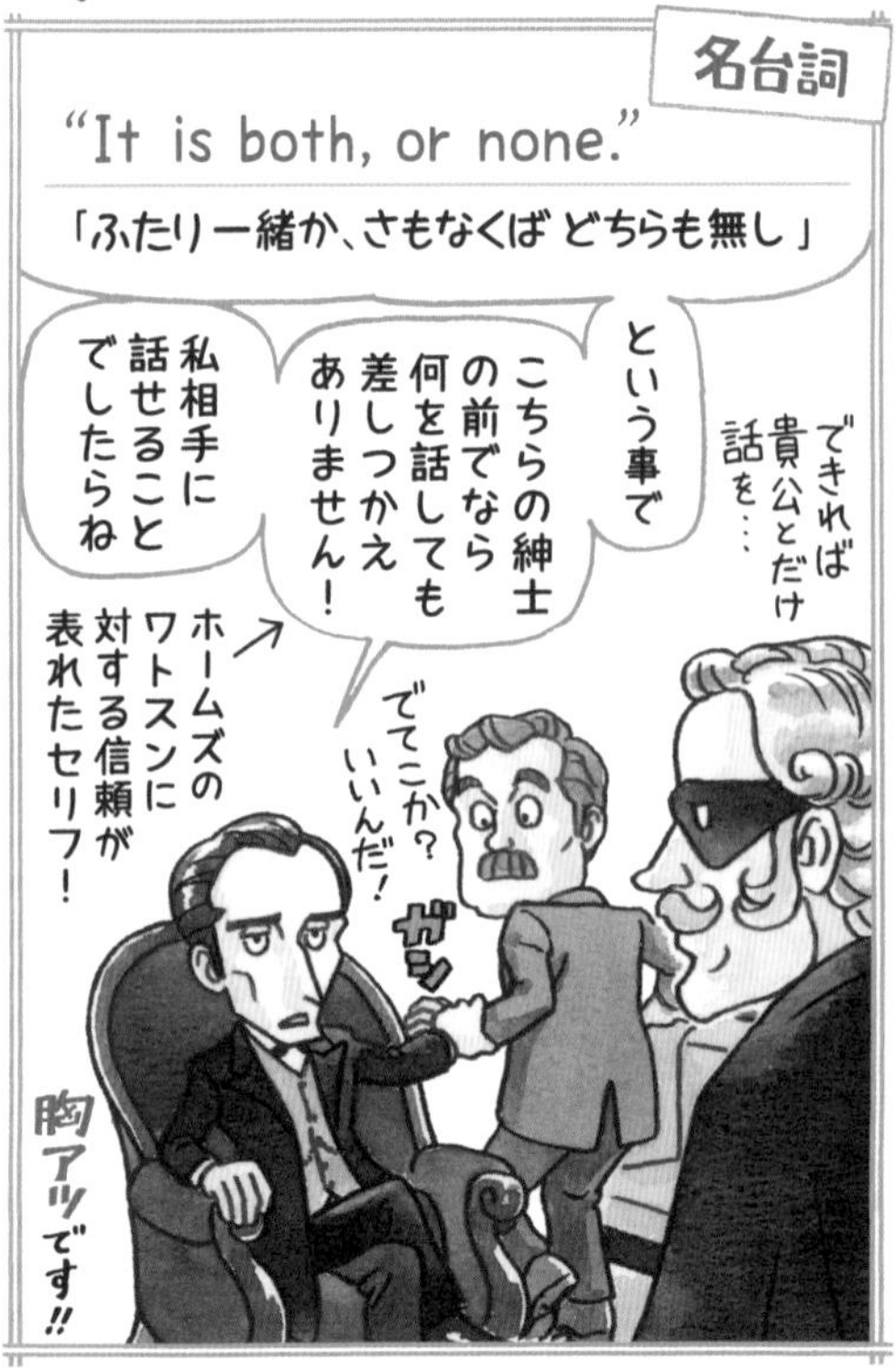

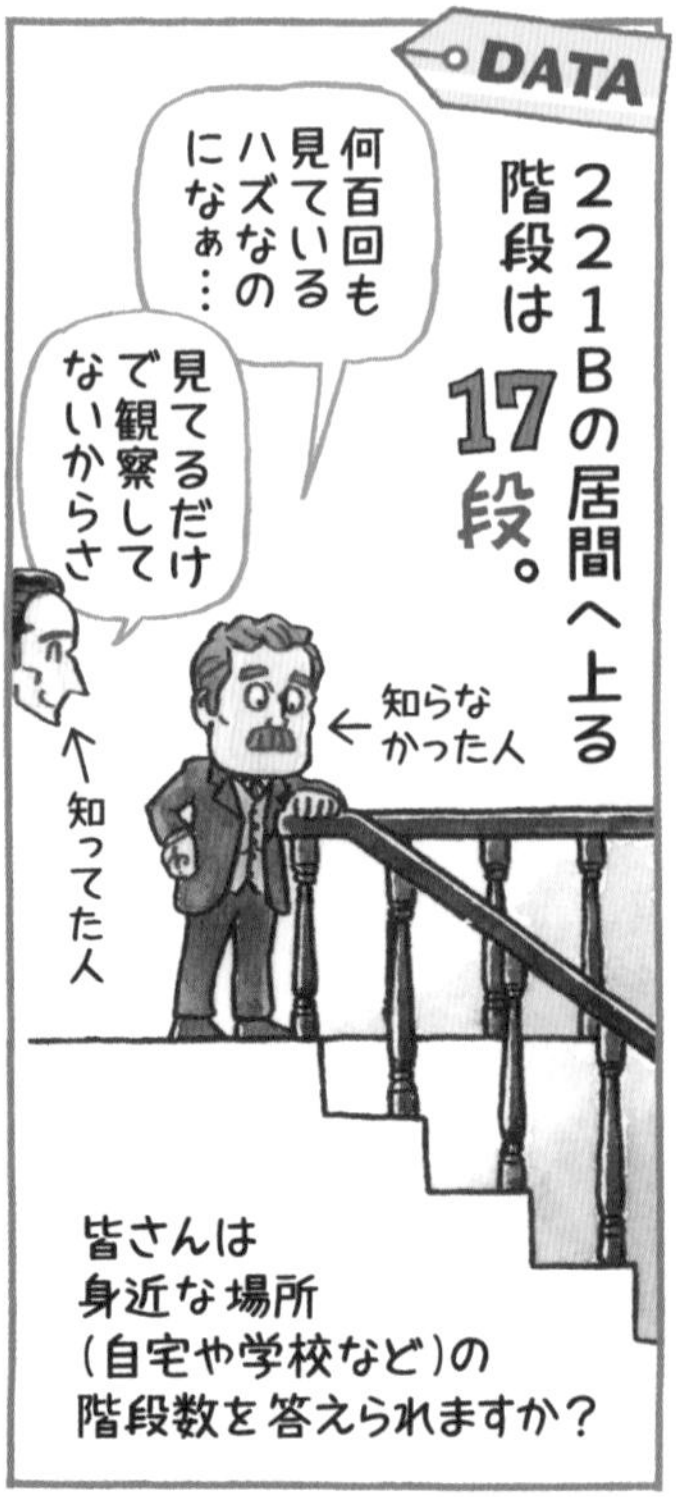

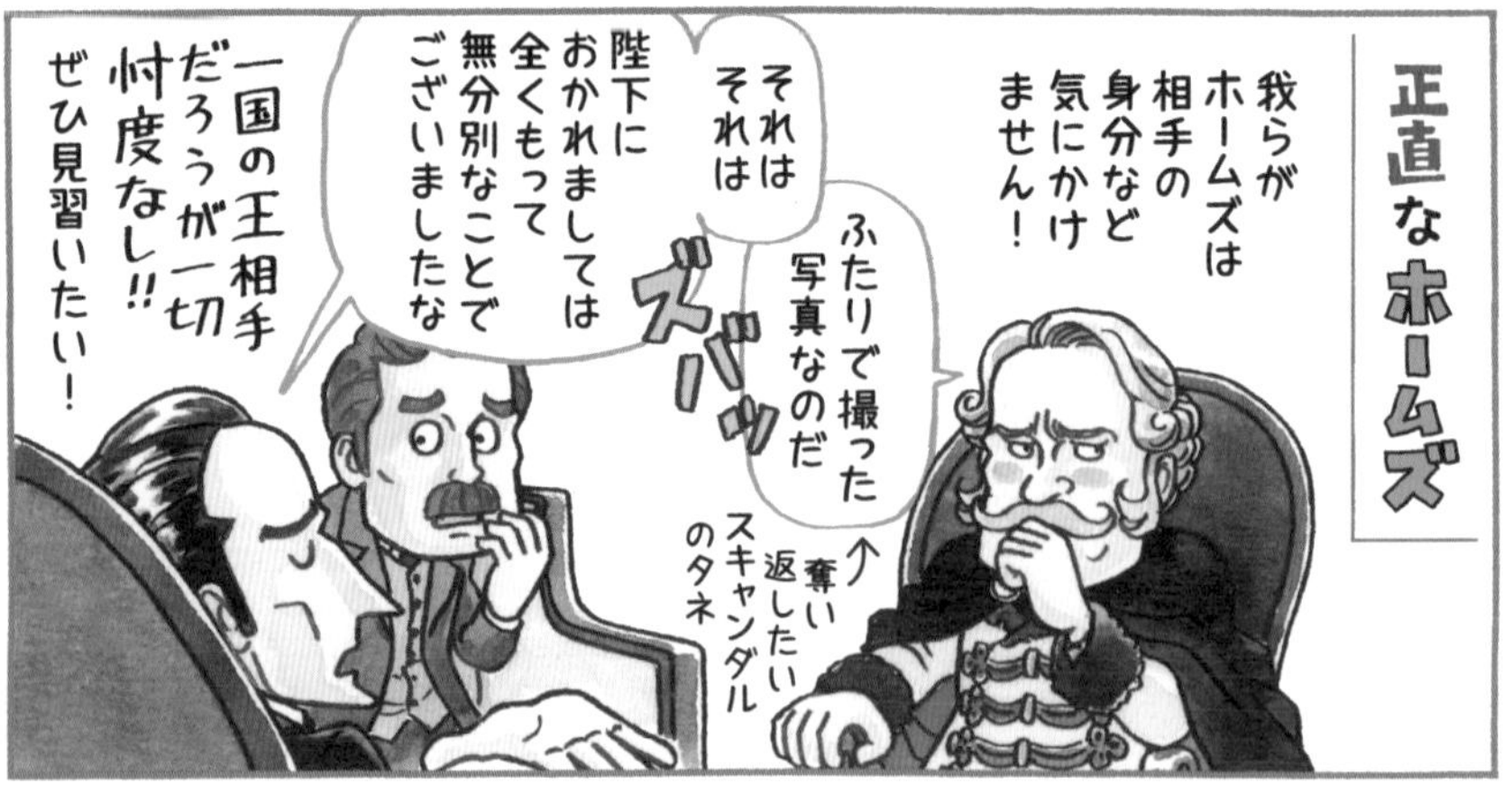

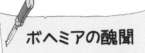

今回のワトスン君のお仕事
僕が手をあげたらそれを投げ入れ「火事」と呼ぶ君の仕事はそれだけだ
雷管付き発煙筒

名台詞
"Then I am your man."
「それなら、僕は 君のものだ」
今度はワトスンがホームズに絶対的信頼を表明!!
直訳日本語にするとかなり強烈!
逮捕されるかも?
理由が「良」なら平気さ
理由だったら「良」どころか「優」さ!
またまた胸アツ!!

ホームズが得たモノ
■国王から受け取った捜査費用
ホームズは、今回の捜査のために結構人を雇ったけど1人頭いくら出したんだろう?
金貨 300ポンド
紙幣 700ポンド
■聞き込みのため変装して馬車屋を手伝った時のお駄賃
ハーフ&ハーフのビール
シャグ煙草2服
2ペンス
■変装したホームズと知らずにアドラーがくれた
ソヴリン金貨1枚
記念に時計の鎖にぶら下げとこう!
←そして写真も1枚

"Good-night, Mister Sherlock Holmes."
「おやすみなさい シャーロック・ホームズさん」
捜査の帰り際、通りすがりの人に挨拶されたホームズ…ごく普通の挨拶ですが正典(原作)でホームズにこの台詞を言ったのは、この人だけ!
ホームズ(変装中)
Good-night
Mr.Sherlock Holmes!

※1ポンド=1ソヴリン(約2万4千円)、1ペニー(約百円)(ペンスはペニーの複数形)

冒険02

赤毛組合

The Red-Headed League

［依頼日］　1890年10月9日（土）（⇒P095参照）

［依頼人］　ジェイベズ・ウィルスン（質屋店主）

［依頼内容］〈赤毛組合〉はなぜ自分にこんなイタズラまがいの事をしたのか調べて欲しい

［主な地域］　ロンドン／フリート街ホープス・コートほか

Story

〈赤毛組合〉はなぜ解散した？

ある朝、ワトスンが221Bを訪れると、赤毛のジェイベズ・ウィルスンという人物が、ホームズを頼って来ていました。相談の内容は〈赤毛組合〉について。〈赤毛組合〉とは赤毛の男性のみ入会できる団体で、会員は組合事務所で大英百科事典を書き写すだけで週4ポンドの給付が受けられるとのことでした。

8週間前、新聞に欠員募集の広告が載り、応募したウィルスンは見事合格。組合の業務に励む日々を送っていましたが、今朝、事務所に行くと扉は閉ざされ、組合解散の貼り紙だけがあったというのです。

ウィルスンの話を聞き終えたホームズは2日後の解決を約束し、調査へと乗り出しました――。

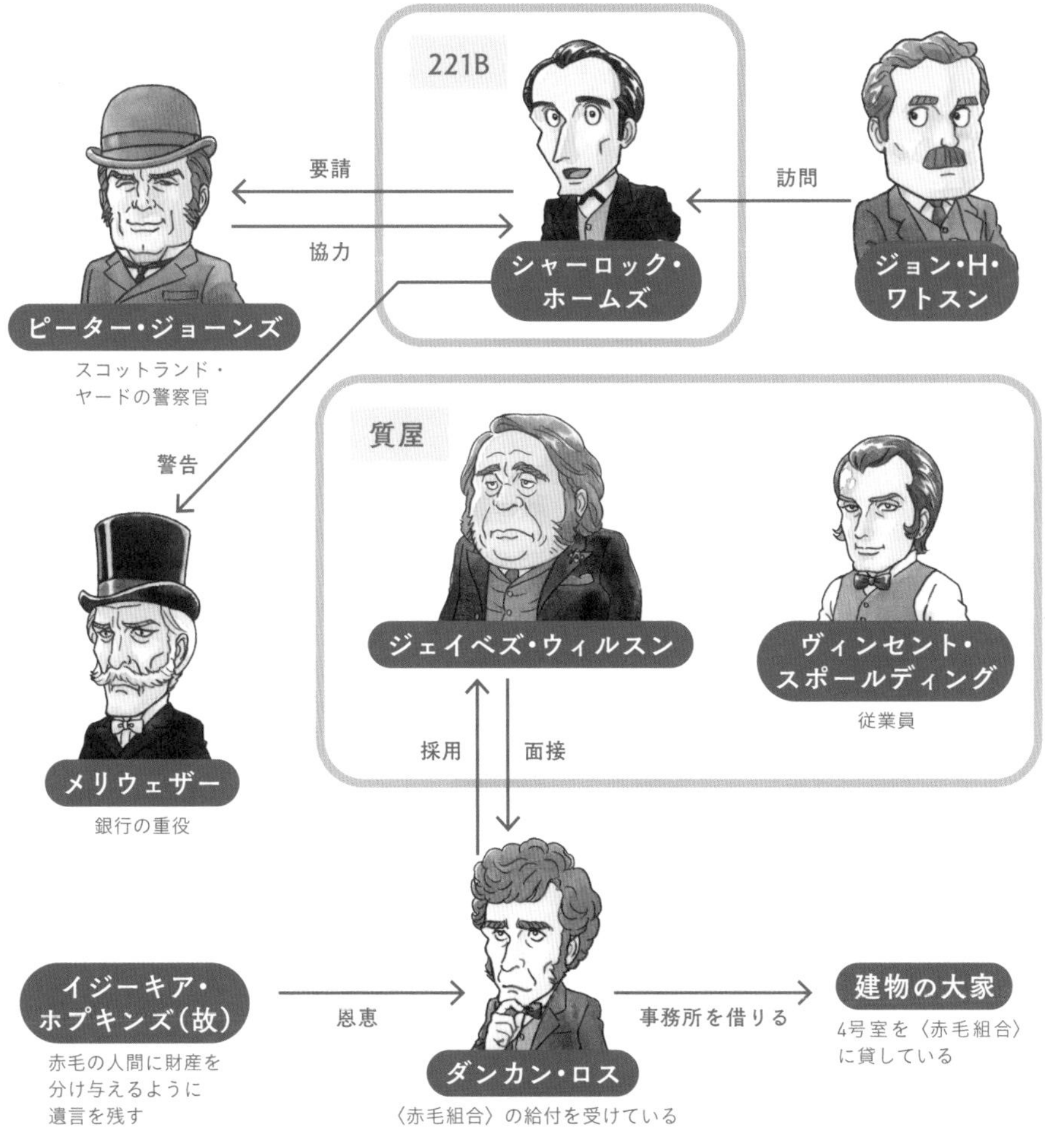
221B
シャーロック・ホームズ
ジョン・H・ワトスン
訪問
ピーター・ジョーンズ
スコットランド・ヤードの警察官
要請
協力
警告
質屋
ジェイベズ・ウィルスン
ヴィンセント・スポールディング
従業員
メリウェザー
銀行の重役
採用
面接
イジーキア・ホプキンズ(故)
赤毛の人間に財産を分け与えるように遺言を残す
恩恵
ダンカン・ロス
〈赤毛組合〉の給付を受けている
事務所を借りる
建物の大家
4号室を〈赤毛組合〉に貸している

ジェイベズ・ウィルスン

Jabez Wilson

依頼人

質屋店主：以前は船大工をしていたが、今はシティに近いサクス・コウバーグ・スクウエアで小規模な質屋を営んでいる。出不精で何週間も続けて家から出ないことがある。妻には先立たれており、子供はいない。

どう見たところで平凡でありふれた英国商人にしか見えない

赤ら顔
燃えるような赤い髪
まぶたの盛り上がった小さな眼
年配の紳士
真鍮製アルバート型の時計鎖 ⇒P107【アイテム】参照
弧とコンパスの胸飾りピン
がっしりとした体格
右手の袖口が5インチ（約12.7cm）ほどテカテカ光っている
左手のちょうど机にあたるヒジの部分にすべすべしたツギ
右手首すぐ上に魚の入れ墨
中国のコイン
右手が左手よりもひと回り大きい
太く赤っぽい指
くたびれた感じの黒いフロック・コートの前ボタンを外している ⇒P092豆参照
ちょっとだぶついたグレイの格子縞のズボン

その右手首の魚の刺青は中国特有のものです

ホームズの依頼人観察ポイント

- 昔肉体労働をしていた。
- 嗅ぎ煙草を愛用。
- フリーメイスンの会員。⇒P094【COLUMN】参照
- 中国にいたことがある。
- 最近かなりの量の書きものをしている。

でっぷりと太っていて、尊大で鈍重な感じ。

14歳の女の子

A girl of fourteen

ウィルスンの手伝い：簡単な台所仕事や掃除のために雇われている。

ヴィンセント・スポールディング
Vincent Spaulding

ウィルスン質屋の店員：3か月ほど前に、質屋の店員募集広告を見て応募。給料は半分でいいと自ら申し出、採用される。暇さえあればカメラで写真を撮りまくり、店の地下室で現像している。

額に白いしみ
子供の頃にロマに開けられたイヤリングの穴
ひげを綺麗にそっている
小柄だががっしりとした体格
年の見当はつかないが青年と言えない感じで30歳は越している。
店員としてはあれほど気の利く男はいないが写真趣味が欠点

Check Point

赤毛組合
Red-Headed League

アメリカ合衆国ペンシルヴェニア州レバノンの赤毛の大富豪、故イジーキア・ホプキンズの遺志によって設立された赤毛の男性のための組合。

赤毛の男性だけが入会可能で、組合員は簡単な仕事をするだけで週４ポンド（約9万6千円）の給与が支給されます。ただし勤務時間中は事務所のある建物内から出ることが禁止されており（病気などの例外なし）、規則に反し外出した場合には組合員の権利を失うことになります。

ダンカン・ロス
Duncan Ross

〈赤毛組合〉の面接官：自身も〈赤毛組合〉の組合員で、故イジーキア・ホプキンズの恩恵を受けている。組合事務所は、フリート街ポープス・コート7番地の4号室。組合にひとり欠員が出たので該当者を公募した。

ジェイベズ・ウィルスンよりも赤い髪
小柄

建物の大家
The landlord

会計士：〈赤毛組合〉の事務所が入っている建物の大家。自身もその1階に住み、会計士をしている。

ジェイベズ・ウィルスン＝P090

本職の方は
全くの能無しだが
悪い男ではない

ピーター・ジョーンズ

Peter Jones the official police agent

スコットランド・ヤードの警察官：過去にもホームズと一緒に捜査したことがあり、ホームズに信頼を置いている。

ブルドッグのように勇敢で、1度捕まえたらザリガニのように放さないのが長所。
大きな体

メリウェザー

Merryweather

シティ・アンド・サバーバン銀行の重役：ホームズに呼び出されて221Bを訪れる。毎週土曜の夜に、カードゲームの三番勝負《ラバー》をするのが趣味。

ピカピカ光る
シルクハット
陰気な顔つき
痩せて背が高い
嫌味なほど上等な
フロックコート
ステッキで銀行の
地下の床を叩き、
ホームズに叱られる

豆 フロック・コート
frock coat
男性の昼間用礼服。18世紀末から19世紀後半に男性が着用した日常着。背広の普及とともに次第に礼服となった。

警部とふたりの警察官

An inspector and two officers

スコットランド・ヤードの警察官：ジョーンズが、ウィルスン質屋の表口に警備として配置する。

実在の人物

パブロ・デ・サラサーテ

Pablo de Sarasate (1844-1908)

スペイン、パンプロナ生まれ／ヴァイオリン奏者、作曲家

神童として早くから知られ、12歳でパリ音楽院に入学。卒業後は世界各地を演奏旅行し、その超人的な技巧で名を馳せた。代表作は『ツィゴイネル・ワイゼン』（1878）など。

今日の午後、サラサーテがセント・ジェイムズ・ホールで演奏するんだが患者たちは2、3時間君を開放してくれるかな？

ホームズは、依頼人ウィルスンの奇妙な体験をパイプで3服、50分ほど考察した後、ワトスンをサラサーテのコンサートに誘った。

ギュスターヴ・フローベール

Gustave Flaubert (1821-1880)

フランス、ルアン生まれ／小説家

写実主義文学を芸術の域にまで高めた作家と言われている。精密な資料収集、現地調査を心がけ、作品から作者の主観を排した客観的な描写を信条とした。代表作は『ボヴァリー夫人』（1857）など。

ジョルジュ・サンド

George Sand (1804-1876)

フランス、パリ生まれ／作家

本名はアマンティーヌ＝オーロール＝リュシール・デュパン（Amantine-Aurore-Lucile Dupin）。男装の麗人としても、作曲家ショパンや詩人ミュッセの恋人としても知られる。晩年、フローベールと親交を持った。代表作は『愛の妖精』（1848）など。

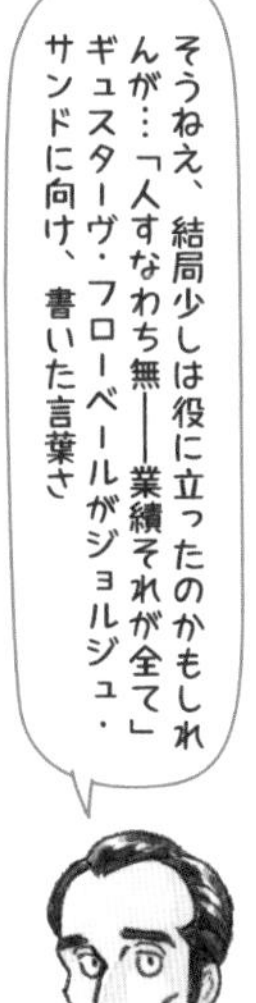
そうねえ、結局少しは役に立ったのかもしれんが…「人すなわち無――業績それが全て」ギュスターヴ・フローベールがジョルジュ・サンドに向け、書いた言葉さ

ホームズは事件解決後、ワトスンに「きみは人類の恩人だ」と言われた際に、こう返した。

〈赤毛トリック〉発祥の作品

本作「赤毛組合」の依頼人ジェイベズ・ウィルスンは、イタズラか冗談としか思えないような不可思議な目に合いますが、実はその裏ではある大きな犯罪計画が進んでいました。ウィルスンは知らず知らずその犯罪トリックに利用されていたのです。

このトリックは、その斬新さから人気も高く、後に様々な作品でも応用され〈赤毛トリック〉と呼ばれています。

他ならぬコナン・ドイル本人も、同じホームズ・シリーズで〈赤毛トリック〉を再利用していますが、その作品と比べてみても本作は、ウィルスンの平凡な小市民的キャラクターと事件の大きさとのギャップといい、国中の赤毛たちが一同に集まるヴィジュアル的な華やかさといい、魅力が豊富に詰まった作品です。

ちなみに、コナン・ドイル本人も1927年の〈ストランド・マガジン〉で自選ベスト2にこの「赤毛組合」をあげています。（ベスト1は「まだらの紐」⇒P164【COLUMN】参照）

THE RED-HEADED LEAGUE IS DISSOLVED.
October 9, 1890.

「赤毛組合は解散した」

COLUMN

フリーメイスン

Freemasonry

フリーメイスンとは、ロンドンに総本部を置く国際的な博愛主義団体のこと。1717年設立。その起源は中世の石工組合と言われており、原則として民族、階級、社会的地位、宗教によって会員の資格は制限されないとされています。

正典（原作）では本作「赤毛組合」の依頼人ウィルスンの他に、「ノーウッドの建築業者」の依頼人マクファーレン、「隠居した画材屋」の私立探偵パーカー、そして『緋色の研究』の被害者イーノック・J・ドレッバーが会員の紋章を身につけていました。原作者コナン・ドイルもフリーメイスンの会員でした。

G

フリーメイスンのマーク

「赤毛組合」の事件の流れ

1890年 4月27日	朝	〈モーニング・クロニクル〉紙に、「赤毛組合員募集」の広告が載る。
面接日 ?月?日（月）	11時	**ジェイベズ・ウィルスン**：従業員のスポールディングと一緒に〈赤毛組合〉の申し込みのためにフリート街の組合事務所を訪れ、組合員に採用される。
面接日翌日 ?月?日（火）	10時	**ウィルスン**：組合の仕事を始める。 勤務時間は、月～土曜日・10時～14時。組合事務所で大英百科事典を筆写する。（土曜日に1週間分の給料が支払われる）
依頼日 10月9日（土※）	10時	**ウィルスン**：組合事務所の扉に「赤毛組合は解散した」と書かれた貼り紙を発見する。
	午前	**ウィルスン**：221Bを訪れ、調査を依頼する。
		ホームズ：パイプで3服、50分ほど思考する。
	昼	**ホームズとワトスン**：ウィルスンの店に寄り、店の前でスポールディングと会話をする。
	午後	**ホームズとワトスン**： 昼食後、セント・ジェイムズ・ホールのサラサーテの演奏会を鑑賞する。
		演奏会終了後 **ホームズ**：調査へ出かける。 **ワトスン**：自宅に帰る。
	21時15分過ぎ	**ワトスン**：自宅を出る。
	22時頃	**ワトスン**：221Bに到着。先に到着していたスコットランド・ヤードのジョーンズ、銀行のメリウェザーを紹介される。
	22時過ぎ	**ホームズとワトスン、ジョーンズ、メリウェザー**：馬車2台で、銀行に向かう。
	深夜	**ホームズとワトスン、ジョーンズ、メリウェザー**：銀行地下室で待ち伏せを始める。

※：現実の「1890年10月9日」は「木曜日」ですが、作中では「1890年10月9日」は「土曜日」と書かれています。この表は作中に記載されている曜日にもとづいて作成しています。

「赤毛連盟」に登場する
ホームズの世界を彩るアイテム

金貨
Gold coin

ナポレオン金貨　Napoléon
フランスの金貨。左図上段は、ナポレオン3世の横顔が刻まれた20フラン金貨。

ソヴリン金貨　Sovereign
英国の金貨。左図下段はヴィクトリア女王の横顔が刻まれた1ポンド金貨（ヤングヘッドタイプ）。
⇒P142【アイテム／英国の貨幣】参照

ナポレオン金貨

「赤毛組合」で、銀行の地下室に保管されていたナポレオン金貨は3万枚。銀行の重役メリウェザーは「資金強化のためフランス銀行から借入れた」と語っています。金貨1枚の重さは約6.4g。箱の重量も考え、1箱（2千枚入り）約15kgとして、それが15箱。男性がふたりいれば、運び出すのもそれほど困難ではない分量です。もし強盗に入られていたら銀行は大変なことになっていたでしょう。

　ナポレオン金貨というと「ナポレオン1世」を思い浮かべる人も多いと思いますが、現在投資の世界では「ナポレオン3世」が刻印された20フラン金貨が中心になっているそうです。

ソヴリン金貨

ヴィクトリア時代、英国ではソヴリン金貨（約2万4千円）と半ソヴリン金貨（約1万2千円）という2種類の金貨が流通していました。ホームズが報酬として渡すことが多い金貨です。

　ソヴリン金貨は「青いガーネット」の市場での聞き込みや「レディ・フランシス・カーファックスの失踪」の棺桶の蓋を開けさせる際のような緊急性が高い場合に、半ソヴリン金貨は『緋色の研究』のランス巡査や「ボヘミアの醜聞」『バスカヴィル家の犬』などの御者への報酬として使われています。半ソヴリンでも現在の日本円にして約1万2千円ですから、ホームズの太っ腹な性格がよく分かります。

ヴァイオリン

violin

16世紀初頭に北イタリアで生まれた西洋音楽を代表する弓奏楽器。

全長は約60センチで、胴部の幅は約35センチ。木製。

左肩に楽器を乗せ、顎当てに顎を乗せて挟み込み、左手の指で弦を押さえ、右手に持った弓で胴に張られた4本の弦を擦って演奏する。

ホームズとヴァイオリン

ホームズの代表的な趣味のひとつでもあるヴァイオリン。

第1作『緋色の研究』で、早くもホームズがヴァイオリンの名手であることが明かされています。ワトスンによれば「かなりの難曲も弾きこなせるなかなかの腕前」で「非常に優れた演奏家」。リクエストに応えてメンデルスゾーンなどを弾きこなし、ワトスンを感心させています。しかし、いつも素晴らしい演奏をしているわけではなく、事件で頭を悩ませている時などは、適当にかき鳴らしているばかりで、これはワトスンもかなり辟易するレベルだとか。ただ、この〝独演会〟のあとに、ワトスンの好きな曲を演奏して〝埋め合わせ〟をするところなどは、ただの自分勝手な人間ではないホームズの人柄が現れています。

ホームズの思考の助けにもなるヴァイオリンですが、事件の進展が思わしくない時の演奏は悲しげで（『緋色の研究』）、嫌なことを忘れるためや（「オレンジの種五つ」）、いらだちを抑えるために演奏（「ノーウッドの建築業者」）するなど、感情のコントロールにも一役買っています。ホームズにとってヴァイオリンは、ワトスン同様、大切な相棒と言えるかもしれません。

ちなみにホームズは、愛器のストラディヴァリウスをわずか55シリング（約6万6千円）で手に入れたと「ボール箱」の中で明かしています。

見どころcheck! 赤毛組合 を 少しだけディープに楽しもう!

考察 日付の難問

物語序盤の「1890年4月27日」「ちょうど2か月前だな」——という発言が正しければ 依頼日は6月頃のはずですが… 依頼人のウィルスンは

つい今朝のことです!
赤毛組合は解散した1890年10月9日
THE RED-HEADED LEAGUE IS DISSOLVED October 9, 1890.

——と言っており なんと日付に4か月程のズレが!!

メモメモ

この問題は、正典(原作)の原稿を写植する際、4月(April)と8月(August)を間違えたのでは?と考える説があり、そう考えると確かに辻褄が合います。

ちなみに物語では、10月9日は「土曜日」ということになっていますが、現実のカレンダーを調べてみると、10月9日は「木曜日」でした。

謎だらけですね

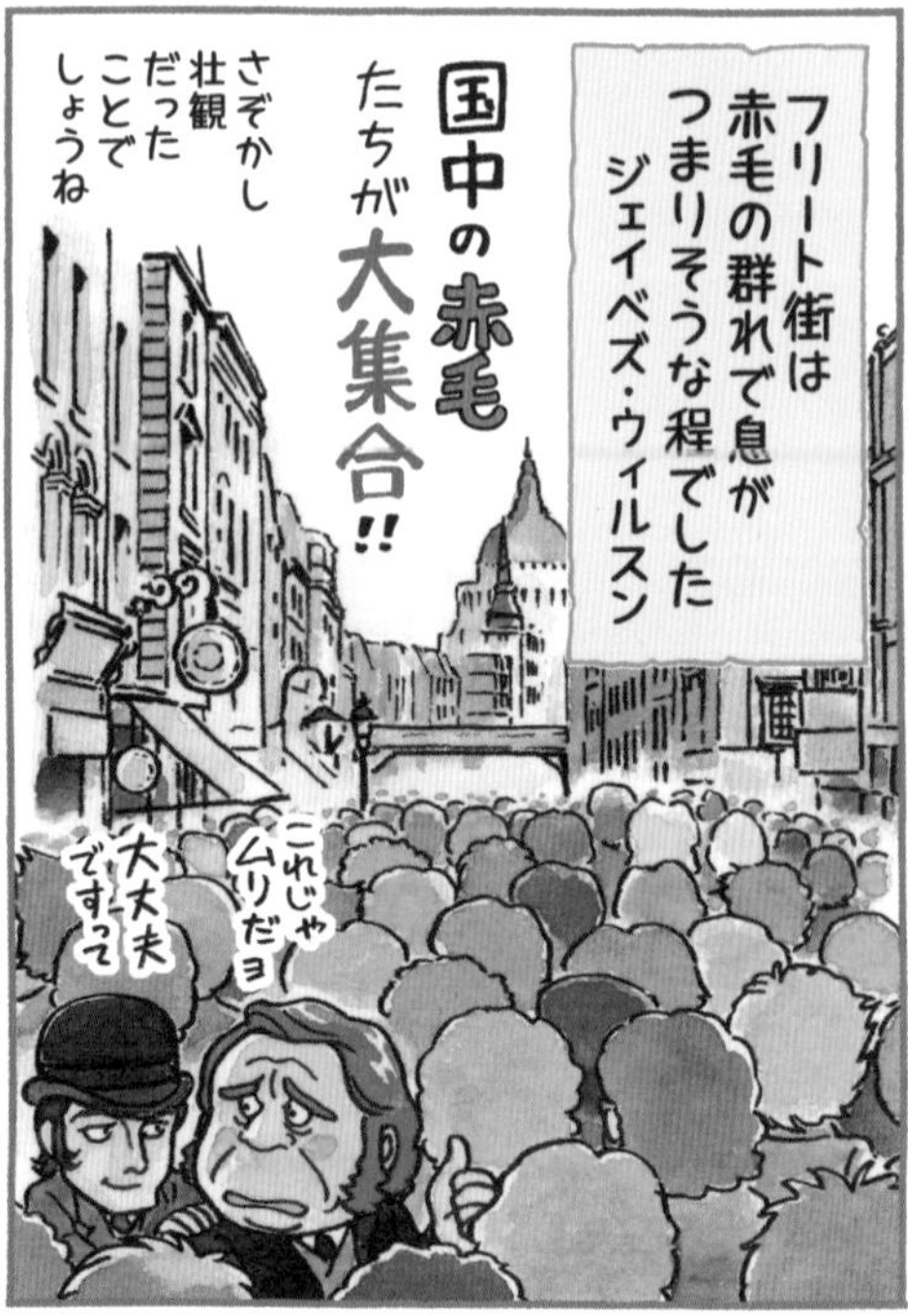

国中の赤毛たちが大集合!!
フリート街は赤毛の群れで息がつまりそうな程でした ジェイベズ・ウィルスン
さぞかし壮観だったことでしょうね
これじゃムリだヨ
大丈夫ですって

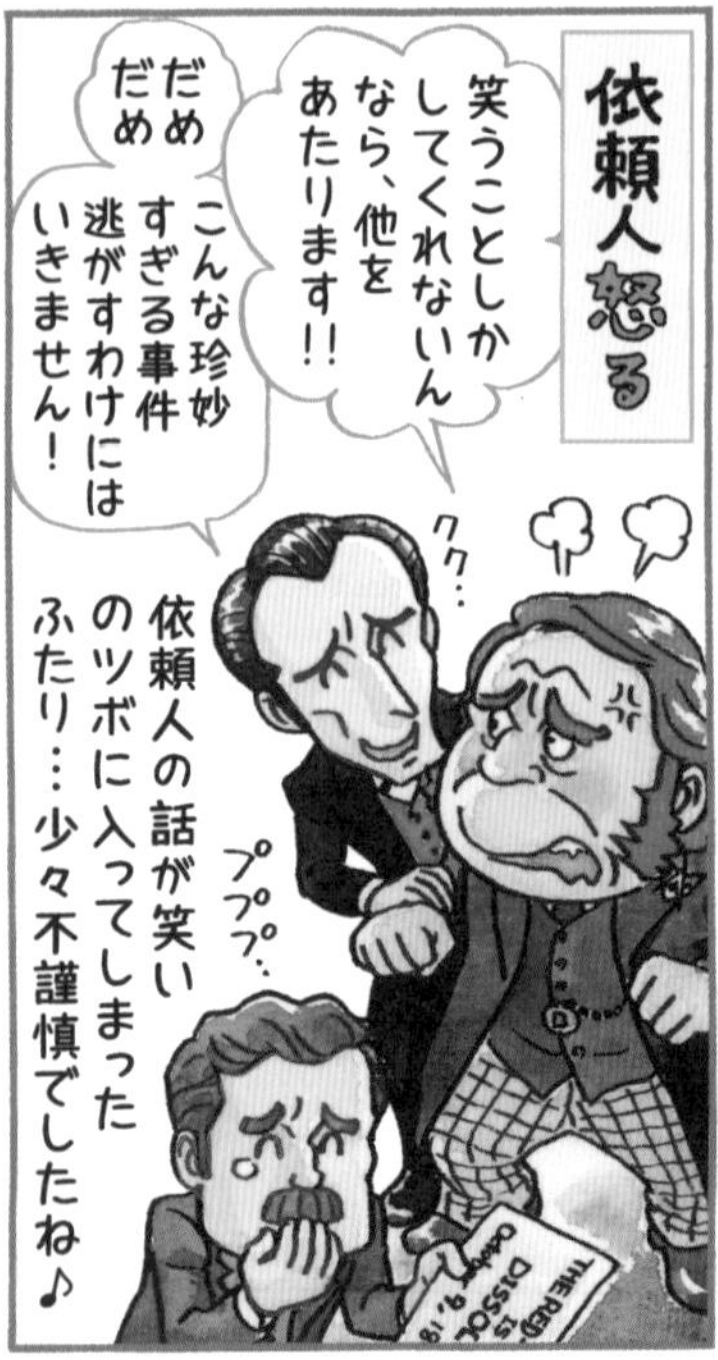

依頼人怒る
笑うことしかしてくれないんなら、他をあたります!!
だめだめ こんな珍妙すぎる事件逃がすわけにはいきません!
クク…
プププ…
依頼人の話が笑いのツボに入ってしまったふたり…少々不謹慎でしたね♪

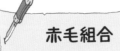

ホームズのファッションチェック！
今回「決戦」へと赴くホームズの勝負服(?)は…
重たい狩猟用鞭
水夫用のピージャケット
ポケットにこっそり忍ばせた時間つぶし用カード1組（結局使用せず）
今回のワトスン君
今回は、ホームズの要請で軍用拳銃を持参!!
カチリ
向こうが撃ってきたらためらいは無用だよ！
まさに「決戦」モード！
DATA
ホームズがパイプで煙草3服吸うのに費やす時間は50分。
こいつはパイプでしっかり3服分の問題だな
頼むが50分間話しかけないでくれ
パイプはホームズにとって欠かせない思考の友!!
もく
もく
名台詞
“It saved me from ennui, —— Alas!
I already feel it closing in upon me.”
「おかげで退屈魔から逃れられた——ああ！早くもそいつが迫ってきたようだ」
大事件の解決直後だというのに、早くもこう言い放つホームズ！我らが名探偵も、その人なりに苦労が絶えないようです…
僕の人生は日常的な平々凡々から逃れるためのひたすらな努力——
ふあぁ
それに尽きるね
〃アンニュイ(ennui)〃というフランス語が混じるのはフランス人のおばあちゃんの影響？

冒険03

花婿の正体

A Case of Identity

［依頼日］？？？？年？月？日
［依頼人］メアリ・サザーランド（タイピスト）
［依頼内容］行方不明になった婚約者ホズマー・エンジェルを捜し出して欲しい
［主な地域］ロンドン／ベイカー街221Bほか

Story

結婚式直前、花婿はどこへ消えた

タイピストのメアリ・サザーランドが、心ここにあらずといった様子で221Bを訪ねて来ました。

彼女は義父ジェイムズから他人と交流を持つことを反対されているにもかかわらず、義父の海外出張中に無断で舞踏会に参加。そこでホズマー・エンジェルという男性と出会い、その後すぐ結婚を申し込まれたとのことでした。

メアリの母親も彼を気に入り、義父がいないうちに式を挙げる事になりましたが、結婚式当日、教会へ向かう途中の馬車の中から花婿が姿を消し、それ以来行方不明となってしまったというのです。

花婿ホズマーの身を案じたメアリは、彼の消息をつき止めて欲しいとホームズに懇願するのでした。

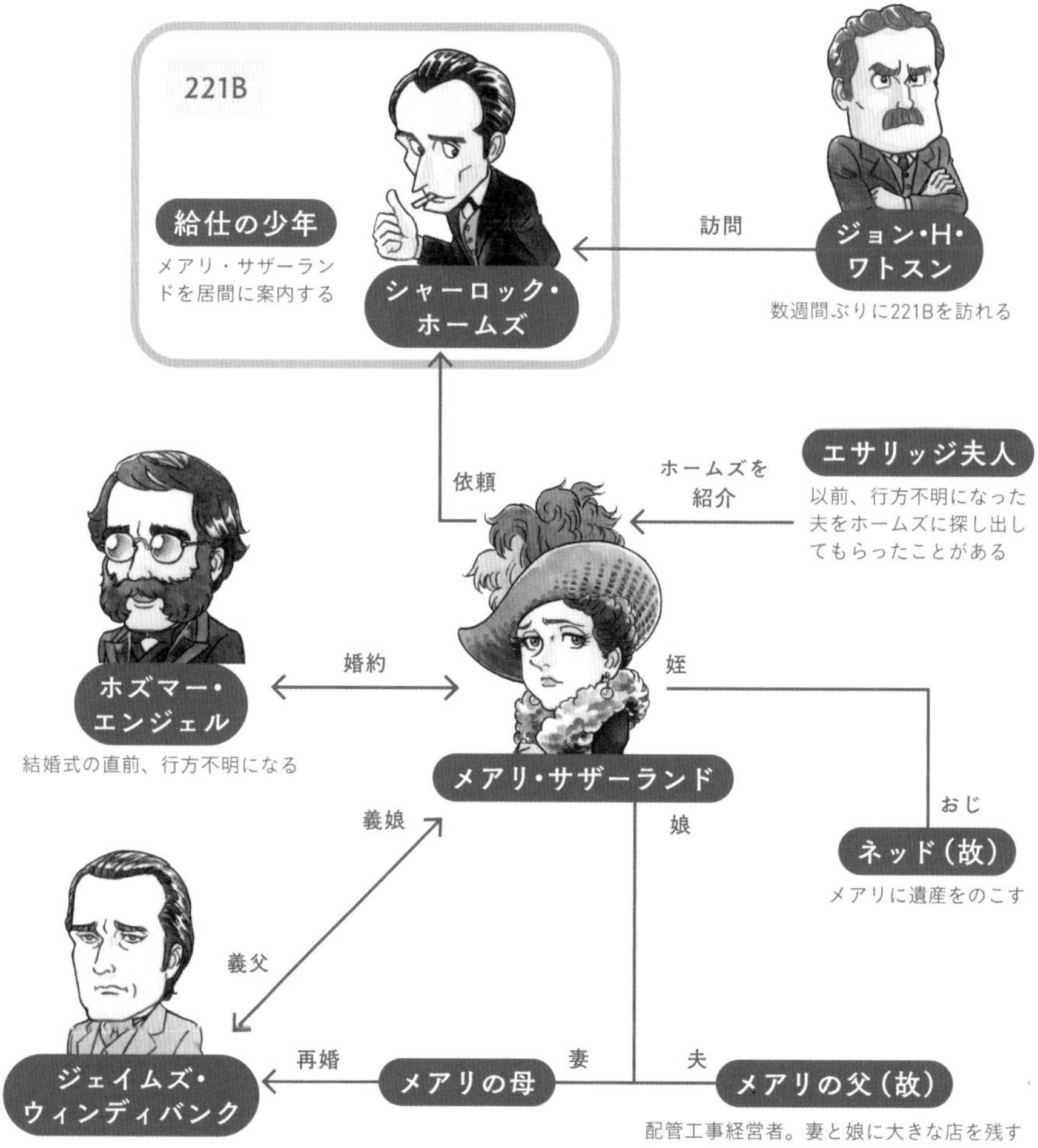
221B
給仕の少年
メアリ・サザーランドを居間に案内する
シャーロック・ホームズ
訪問
ジョン・H・ワトスン
数週間ぶりに221Bを訪れる
依頼
ホームズを紹介
エサリッジ夫人
以前、行方不明になった夫をホームズに探し出してもらったことがある
ホズマー・エンジェル
結婚式の直前、行方不明になる
婚約
姪
メアリ・サザーランド
おじ
ネッド（故）
メアリに遺産をのこす
義娘
娘
義父
ジェイムズ・ウィンディバンク
再婚
メアリの母
妻
夫
メアリの父（故）
配管工事経営者。妻と娘に大きな店を残す

メアリ・サザーランド

Mary Sutherland

依頼人

タイピスト：母親・義父と同居しながらタイピストとして働いている（1日15～20枚タイプできる腕前）。住所は、カンバーウェル区ライオン・プレイス31番地。

常識はずれな帽子とぼんやりした顔にもかかわらず、一途さがもたらす気高さのようなものがあった。
カールした大きなレンガ色の羽
鼻の両脇にくぼみがある
スレート色（青みがかった灰色）の麦わら帽子を『デヴォンシャー公爵夫人』風に片耳を覆うように艶めかしく傾けている
近眼
丸型の小さな金のイヤリング
大柄な女性
灰色っぽい手袋
右の手袋の人差し指がすり切れている
上着は黒で、黒いビーズ玉が縫いつけられている
上着の下の服はこげ茶色（コーヒーよりちょっと濃いぐらい）
襟まわりと袖口に紫のフラシ天
ずっしりとした感じの毛皮の襟巻
左右ちぐはぐな靴
片方だけ飾りがついている

豆 フラシ天
plush
ビロードの一種。長くて柔らかい毛羽《けば》のある織物。

Check Point

デヴォンシャー公爵夫人

Duchess of Devonshire

第5代デヴォンシャー公爵の最初の妻ジョージアナ・キャヴェンディッシュのこと。トマス・ゲインズボロー（1727-1788）によって描かれた夫人の肖像画は、1876年、当時のオークション最高額で落札された後、"犯罪界のナポレオン"と言われているアダム・ワースによって盗まれ、世間を大いに騒がせました。

ホームズの「どう見てもタイピスト」ポイント
- 手首のすぐ上、タイピストがテーブルに強く押しつける部分に２本の線がはっきりとついている。
- 鼻の脇にタイピスト特有のメガネのくぼみがある
- 靴のボタンがキチンを留められていないので慌てて飛び出して来たことが推理できる。

ネッド（故）

Ned

メアリ・サザーランドのおじ：ニュージーランドのオークランドで暮らしていた。額面2千5百ポンド（約6千万円）のニュージーランド公債を遺し、メアリには毎年その利子（４.５％）の１１２.５ポンド（約２７０万円）が入ることになっている。

ぼくは女性を見るときまず袖口に注目する
男だったらズボンの膝だね

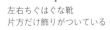

ホズマー・エンジェル
Hosmer Angel

某商社出納係：メアリの婚約者。レドンホール街の商社に勤務をしているらしいが、メアリには会社の名前も住所も教えていない。会社に寝泊まりをしている。結婚式直前、行方不明になる。

うっとり…
声まで優しいんです
1週間以内に結婚しましょう
とてもシャイで遠慮深く、もの静かな人で、立派で優しく、私を置き去りにするような人ではない。
黒い髪
頭の中央に小さな禿
身長約5フィート7インチ（約170㎝）
弱い目を保護するための色メガネ
声は小さくやや不明瞭
黒く濃いほおひげとくちひげ
若い頃、扁桃腺炎とリンパ腺が腫れる病気にかかったためノドが弱い
血色が悪い
アルバート型の金の時計鎖
⇒P107【アイテム】参照
黒いチョッキ
絹の折り返しのついた黒いフロック・コート
⇒P092豆参照
体格は頑丈
灰色のハリスツイードのズボン
初めて一緒に散歩に出た帰りに婚約しました。とても内気な人で目立つのが嫌いで、散歩するのも夜でした。
深ゴム靴
茶色いゲートル
⇒P190豆参照

豆 深ゴム靴
elastic-sided boots
くるぶしのあたりに伸縮性素材を使った靴。靴の着脱が簡単で足首のホールド感もある。

ジェイムズ・ウィンディバンク
James Windibank

ウェストハウス・アンド・マーバンク商会の外交員：勤め先は、フェンチャーチ街にあるクラレットを扱う大手輸入会社。メアリの父が亡くなってすぐ、メアリの母と再婚する。年はメアリより5歳2か月上なだけの30歳ぐらい。

メアリの外出を極端に嫌がっている。

血色の悪い顔
射るような鋭さがある灰色の目
ひげはきれいに剃り上げている
中背のたくましい体
おもねるような柔らかい物腰
手垢でテカテカのシルクハット

メアリ・サザーランド＝P102

給仕の少年

the boy in buttons

221Bの給仕：ホームズたちのいる居間にメアリ・サザーランドを案内する。

金ボタン
黒い制服

メアリの母

Mary Sutherland's mother

夫の没後すぐ、15歳近くも年下のウィンディバンクと再婚する。

メアリの父（故）

Mary Sutherland's father

配管工事店経営者：生前は、トテナム・コート通りでかなり大きな配管工事店を経営していた。

⇒P149【Check Point／配管工】参照

ハーディ

Hardy

メアリの父の店の元職人：ガス管取り付け業界の舞踏会へ、メアリとメアリの母を連れて行く。

実在の人物

ハフィズ

Hâfiz (1326頃-1390)

イラン南部、シーラーズ生まれ／抒情詩人

ハフィズとは〝コーランの暗記者〟の意。ペルシャ四大詩人のひとりで、恋や酒、自然の美を好んでうたい抒情詩の表現を極めた。死後に編集された『ハフィズ詩集』は、ゲーテの『西東詩集』に影響を与えたと言われている。

クィントゥス・ホラティウス・フラクス

Quintus Horatius Flaccus (BC65–BC8)

南イタリア、ウェヌシア生まれ／詩人

古代ローマを代表する詩人のひとり。深い倫理性と高い格調、完全な技巧によって、長い間西欧文学に影響を与え、中でも『詩論』は、近世まで作詩法の聖典と評されていた。

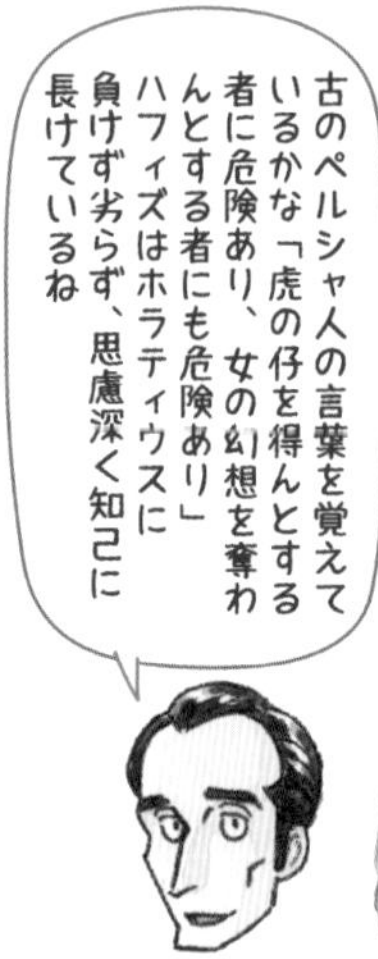
古のペルシャ人の言葉を覚えているかな「虎の仔を得んとする者に危険あり、女の幻想を奪わんとする者にも危険あり」ハフィズはホラティウスに負けず劣らず、思慮深く知己に長けているね

ホームズは事件解決後、ワトスンから「メアリ・サザーランド嬢はどうするんだい？」と質問された際に、こう答えた。

ひと目でその人を理解するホームズ

「花婿の正体」の最大の特徴は、依頼人の話を聞いただけで真相を見抜き、事件を解決してしまうホームズの超人振りでしょう。

依頼人が帰った後にホームズがやったことと言えば、手紙を2通書いただけ。捜査のために221Bから出ることなど一切なく、翌日には解決に至っています。まさに安楽椅子探偵と言うべき活躍です。

また本作では、依頼人のメアリ・サザーランドが、ホームズに職業その他の素性をひと目であれこれ言い当てられビックリする〝お決まりのパターン〟が堪能できます。この〝お決まりのパターン〟は、前作「赤毛組合」にも登場します。実は発表こそ後になりましたが、執筆順では本作「花婿の正体」の方が先だったそうです。「赤毛組合」の冒頭で、ホームズが「メアリ・サザーランドが持ち込んだ事件」に触れる台詞があるのもそのためです（掲載順がなぜ逆になったかについては、コナン・ドイルがまとめて原稿を渡したため、編集者が順番を取り違えたという話があります）。

ですから本作は、執筆順的にはホームズの〝お決まりのパターン〟が登場した記念すべき最初の作品と言えるでしょう。

COLUMN

〈ホームズ〉の時代のタイピスト

Typist in ‹Holmes› era

タイプライターとは、指でキーを叩き、紙に文字を印刷する機械。1874年にレミントン商会が実用化したタイプライターは、女性にタイピストという事務職の仕事をもたらし、英国女性の社会進出を飛躍的に促進しました。

それまでの中流階級の女性の職業といえば、召使などの使用人が主で、専門職と呼べるのは家庭教師ぐらいの時代です。タイピストとして自立しても十分にやっていけると自負していた「花婿の正体」のメアリ・サザーランドは、当時の最先端の女性と言えるでしょう。

正典（原作）では『バスカヴィル家の犬』のローラ・ライオンズもタイピストの仕事をしていました。

「花婿の正体」の事件の流れ

1890年※ ?月?日		**メアリ・サザーランドの義父ウィンディバンク**：フランスへ出張する。
舞踏会当日 ?月?日		**メアリ**：義父のいない間にガス管取り付け業界の舞踏会に出席、ホズマー・エンジェルと出会う。
舞踏会翌日		**メアリ**： エンジェルの訪問を受ける。 
?月?日		**メアリ**：エンジェルと初めて2人で散歩をする。帰りに婚約する。
?月?日		**メアリ**：エンジェルと2度目の散歩をする。
?月?日～ ?月?日	約1週間	**ウィンディバンク**：フランス出張から戻る。
		メアリ：義父が怒るのでエンジェルには会わずにいたが、エンジェルからは毎日手紙が届く。
		ウィンディバンク：フランスに出張する。
?月?日		**メアリ**：エンジェルの訪問を受ける。 義父のいない1週間のうちに結婚式をあげることを勧められ、母の賛成もあり挙式の日取りが決まる。
?月14日（金） 朝		**メアリ**：式を挙げるため2台の馬車で教会に移動するが、到着した馬車の中からエンジェルの姿が消えており、困惑する。
?月15日（土）		**メアリ**：〈クロニクル〉紙に、尋ね人の広告を出す。
依頼日 ?月?日		**ホームズとワトスン**：221Bで歓談。
		メアリ：221Bを訪れ、調査を依頼する。
		ホームズ：ウィンディバンクと彼の勤め先に手紙を書く。
		ワトスン：帰宅。
依頼日翌日	18時近く	**ワトスン**： 1日の仕事を終え、 221Bを訪問。 
	18時少し過ぎ	**ウィンディバンク**：221Bを訪問。

※：1890年＝正典（原作）には具体的な年の記載はありませんが、1890年に起こった事件の「赤毛組合」で「このあいだ、メアリ・サザーランド嬢が持ち込んだあの単純な事件」というホームズの発言がありますので、本書では「花婿の正体」は1890年に起きた事件と推察します。

「花婿の正体」に登場する
ホームズの世界を彩るアイテム

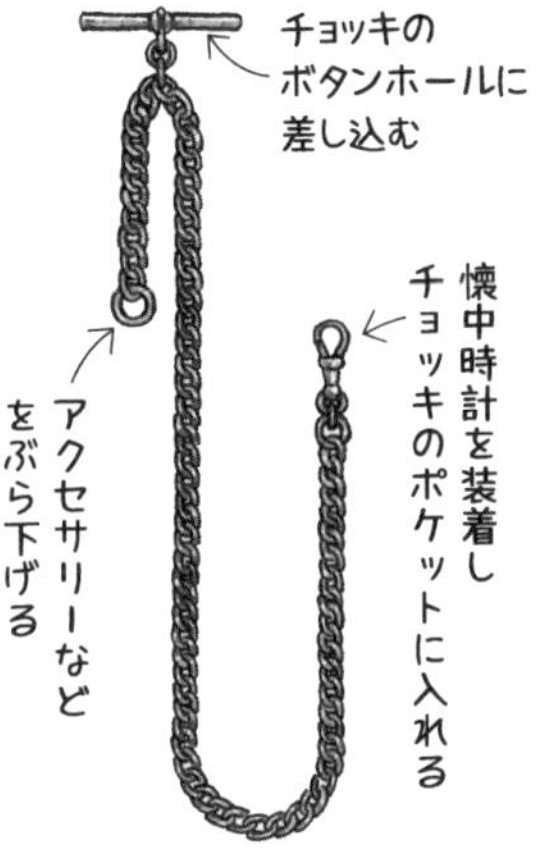
チョッキのボタンホールに差し込む
懐中時計を装着しチョッキのポケットに入れる
アクセサリーなどをぶら下げる

アルバート・チェーン
Albert chain

懐中時計用の鎖。

アルバートとは、ヴィクトリア女王（1837〜1901）の夫であるアルバート公（Francis Albert Augustus Charles Emmanuel 1819〜1861）のこと。アルバート公が愛用していたことに因んでこう呼ばれるようになったこの時計鎖は、公の亡くなった1860年代以降、広く一般で人気となった。

英国紳士のたしなみ

ヴィクトリア時代に人気があったアルバート・チェーン。正典（原作）では3回登場します。『緋色の研究』では、イーノック・J・ドレッバーの所持品の中に純金製のアルバート・チェーンがあり、「赤毛組合」では、ジェイベズ・ウィルスンのチョッキから真鍮製アルバート・チェーンがのぞいているのをワトスンが観察します。「花婿の正体」では、新聞の尋ね人の広告に、行方不明になったホズマー・エンジェルの特徴のひとつとして「アルバート・チェーンをさげ〜」と書かれていました。

「赤毛組合」のジェイベズ・ウィルスンは中国のコインを時計鎖に下げていましたし、アルバート型かどうかは不明ですが、「ボヘミアの醜聞」ではホームズもアドラーから貰ったソヴリン金貨を「記念として時計鎖（watch-chain）につけておこう」と発言しています。当時の紳士たちは鎖に硬貨や印章などの飾りを下げ、いろいろ趣向をこらしていましたが、金庫などの鍵をつける人も多かったようです。「金縁の鼻眼鏡」のコーラム教授は書き物机、「第二のしみ」のトレロニー・ホープ大臣は文書箱、「ブルース・パーティントン型設計書」のシドニー・ジョンスンと「最後の挨拶」のフォン・ボルクは金庫、「這う男」のプレスベリー教授は木箱の鍵をそれぞれ鎖につけていました。

時計鎖がこの時代、身近なアイテムであったことが伺えます。

見どころcheck! 花婿の正体 を 少しだけ ディープに楽しもう!

名台詞

“If we could fly out of that window hand in hand, hover over this great city.”

「もしも僕らが手を取り合って、あの窓を飛び出し、この大都会の上空を漂うことが出来たなら――」

物語の冒頭を飾るホームズの台詞――なんだかメルヘンチックですが…
続くセリフは
そして屋根という屋根をそっと外して覗きこむことが出来るなら――
そこで進行する怪しげなこととか
奇妙な偶然の一致
企て
交錯
不思議な出来事の連鎖
そういったモノが世代を越えて作用し最高に常軌を逸した結果へと導いていくさまは――
平凡でオチまで見え見えなフィクションの世界を、最低に陳腐で無意味な物にしてしまうだろうね
ぜんぜんメルヘンじゃない!!
現実主義者

今回の注目アイテム!

オランダ王室から贈られた（詳細は不明）ダイヤの指輪!

質素な生活を好むホームズがあえて指にはめていたのはワトスンが気づくかどうか試すため？

中央に大きなアメジスト!

「ボヘミアの醜聞」事件の後、記念品として国王から贈られた、古風な金の嗅ぎタバコ入れ!

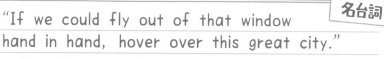

今回のワトスン君

ホームズにほめられた!?…の巻

言わせてくれワトスン！
君は驚異的な進歩をとげているよ、ホント!!
これってべたホメ?!
——と思いきや
重要な部分を一切合切見落としているのは事実だが!!
ゴン

ホームズにとっては、事実を感じたまま 言っただけで悪気は一切無い！… と思う、たぶん

パイプ愛好家のホームズですが…

本作の冒頭のシーンでは

ポイー

紙巻き煙草を吸っています

本作以外にも

「ボヘミアの醜聞」
「最後の事件」
『バスカヴィル家の犬』
「空き家の冒険」
「美しき自転車乗り」
「金縁の鼻眼鏡」
「瀕死の探偵」

で、紙巻煙草を吸う姿が見られます。だいたい、軽くくつろぐ時に吸う傾向が あるようです。

名台詞

“Yes. It was the bisulphate of baryta.”

「ああ、硫酸水素バリウムだったよ」

なあ解明できたのかい？

事件の解決が気になって、慌てて来た

ムシャ…
1日中実験にはげんでいた
違う!!
例の謎のことだよ!!

依頼人の話を聞いた時点で頭の中では 事件解決に達していたホームズ！
それにしても切り替え早っ!!

冒険04

ボスコム谷の謎

The Boscombe Valley Mystery

［事件発生日］？？？？年6月3日
［依頼人］レストレード（警察）
［依頼内容］チャールズ・マッカーシー殺害事件解明のため、協力して欲しい
［主な地域］ヘレフォード州ボスコム谷ほか

Story

風光明媚な田舎町で起きた殺人事件の真相とは？

ボスコム谷で殺人事件が発生。被害者は数年前オーストラリアから移住してきたチャールズ・マッカーシーで、鈍器のようなもので頭を殴られていました。

容疑者は息子のジェイムズ。ふたりは事件直前、激しく口論をしているところを目撃されていたのです。

彼は即座に逮捕されましたが、幼馴染で地主の娘であるアリス・ターナーが彼の無実を主張し、スコットランド・ヤードのレストレードに再調査を依頼。しかし、状況証拠はどれもジェイムズの有罪を示しており、レストレードの調査は難航します。

レストレードからの応援要請を受けたホームズはワトスンを誘い、汽車でボスコム谷へと向かうのでした。

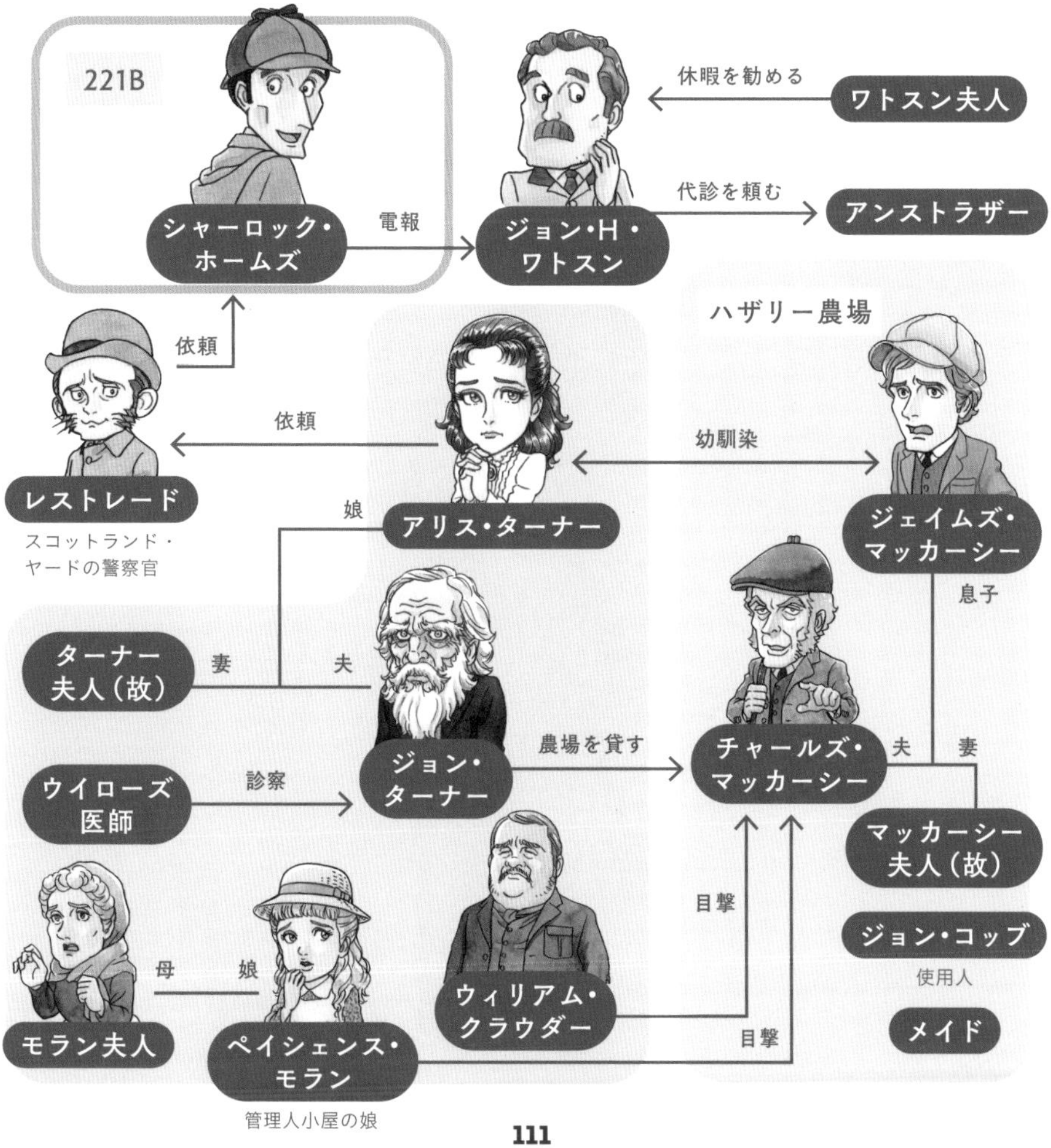

221B
シャーロック・ホームズ
電報
ジョン・H・ワトスン
休暇を勧める
ワトスン夫人
代診を頼む
アンストラザー
依頼
レストレード
スコットランド・ヤードの警察官
依頼
アリス・ターナー
幼馴染
ハザリー農場
ジェイムズ・マッカーシー
娘
息子
ターナー夫人（故）
妻
夫
ジョン・ターナー
農場を貸す
チャールズ・マッカーシー
夫
妻
ウイローズ医師
診察
マッカーシー夫人（故）
目撃
ジョン・コッブ
使用人
モラン夫人
母
娘
ペイシェンス・モラン
管理人小屋の娘
ウィリアム・クラウダー
目撃
メイド

ジェイムズ・マッカーシー

James McCarthy

チャールズ・マッカーシーのひとり息子：18歳。3日間の外出から帰宅直後、銃を手に出かけたボスコム池のほとりで父親といさかいを起こした。その直後、父親が遺体で発見されたため、容疑者として逮捕される。

容疑者

彼はあまり知恵が回る方じゃないね。見た目はハンサムで心も清らかそうだが。
ハンサムな見た目
ジェイムズのお父さんは私たちの結婚を望んでいましたが、ジェイムズはまだ結婚を望んでいなかったんです。
ハエ一匹傷つけることもできない優しい心の持ち主です
アリス・ターナー嬢のような魅力的な女性との結婚を望まないのが事実なら、女性を見る目もどうかしてるね！

チャールズ・マッカーシー

Charles McCarthy

ハザリー農場の主人：20年前オーストラリアでジョン・ターナーと知り合う。オーストラリアから帰国後は、ヘレフォード州ボスコム谷のジョン・ターナーが所有する農場のひとつ〈ハザリー農場〉を無料で貸してもらい、そこで暮らす。ボスコム池のそばで遺体で発見される。

被害者

なにか重い鈍器で殴られた跡があった
気性がとても激しい
近所付き合いはあまりしない
スポーツ好きで、近所の競馬会には息子とふたりで姿を見せている
誰にでも好かれるタイプではないが、人に恨みを買うようなことは無かったはず。

ジェイムズ・マッカーシー＝ページ上段
アリス・ターナー＝P113

これまで見たこともないほど美しい。

アリス・ターナー
Alice Turner

ジョン・ターナーのひとり娘：18歳。チャールズ・マッカーシーが借りている〈ハザリー農場〉の地主ジョン・ターナーのひとり娘。ジェイムズ・マッカーシーとは幼馴染。ジェイムズの無実を確信しており、嫌疑を晴らすようにスコットランド・ヤードのレストレードに働きかける。

Check Point
ボスコム谷
The Boscombe Valley

ヘレフォード州ロス近郊にあるという〈ボスコム谷〉。ヘレフォード州ロスという街は現実に存在しますが、このボスコム谷やボスコム池は架空の地名です。

正典（原作）では、架空の地名が多数登場します。『四つの署名』のピンチン・レイン、「ボヘミアの醜聞」のサーペンタイン通り、「唇のねじれた男」のアッパー・スワンダム・レイン、「技師の親指」のアイフォード、『恐怖の谷』のヴァーミッサ谷、などなど。

正典に記された実在の地名というヒントをたどって、架空の場所が実際にあったらどの辺りか想像するのも楽しいですね。

ジョン・ターナー
John Turner

大地主：オーストラリアのヴィクトリア州でひと財産築き、数年前に英国に戻ってきた。ヘレフォード州ボスコム谷界隈最大の大地主。妻は若くして亡くなったが、アリスというひとり娘がいる。何年も糖尿病を患っている。

白髪混じりの髪
深く刻まれたシワ
垂れ下がった眉
灰のように白い顔
唇や鼻孔の隅は青みがかっている
もじゃもじゃのあごひげ
異様に大きな手
年齢は60歳そこそこ
異様に大きな足
死の病に憑りつかれていることは、ひと目見れば明らかだ。

ペイシェンス・モラン

Patience Moran

ボスコム谷の管理人小屋の娘：14歳。ボスコム谷周辺の森で花を摘んでいた時に、森はずれのボスコム池のそばで激しく口論するマッカーシー親子を目撃。怖くなって小屋に逃げ帰る。

モラン夫人

Mrs.Moran

ペイシェンス・モランの母：ボスコム池のそばでマッカーシー親子が口論しているという娘の報告を受けている最中に、右手を血で濡らし助けを求めるジェイムズの訪問をうける。

ウィリアム・クラウダー

William Crowder

猟場の管理人：ジョン・ターナーに雇われている。チャールズ・マッカーシーがボスコム池に向かう途中を、それから5分も経たないうちに息子のジェイムズが銃を小脇に抱え同じ道を歩いていくのを、目撃する。

マッカーシー家のメイド

McCarthy's maid

チャールズ・マッカーシーが殺された際に履いていた靴と息子ジェイムズの靴をホームズに見せ、その後〈ハザリー農場〉の中庭を案内する。

ジョン・コッブ

John Cobb

マッカーシー家の使用人：事件当日、主人のチャールズ・マッカーシーと一緒にロスの町まで馬車で往復する。

ホテルの給仕

Hotel waiter

ホテル〈ヘレフォード・アームズ〉の給仕：ホームズたちが泊る部屋にジョン・ターナーを取り次ぐ。

Check Point

ワトスン夫人

Mrs.Watson

『四つの署名』事件後、めでたく結婚したワトスン。その後、正典（原作）内でワトスンと夫人が会話するシーンが登場するのは2回だけです。

「ボスコム谷の謎」ではホームズからの電報を見てワトスンに同行するように勧め、「唇のねじれた男」では、夜、ワトスンとくつろいでいるところに学友ケイト・ホイットニーの訪問を受け、ワトスンから「灯台に集まる鳥のように悩みのある人間は妻のところへやってくる」と言われています。どちらも夫人の人柄が伺えるシーンです。

ワトスン夫人

Mrs. Watson

ホームズの誘いに対して「患者がいるから」と躊躇するワトスンにその誘いを受けるよう勧める。

ワトスン家のメイド

Watson's maid

朝食中のワトスンに、ホームズからの電報を渡す。

⇒P173【Check Point／221Bとワトスン家のメイド】参照

周りの風景に合わせた田舎風ファッションに身を包んでいたが、私にはひと目でレストレードだと分かった。

薄茶色のダスターコート
革のゲートル⇒P190豆参照

レストレード

依頼人

Lestrade

スコットランド・ヤードの警察官：アリス・ターナーから、ジェイムズの嫌疑を晴らすように要請を受けるが行き詰まり、ホームズに捜査を依頼する。ロスの駅でホームズたちを出迎え、現場に向かうための馬車や拘置所の面会許可証も用意する。

⇒P013【主要な登場人物】参照
⇒p140【警察官登場回数ランキング】参照

豆ダスター・コート
duster coat
ほこりよけに着る、丈が長い薄手のコート。

実在の人物

ジョージ・メレディス

George Meredith (1828-1909)

イングランド、ポーツマス生まれ／作家、詩人

ヴィクトリア時代の上流知識階級を風刺した『エゴイスト』（1879）などで作家の地位を確立し、出版社の顧問として新人の発掘にも貢献するなどイギリスの文壇で活躍。

難解な文体と作風で知られ、夏目漱石の初期の作品にも影響を与えたと言われている。

君さえよければジョージ・メレディスについて語り合おうじゃないか、細かい点は明日まで置いておいてさ

ホームズはロスへ向かう汽車の中で、事件の状況をワトスンに説明した後、こう言って話題を変えた。

地方郊外での事件の魅力

「ボスコム谷の謎」以前に発表された5作品では、いずれもホームズたちの活躍の舞台はロンドンに限られていましたが、本作で初めて、ホームズとワトスンが捜査のために地方に赴く姿が描かれることになります。

ホームズがワトスンと駅で待ち合わせをしたり、揺れる汽車の中で事件を検討したり、宿に泊ったり、森を歩き、池のほとりで這いつくばって捜査をしたりするなど、本作にはロンドンでの事件とはまた一味違ったワクワク感があります。

そんな楽しい旅行気分の一方で、今回発生する事件は、短編としては初めての殺人事件。「ミステリー＝殺人」というイメージを持つ人も多いかと思いますが、ホームズ正典（原作）60作の中で、ホームズたちが殺人に関係する事件を調査するのは約半分。他は、盗難、詐欺、脅迫、失踪など事件の種類も様々です。

このように、事件がバラエティに富んでいるところもホームズ・シリーズの魅力のひとつかもしれません。

田舎道を行くふたり

COLUMN

〈ホームズ〉の時代のオーストラリア

Australia in ‹Holmes› era

本作に登場する大地主ジョン・ターナーは、植民地時代のオーストラリアで財を成し帰国した人物です。

1860年代のオーストラリアは英国植民地の6つの州で成り立っており、その中のひとつヴィクトリア州で、ターナーと被害者のチャールズ・マッカーシーは出会いました。オーストラリア南東部では1851年に金鉱が発見され、ターナーがいた時代はまさにゴールドラッシュのさなか。英国のみならず、世界各地からも入植者が急増し、人口がその後の10年間で3倍にもなった時代でした。

そして、この50年後の1901年にオーストラリアは英国から独立をします。

「ボスコム谷の謎」の事件の流れ

6月3日（月）	15時少し前	**チャールズ・マッカーシー**：自宅を出て、ボスコム池に向かう。
	15時過ぎ	**ジェイムズ・マッカーシー**：ボスコム谷の管理人小屋に駆け込み、ボスコム池のほとりで父チャールズが死んでいることを告げる。 
6月4日（火）		**ジェイムズ**：検死裁判で“故意による殺人”という評決が下される。
6月5日（水）		**ジェイムズ**：ロスの町の治安判事の取り調べを受ける。
調査開始日 ?月?日	10時45分頃	**ワトスン**：夫人と朝食中にホームズからの電報が届く。
	11時15分	**ホームズとワトスン**：パディントン駅から汽車で、ヘレフォード州ロスに向かう。 
	16時近く	**ホームズとワトスン**：ロスに到着。プラットホームでレストレードの出迎えを受ける。
		ホームズとワトスン：レストレードと一緒に予約していたホテルへ馬車で移動する。
		ホームズ：アリス・ターナーの訪問を受ける。
		ホームズ：レストレードと一緒に収監中のジェイムズを訪問する。**ワトスン**：ホテルに残る。 
	夜更け	**ホームズ**：ホテルに戻る。
調査開始日の翌日	9時	**ホームズとワトスン**：レストレードと一緒に〈ハザリー農場〉とボスコム池の調査にでかける。 
	昼頃	**ホームズとワトスン**：ホテルで昼食。
	午後	**ホームズとワトスン**：ホテルの部屋でアリスの父ジョン・ターナーの訪問を受ける。

「ボスコム谷の謎」に登場する
ホームズの世界を彩るアイテム

拡大鏡
Magnifying glass

物体を拡大して見る装置。

発明時期は不明だが、紀元前から存在し、古代エジプトやローマの遺跡からも水晶を研磨したレンズが発見されている。レンズを拡大鏡として使うことは、2世紀頃のギリシャの天文学者プトレマイオスの時代には知られていた。

「レンズ」という名称は形が「レンズ豆」に似ていることが由来。

探偵の必需品?!

ホームズの捜査に欠かすことが出来ない拡大鏡。鹿撃帽やパイプと並ぶ、ホームズを象徴するアイテムであり、探偵の代名詞にもなっています。

拡大鏡は、ワトスンが初めて同行した『緋色の研究』の事件現場でもさっそく登場しています。その後も『四つの署名』ではバーソロミュー・ショルトーの部屋に残されていたロープや足跡などを観察し、「赤毛組合」では銀行の床を丹念に調べ、「ボスコム谷の謎」では腹ばいなって池の周りに残っていた足跡を調査し、「ソア橋の難問」では橋の欄干を丹念に眺めるなど、数々の事件現場でホームズと共に活躍しました。

ホプキンズ警部の持ち込んだ手がかりの手帳（「ブラック・ピーター」）やホズマー・エンジェルがタイプした手紙（「花婿の正体」）、ヘンリー・ベイカーの帽子（「青いガーネット」）、モーティマー医師のステッキ（『バスカヴィル家の犬』）など、221Bに持ち込まれた証拠品などを細かく観察する時にも役に立っています。

正典（原作）の約3分の1の作品で登場しているアイテムです。

鹿撃帽《しかうちぼう》
Deerstalker

狩猟帽の一種。

名前の通り鹿狩りの際にかぶられていた。狩猟用なので丈夫なツイードなどの毛織物で作られることが多い。

首の保護のために後ろ側にもつばがあるのと、左右に防寒用の耳当てがついているのが特徴。耳当てを使わない場合は、上側に返し、先端にある紐を頭頂部で結ぶ。

〈ホームズ〉のイメージのアイコン

パイプ・虫眼鏡とともに、ホームズのトレードマークとして定着している鹿撃帽ですが、正典（原作）には、「鹿撃帽（deerstalker）」という単語は一度も登場しません。

「ボスコム谷の謎」で、ホームズが調査のため地方に訪れる際にかぶっていた「ぴったりとした布製の帽子（close-fitting cloth cap）」という記述を読んだ挿絵画家のシドニー・パジェット（Sidney Paget 1860〜1908）が、〈ストランド・マガジン〉掲載時に挿絵の中でホームズにかぶせたことが始まりで、この挿絵が後世のイラストや舞台・映像作品に大きな影響を与え、ホームズの代名詞となりました。

鹿撃帽は、パジェット自身が気に入っていた帽子だったとパジェットの娘ウィニフレッドが語っています。

コナン・ドイルもこのパジェットの挿絵がお気に召したのか、「ボスコム谷の謎」の1年後に書かれた「名馬シルヴァー・ブレイズ」では「耳覆いつきの旅行帽（ear-flapped travelling-cap）」という鹿撃帽ともとれる帽子をホームズにかぶせています。

パジェットの挿絵で、ホームズが鹿撃帽をかぶっている作品は7作。「ボスコム谷の謎」「名馬シルヴァー・ブレイズ」「空き家の冒険」「踊る人形」「美しき自転車乗り」「プライアリ・スクール」「ブラック・ピーター」で鹿撃帽姿のホームズを見ることができます。

見どころcheck! ボスコム谷の謎 を少しだけディープに楽しもう!

Who is アンストラザー?

このアンストラザーなる人物、一体何者なのでしょうか?

ちなみにワトスンが代診を頼む相手としては、他のエピソードでも"お隣の医者"(「株式仲買店員」)やジャクソン(「背中の曲がった男」)という人物が話題にのぼります。※

アンストラザーもジャクソンもお隣に勤める医師と考えるのが自然かも…

診察だったら
アンストラザーさんがあなたの代わりにやってくれるわよ
Oh, Anstruther would do your work for you.
知り合いの医者?
メアリはドクターとは呼んでないけど…
アンストラザー
当日の急な代診をあたり前のように気軽に頼める相手って…?

※「株式仲買店員」「背中の曲がった男」は、どちらも『回想』所収です。⇒P212【作品一覧】参照

名台詞

"It is really very good of you to come, Watson."

「君に来てもらえて本当によかった、ワトスン」

友への感謝、称賛を照れずに面と向かって言えるホームズ!!

この真っ正直な人間性が気持ちいい!!

全面的に信頼できる者が側にいるといないじゃ
僕にとっちゃ大違いだよ
窓際の席よろしく!
切符買ってくるね!

今回のワトスン君

隠れた特技? その1

アフガニスタンでの野営生活は少なくとも私を準備に手間のかからない迅速な旅人へと仕立て上げた

ぱき♪
てき♪

急な旅仕度も30分あれば余裕!!

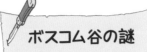

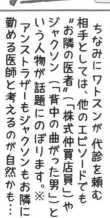

ひげと窓の方程式
君の寝室の窓が右側にあるのは僕にはお見通しだ
ひげの剃り具合を見ると、左にいくほど剃り残しが目立っているからね
左側が暗くてよく見えないんだろう
なるほど
じょり

ホームズのファッションチェック！
旅行の巻
ぴったりフィットした布製のキャップ
丈の長いグレーの旅行用マント
背の高く痩せた体が、よりいっそうヒョロ長く見えた

今回のワトスン君
その2
被疑者の面会許可は？
あなたと私だけなら…
―と、言う訳でホテルでひとりお留守番。
地元の新聞
ふむふむ
傷は後頭部か！
ホームズに後で言おう
ポイされた～
大衆小説本

今回のボヤキ節
君は何だって池になんか入ったのかね？
批判する時も気持ちいいぐらい遠慮なく真っ正直に!!
それがホームズ流！
ああ
このバッファローのような集団が荒らし回る前にここに来れたらどんなに簡単だったことか！
tut!
tut!
そ、それは手がかりを
でもなんでそれが…
説明をしてるヒマなんかない！
そこら中内側にゆがんだ君の左足の跡だらけだ
ドタ
ブモー
ドタ
ブモー
ドタ

1887年9月下旬
嵐の晩だった——
ビュウウウ
ザー
ビュ
ザー
バラバラ
私は妻の外泊に合わせて、数日だけベイカー街の古巣に舞い戻っていた
犯罪記録を整理中
もくもく
わくわく
海洋小説に夢中
おや、玄関が鳴っているね
君の友達かな？
RIN RIN
僕には君の他に友達はいないよ
よってその推理はハズレだ
じゃあ事件の依頼人かな？
ガタガタ
ビュウウウ
バラバラ
この荒れ模様の、しかも夜にかい？
だとしたらよほどの大事件だがー
まず、可能性から言って
大家さん
の友達のセンだろう
すみません
どうぞ
KNOCK KNOCK
たまにはハズレもするさ
あの、ホームズさんに相談が…
さあコートと傘をこちらへ
お安いご用です
ポタ ポタ
嵐の晩の訪問者——はたして彼の抱える問題とは…？

冒険05

オレンジの種五つ

The Five Orange Pips

［依頼日］1887年9月末
［依頼人］ジョン・オープンショー（資産家）
［依頼内容］伯父と父の不可解な死について解明し、自分の身も守って欲しい
［主な地域］サセックス州ホーシャムほか

Story

死を招く〝オレンジの種〟

嵐の夜、221Bを訪れたジョン・オープンショーはおじと父を襲った恐ろしい出来事について話し始めました。初めにおじが、そして暫くして父が、オレンジの種が五つ入った封筒を受け取った後に不可解な死を遂げたというのです。

彼は、事件はおじがアメリカにいたことに関係し、ふたりとも何かの陰謀に巻き込まれたのではないかと疑いましたが、その後は特に何も起こらず、そのまま2年8か月の月日が過ぎたため安心し始めていました。

ところが昨日になって突然、自分にも同じ〝オレンジの種〟が届いたというのです。恐怖を感じ途方にくれた彼は、助言を求めてホームズのもとへとやって来たのでした。

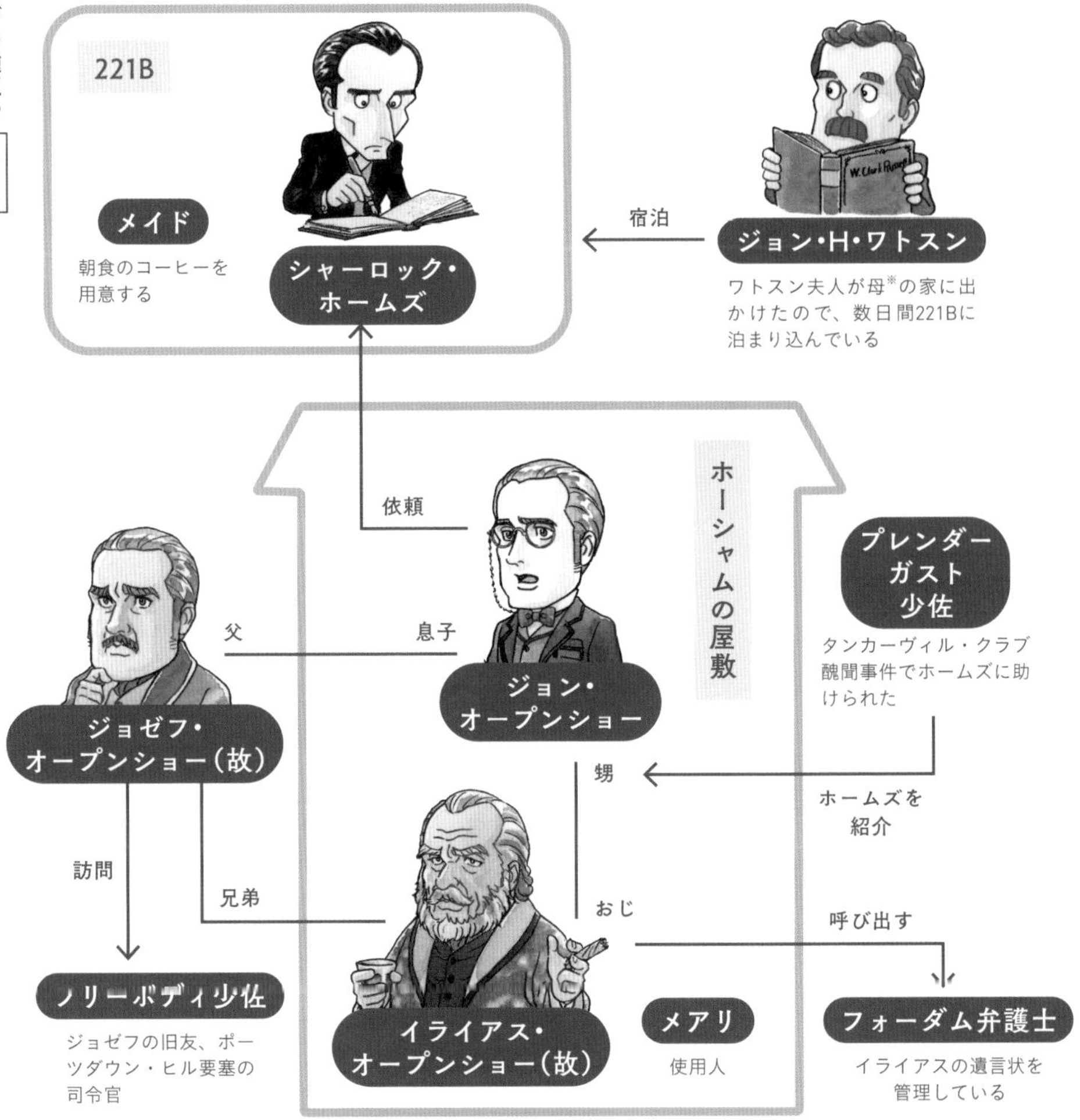
221B
メイド
朝食のコーヒーを用意する
シャーロック・ホームズ
宿泊
ジョン・H・ワトスン
ワトスン夫人が母※の家に出かけたので、数日間221Bに泊まり込んでいる
W. Clark Russell
ホーシャムの屋敷
依頼
父
息子
ジョン・オープンショー
プレンダーガスト少佐
タンカーヴィル・クラブ醜聞事件でホームズに助けられた
ジョゼフ・オープンショー（故）
甥
ホームズを紹介
訪問
兄弟
おじ
呼び出す
ノリーボディ少佐
ジョゼフの旧友、ポーツダウン・ヒル要塞の司令官
イライアス・オープンショー（故）
メアリ
使用人
フォーダム弁護士
イライアスの遺言状を管理している

※＝P130【見どころcheck】＊1参照

ジョン・オープンショー

John Openshaw

依頼人

資産家：子供の頃からおじイライアスに気に入られ、１８７８年からサセックス州ホーシャム近郊のおじの家で一緒に住み始める。

おじと父が死の直前に受け取ったオレンジの種が入った封筒が、自分のもとへも送られて来たのを不安に感じホームズに調査を依頼する。

青白い顔と重苦しい目を見ると、彼の身には何やら大きな心配ごとが重くのしかかっているようだ。

金縁の鼻眼鏡
腫れぼったい目
青白い顔
せいぜい22、23歳ぐらい
しゃれた服装
身のこなしも上品で洗練されている

豆 鼻眼鏡
Pince-nez
耳にかけるツル（テンプル）がなく、鼻筋に挟んでかける眼鏡。

手にした傘から流れ落ちる雫と濡れて光る防水コートが、激しい天候下での彼の道中を物語っていた。

おじのイライアスに初めて会った時は12歳かそこらで子供だったせいか好意を持たれ、おじが英国に帰国した後は一緒に住むようになりました。16歳になる頃には僕が家の主も同然になるほどでしたが、なぜか屋根裏の物置部屋に入ることだけは禁止されていました。

南西部からいらしたようですね

靴の爪先についている粘土と白亜土の混合物は、あの地方特有のもの。

ジョン・オープンショー

イライアス・オープンショー(故)

Elias Openshaw

ジョン・オープンショーのおじ：変わり者で人づきあいが嫌い。町にも出ず、実の兄弟にも会いたがらない程だが、甥のジョンのことは例外的に気に入っており、1878年からジョンと一緒に住むようになる。

変わり者
ヘビースモーカー
ブランデーを浴びるように呑む
短気な性格ですが非常に内気なところもあり、何週間も部屋にこもることもありました。

Profile

- 若い頃アメリカに渡り、フロリダ州で大農場主になる
- 南北戦争に南軍として参加
- 南北戦争後、黒人に市民権を与える政策に反発し、英国に戻りホーシャムの近くに屋敷を構える
- 1883年5月2日の晩、庭の隅の池にて死体で発見される

メアリ

Mary

イライアスの使用人：イライアスの部屋の暖炉に火を入れる。

ジョゼフ・オープンショー(故)

Joseph Openshaw

頑固な性格

ジョン・オープンショーの父：コヴェントリーで小さな工場を営んでいたが、自転車用の〈オープンショー・アンブレイカブル・タイヤ〉の特許を取り大成功を収め、その権利を売って、かなりの財産を手に引退する。

兄弟イライアスの死後、ホーシャム近郊の彼の屋敷に移り住んだが、1885年1月に深い白亜抗の中で意識不明になっているところを発見され、そのまま死亡する。

フォーダム弁護士

Mr.Fordham

イライアスの弁護士：イライアスに呼び出され、ホーシャムから訪れる。イライアスの遺産をジョンの父ジョゼフに残すための遺言状を作る。

ウィリアム・クラーク・ラッセル

William Clark Russell (1844-1911)

アメリカ、ニューヨーク生まれ／作家

海洋小説を数多く手がけ、中でも小説『グロヴナー号の遭難』（1877）は、大人気を博し、ラッセルのベストセラーとなる。

コナン・ドイルもラッセルの海洋小説を高く評価していたと言われている。

一方、私はクラーク・ラッセルの傑作海洋小説に没頭していた

ワトスンは依頼人が訪ねて来るまで、221Bの暖炉の前でクラーク・ラッセルの海洋小説を読んでいた。

K・K・K

アメリカ合衆国の秘密結社

正式名称は、クー・クラックス・クラン（Ku Klux Klan）。南北戦争終結後に設立され、テロリズムで白人至上主義を実現しようとした。三角頭巾と白装束姿で有名。

現在もいくつかの組織に分派しながら活動を継続している。

このK・K・Kっていうのは何者だ?どうしてこの不幸な一家をつけねらうんだ?

ワトスンは、「依頼人の危険の種類ははっきりしている」と言うホームズに対して、こう質問した。

ジョルジュ・キュビエ

Georges Cuvier (1769-1832)

フランス、モンベリアール生まれ／動物学者

現生生物との比較によって断片的な化石からその全体像を復元するなど、比較形態学や古生物学の基礎を築いた。

キュビエが1本の骨の観察から動物全体が描写できたように、ある一連の出来事のひとつの輪を理解した観察者なら、その前後全ての事について明確に述べることができるはずだ

ホームズは、依頼人の話を聞いただけで事件の全体像が分かる自分をキュビエに例えた。

現代に続く差別問題も

オレンジの種が五つ入った封筒――それを受け取った人物にやがて訪れる不可解な死。そのギャップの不気味さが印象的な事件です。

ワトスンも作品冒頭で「この事件はホームズが確固たる証拠や論理をもって説明することができなかった」と語っているように、シリーズの中でも特に奇怪な物語と言ってもいいでしょう。

依頼人ジョン・オープンショーのおじイライアスは、若い頃南北戦争で南軍の将校として戦った人物。実在する秘密結社K・K・K（クー・クラックス・クラン）とも深い関わりを持つなど、この作品では現実の世界で起こった人種差別問題なども垣間見られます。

歴史上の出来事や実在の団体も登場する本作は、ホームズたちの世界と自分たちの世界とのつながりを感じさせてくれる、そんな作品です。

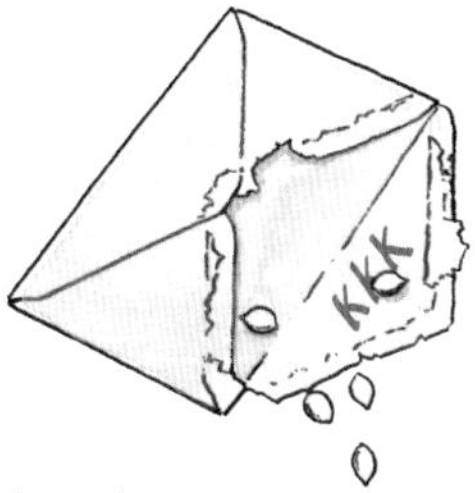

オレンジの種入りの封筒

COLUMN

語られざる事件

The Untold Stories

正典（原作）の中には、ワトスンが「事件名」や「概要」のみを言及している事件があり、ファンの間では〈語られざる事件〉と呼ばれています。

正典の中にはそんな詳細が分からずモヤモヤするような事件が百件ほど記されています。ホームズは1891年の「最後の事件」の時点で「これまでに千件を超す事件を手掛けてきた」と語っており、正典で紹介された60の事件というのは本当にほんの一握りということになります。

〈語られざる事件〉は、どの事件も事件名を見るだけでワクワクするものばかり。ひとつでも多くワトスンに発表しておいて欲しかったな、と思います。

⇓次ページ参照

『緋色の研究』『四つの署名』『冒険』の〈語られざる事件〉一覧

長編	緋色の研究	レストレードが担当した偽札事件
		流行の服を着た若い女性の相談
		白髪頭の行商人らしきユダヤ人の相談
		だらしのない感じの中年女性の相談
		白髪の老紳士の相談
		ビロードの制服を着た鉄道のポーターの相談
長編	四つの署名	フランスの探偵ヴィラールの、遺言状に絡んだ事件の相談
		セシル・フォレスター夫人の家庭内のもめ事（★）
		保険金目当てに幼児を3人も毒殺した女の事件（＊）
		アセルニー・ジョーンズが担当したビショップゲイト宝石事件
冒険	ボヘミアの醜聞	トレポフ殺人事件（オデッサからの招請）
		トリンコマリーのアトキンスン兄弟の奇怪な惨劇〈解決〉
		オランダ王室の慎重な手際を要する事件〈解決〉
		ダーリントンの替え玉事件
		アーンズワース城事件
	赤毛組合	——
	花婿の正体	ダンダス家の別居事件
		オランダ王室のワトスンにも打ち明けられない事件＜解決＞
		メアリ・サザーランドの依頼の頃に手掛けていた特徴のない10件～12件ほどの事件（この中でマルセイユから依頼された事件だけがやや込み入っている）
		エサリッジ氏の失踪事件（★）
	ボスコム谷の謎	——
	オレンジの種五つ	“パラドールの部屋”事件
		“アマチュア乞食団”の事件
		バルク型英国帆船ソフィ・アンダースン号の失踪事件
		ウッファ島のグライス・パタースン一族の奇妙な冒険
		カンバーウェルの毒殺魔事件
		プレンダーガスト少佐のタンカーヴィル・クラブ醜聞事件（★）
		ホームズが失敗した事件（事件名は不明だが、男で3度、女で1度、解決できなかった事件がある）
	唇のまがった男	——
	青いガーネット	——
	まだらの紐	ファリントッシュ夫人のオパールの頭飾りに関する事件（★）
	技師の親指	ウォーバートン大佐の狂気の事件（ワトスンが持ち込んだ事件）
	独身の貴族	バックウォーター卿の事件（★）（＊）
		グロヴナー・スクウェアの家具運搬車事件
		スカンジナヴィアの国王の事件
	緑柱石の宝冠	——
	ぶな屋敷	——

（＊）＝ホームズがどのくらい関わったか分からない事件
（★）＝221Bを訪ねて来た人物（依頼人）にホームズを紹介したきっかけとなった事件

「オレンジの種五つ」の事件の流れ

	イライアス・オープンショー	ジョゼフ・オープンショー
?年	若い頃アメリカに渡り、フロリダで農場主となり大成功する。	コヴェントリーで小さい工場を経営。自転車用のパンクしない＜オープンショー・アンブレイカブル・タイヤ＞の特許を取り大成功をおさめる。
1861年	南北戦争勃発。南軍で参戦する。	
1865年	南北戦争終結。フロリダに戻る。	
1869年or 1870年頃	英国に戻り、サセックス州のホーシャム近くに屋敷を構える。	
1878年	ジョゼフの息子、甥のジョンを屋敷に住まわせる。	
1883年 3月10日	インドからオレンジの種が5つ入った封筒が届き、取り乱す。	
5月2日	庭の隅の池で死体で発見される。	
?月?日		イライアスの全財産を相続。
1884年 初め頃		息子ジョンと一緒にイライアスの屋敷に住み始める。
1885年 1月4日		スコットランドからオレンジの種が入った封筒が届く。
1月7日		旧友のフリーボディ少佐を訪ね、フェアラムへ出かける。
1月9日		フェアラムから戻る途中、深い白亜抗に落ち、死亡する。

?月?日		ジョン・オープンショー：遺産を相続し、おじの家に住み続ける。
依頼日前日 1887年 9月?日		ジョン：ロンドン東局消印のオレンジの種が入った封筒が届く。 
依頼日 9月?日		ジョン：221Bを訪れ相談。ホームズから、速やかに家に帰り、おじの箱を庭の日時計の上に置くよう指示を受ける。
依頼日翌日 9月?日	朝食頃	ホームズとワトスン：朝刊の記事を見て驚く。 ホームズ：調査に出かける。
	22時近く	ホームズ：帰宅。

見どころcheck! オレンジの種五つ を少しだけディープに楽しもう!

DATA
ホームズの言によれば
ホームズの
友達の数は 1人。
「現在親交のある友達」
という意味でしょう
君の他に誰もいないよ
カキ カキ

今回のワトスン君
妻が母(*1)の所を訪ねて家にいないので、私もここ数日はベイカー街の古巣に泊まり込んでいた…

――ということでてっきり仕事を休みにして羽をのばしに来てるのかと思ったら…

ちゃんと221Bから自宅の医院へと通っていたんですね!

翌日は1日中忙しくお仕事!

―ところで奥さまってご両親亡くなられていませんでしたっけ??

"母のように慕っている人"(セシル・フォレスター夫人?)のことかな?


P057【セシル・フォレスター夫人】参照

DATA
ホームズの
敗北は 4回。(*2)
あなたは敗れたことがないとか…
4回あります
男に3回
女に1回
成功の数に比べたら…
ほとんど成功してると言っていいでしょう

名台詞
"You must act, man, or you are lost."
「行動あるのみ、それが男だ、でなければ敗北するしかない」
弱気になっている依頼人を一喝!!
活力以外にあなたを救えるものはありません!
落ち込んでいるヒマなんかないんだ!!
いつもクールなホームズにこんな一面が!!
まるでスポ根コーチ?!

*1＝〈ストランド・マガジン〉掲載時及び『冒険』の初版本では「母(mother)」でしたが、後に「おば(aunt)」に修正されています。

*2＝「オレンジの種五つ」事件前の集計です。

落ち込んでいる
ヒマなんか…
僕のプライドはズタズタだよワトスン
もちろん今はこんなプライドなんて
取るに足りない感情だってことはわかりきっている
でもこれは痛すぎる…
我々はしばらくの間無言で座っていた――私はホームズの、これほどまでに打ちのめされ動揺している姿を今まで見たことがない…
名台詞
"No; I shall be my own police."
「いや！僕そのものが警察となる」
いつも以上に犯罪に対して闘志を燃やすホームズ!!
彼らなんて、僕が巣網を張ってやらないとハエ一匹 捕れやしない！
キャー
キャー
はっ
ワーイ
ワーイ
ゴゴゴゴ
警察批判もいつも以上に…
…これはいつも通りか
1日中捜査して夜10時近くに帰って来た
飢え死にしそうだ
食べることが脳ミソから抜けてたよ
朝のあと何にも食べてないんだ
ガブ
ガブ
ガツガツ
慢心・熱血・失意そして闘志――と今回は何かと激しいホームズです

冒険06

唇のねじれた男

The Man with the Twisted Lip

1889年6月の夜遅く妻の友人ケイト・ホイットニーが我が家に駆け込んできた
うちの人ったらもう2日間も帰ってこないの
私、心配で心配で——
彼女の夫アイザ・ホイットニーはアヘン中毒で私の患者でもある
私は彼が入り浸っているというアヘン窟〈金の棒〉へと行ってみた
待っててくれ
おやこれはこれはワトスン先生!?
今は水曜日だよね
金曜だよ!
客じゃないあるか
パチパチ
ホイットニーさん!!
さあ帰ろう! 奥さんが心配して待っているぞ!!
帰る帰るよ
あ でもその前に支払いしなきゃ
ブルブル
じゃあ支配人を呼んでくるから
!
ここを通り過ぎたらこっちを見るのだ!
ヒソヒソ
くいっ
!!!!!
ばぁ
ホームズ??!
なんでこんなところに!?
再びばぁ
パッ
パッ
しかもすごい早変わり!
ひそひそ声で頼むよ
耳には自信があるんだ
意外なところで意外な出会い——ここには一体何があるというのだろうか?

［事件発生日］1889年6月15日（依頼日は不明）
［依頼人］不明
［調査内容］ネヴィル・セントクレア行方不明事件の調査
［主な地域］ロンドン／アッパー・スワンダム・レイン、ケント州リーほか

Story

奇妙な乞食の住処《すみか》で紳士が姿を消した

ホームズは、ケント州リーに住むネヴィル・セントクレアの行方不明事件を調査していました。

ネヴィルを最後に目撃した妻のセントクレア夫人の話によると、彼女は所用でロンドンに出かけた折に、たまたま入った裏通りで悲鳴を聞きました。見上げてみると、建物の3階の窓に怯えた様子で手を振る夫の姿があり、その直後部屋の奥に引き戻されるように消えて行ったというのです。驚いた夫人は近くにいた警察官を連れ建物へ乗り込みましたが、部屋にいたのはヒュー・ブーンという唇のねじれた乞食ひとりだけ。夫ネヴィルの姿はどこにもありませんでした。

そしてその日以来、彼は行方不明になってしまったのです――。

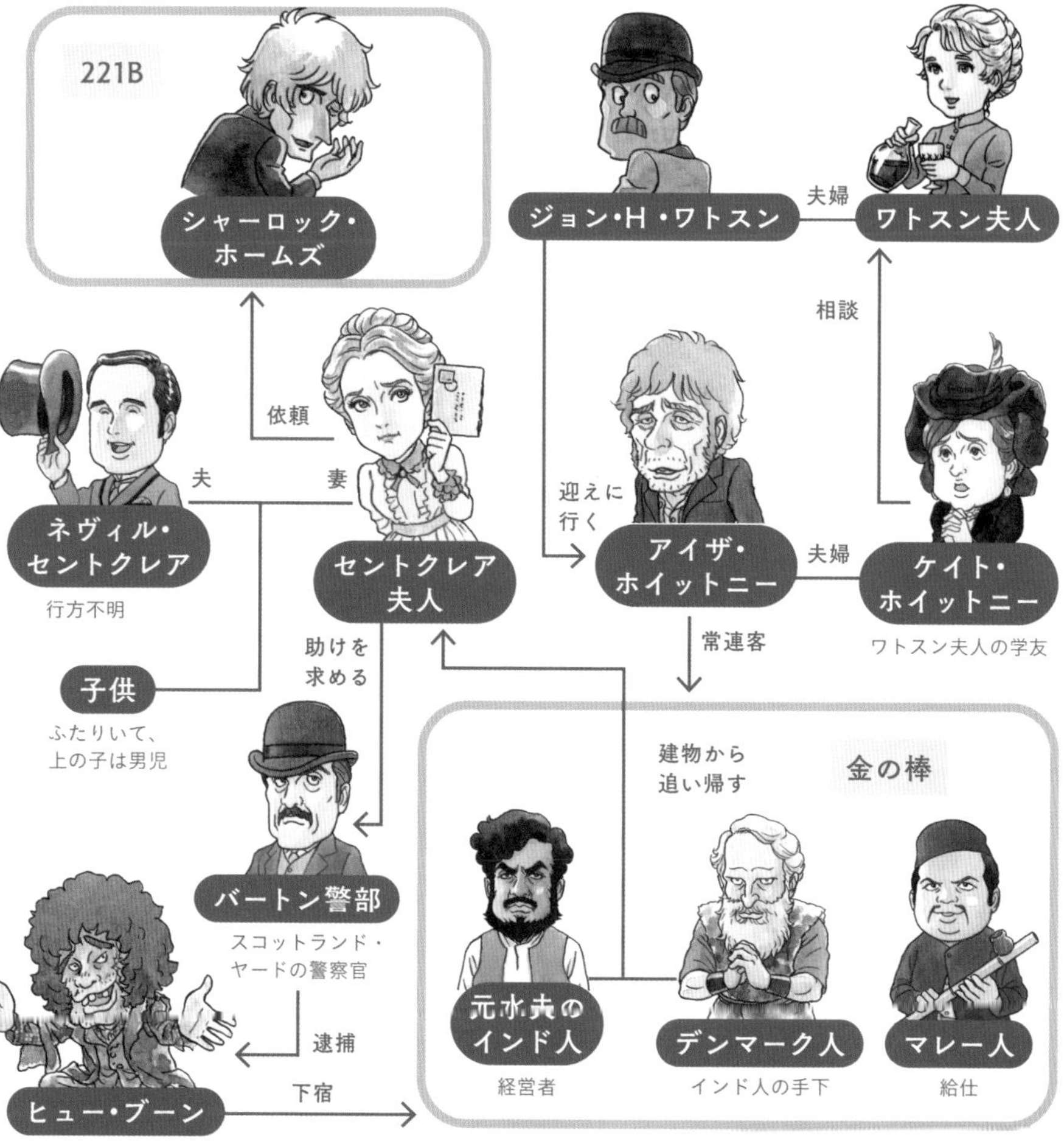
221B
シャーロック・ホームズ
ジョン・H・ワトスン
夫婦
ワトスン夫人
相談
依頼
夫
妻
ネヴィル・セントクレア
行方不明
セントクレア夫人
迎えに行く
アイザ・ホイットニー
夫婦
ケイト・ホイットニー
ワトスン夫人の学友
常連客
助けを求める
子供
ふたりいて、上の子は男児
建物から追い帰す
金の棒
バートン警部
スコットランド・ヤードの警察官
元水夫のインド人
経営者
デンマーク人
インド人の手下
マレー人
給仕
逮捕
ヒュー・ブーン
下宿

ヒュー・ブーン

Hugh Boone

容疑者

乞食：アヘン窟〈金の棒〉の3階に寝泊まりをしているすご腕の乞食。シティ界隈ではおなじみの顔で、警察をごまかすためにマッチ売りのふりをしている。スレッドニードル街を〝仕事場〟としており、頭の回転が速く気の利いた台詞を投げ返すので人気がある。かなりの額を稼いでいる。

外見からなにから、すべてが並みの乞食とは格が違う。

頭の回転が速い
オレンジ色のぼさぼさの髪
やけに鋭い黒色の瞳
鋳掛屋みたいに真っ黒な顔
ほほの傷跡のひきつりによって端がめくれ上がった上唇
ブルドッグのようなアゴ
脂じみた革の帽子
中肉中背
力もありそうで、体つきもがっしりしている
足が悪いが歩けないわけではない

Check Point

ヒュー・ブーンの稼ぎ

Earn of Hugh Boone

〈金の棒〉の窓から捨てられていたセントクレア氏の上着には、ヒュー・ブーンの稼ぎが重りとして詰め込まれていました。その数、1ペニー硬貨が421枚、半ペニーが270枚。これがその日1日の稼ぎだとすると全部で556ペンス（約5万5千円）を稼いだことになります。「赤毛組合」のジェイベズ・ウィルスンの〈赤毛組合〉での報酬が週4ポンドですので1日換算では160ペンス（約1万6千円）、「花婿の正体」のメアリ・サザーランドのタイピングは1日20枚として40ペンス（約4千円）。ヒュー・ブーンの稼ぎがいかに破格であったかということが分かります。

ちなみに1ペニー421枚と半ペニー270枚を合わせるとその重さは約5.5kg（1ペニーは9.4g/枚、半ペニーは5.67g/枚）。重りとしても十分な効果を期待できる重さです。

⇒P142【アイテム／英国の貨幣】参照

何度か観察したがほんの短い時間でのあまりの稼ぎにビックリしたよ！

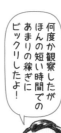

セントクレア夫人

Mrs. St. Clair

ネヴィル・セントクレアの妻：ロンドンのフレスノ街で用事を済ませた帰り、たまたま通り道となったアッパー・スワンダム・レインの〈金の棒〉の3階の窓に夫の姿を目撃。それを最後に夫は行方不明となる。

　ホームズが夫の行方を調査している間、自宅の〈杉屋敷〉の2部屋を提供している。

金髪
小柄
襟と袖口にふわふわしたピンクの縁飾り
軽そうな絹モスリンの服

光を背にしていたので、身体の線がくっくりと浮かび上がっていた。

豆 モスリン
muslin
毛織物の一種。梳毛糸《そもうし》（羊毛の長繊維を直線状に引き伸ばし平行にそろえてからよりをかけた糸）を平織りにした薄手で柔らかい布。

セントクレア夫婦の子供たち

St. Clair's children

セントクレア夫妻の子供はふたり。

なめらかな肌
黒い髪
品の良さそうな顔つき

ネヴィル・セントクレア

Neville St. Clair

セントクレア夫人の夫：節制家で良き夫、愛情深い父親。知り合いからも好かれている。父親が教師をしている学校で立派な教育を受け、若い頃はいろいろなところを旅し、舞台役者をしていたこともあった。失踪当日の朝、積木を一箱みやげに買って帰ると小さな息子に約束していた。

Check Point
子供の年齢
Age of Children

セントクレア夫妻は1887年に結婚。事件が起きたのが1889年なので、積木のみやげを約束した息子は上の子で2歳以下と推測。となると下の子は乳児？（性別は不明）

Profile

- 37歳
- 1884年5月 ケント州リーに〈杉屋敷〉を買い住み始める
- 1887年 地元の醸造家の娘と結婚。子供をふたりもうける
- 定職はないがいくつかの会社に関係していて、毎朝ロンドンに出かけ、夕方にはいつも同じ時間の汽車に乗り自宅に戻ってくる
- 負債は88ポンド10シリング（約212万4千円）あるが、キャピタル・アンド・カウンティーズ銀行に220ポンド（約528万円）の貯金がある

馬屋番の少年

A stable-boy

セントクレア家の使用人：ホームズとワトスンが乗って来た馬車の馬の世話をする。

元水夫のインド人

The Lascar

アヘン窟〈金の棒〉の経営者：ロンドン橋東側のテムズ河北岸、高い波止場の裏手にあるアッパー・スワンダム・レインという路地に店を構えている。
乞食のヒュー・ブーンを3階に下宿させている。

ゴロツキで悪名高いならず者。

Check Point

＜金の棒＞

The Bar of Gold

シティの東はずれ、ロンドン橋の東側のテムズ河北岸の波止場裏手アッパー・スワンダム・レインにある架空のアヘン窟。

アッパー・スワンダム・レインも架空の小路で、この通りがあったとされる場所は、当時はビリングス・ゲイト魚市場の敷地内だったため、〈金の棒〉は、本当はロンドン・ブリッジの西側にあったのではないか、実はテムズ河の南岸だったではないかなど、研究対象のひとつになっています。

デンマーク人

A Dane

元水夫のインド人の手下：夫を心配して駆け込んで来たセントクレア夫人を、元水夫のインド人と一緒に追い返す。

あそこは、あの河岸一帯で最も危険な殺しの巣窟だ

マレー人

A malay

アヘン窟〈金の棒〉の給仕：アイザ・ホイットニーを探しに入ったワトスンを客だと思い、パイプと1回分のアヘンを持って駆け寄る。

血色の悪い顔

ジョン

John

ホームズに雇われた御者：アヘン窟〈金の棒〉近くに待機後、ホームズに背の高いドッグ・カート（一頭立ての二輪馬車）を貸し、半クラウン（約3千円）を受け取る。

ケイト・ホイットニー

Kate Whitney

ワトスン夫人の学友：夫アイザのことをワトスン夫妻に何度も相談している。

黒いヴェール
内気な性格
黒っぽい服

ワトスン夫人

Mrs.Watson

ジョン・H・ワトスンの妻：取り乱した様子で助けを求めに来たケイト・ホイットニーに、ワインの水割りを与える。

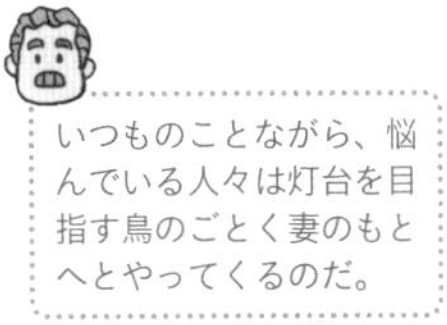
いつものことながら、悩んでいる人々は灯台を目指す鳥のごとく妻のもとへとやってくるのだ。

アイザ・ホイットニー

Isa Whitney

ワトスンの患者：セント・ジョージ神学校校長、故イライアス・ホイットニー神学博士の弟。カレッジ時代に、ド・クインシーのアヘン体験記に影響され、軽い気持ちで手を出して以来、何年もアヘンの虜になっている。⇒P138【実在の人物／トマス・ド・クインシー】参照

みだれた髪
青白いやつれた顔

これが気高かった男の残骸か…

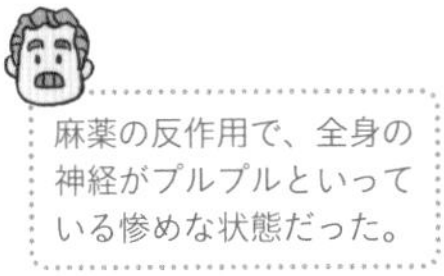
麻薬の反作用で、全身の神経がプルプルといっている惨めな状態だった。

バートン警部

Inspector Barton

スコットランド・ヤードの警察官：通りを巡回中にセントクレア夫人から通報を受け、アヘン窟〈金の棒〉へ急行。警官2名と徹底的に家宅捜索を行い、その場にいた乞食のヒュー・ブーンを逮捕する。

巡回中の警察官

Constables

バートン警部と一緒にアヘン窟へ急行し、家宅捜索をする。

ボウ街の警察裁判所の門番

The two constables at the door

警察裁判所に到着したホームズとワトスンに対して敬礼をもって応対。即座に所内へと案内した。

ブラッドストリート警部

Inspector Bradstreet

スコットランド・ヤードの警察官：ヒュー・ブーンを拘留したボウ街の警察裁判所にホームズたちが訪れた際、当直を務めていた。警察勤務27年のベテラン。

⇓P140【COLUMN／警察官登場回数ランキング】参照
⇓P173【Check Point／ブラッドストリート警部】参照

ひさしのある帽子
飾り紐ボタンのついた上着
背が高い
がっしりとした体格

アヘン窟の客

A tall, thin old man

ワトスンがアイザ・ホイットニーを探しに出向いたアヘン窟〈金の棒〉にいた老人。

ホームズ
背が高く痩せたよぼよぼの老人
曲がった背中
うっとりした顔
しまりのない口元

わたしが驚くさまを見て笑っているのは、他ならぬシャーロック・ホームズだった。

実在の人物

トマス・ド・クインシー

Thomas De Quincey (1785-1859)

イングランド、マンチェスター生まれ／随筆家、批評家

自身の放蕩生活やアヘン中毒の経験などを綴った自伝的作品『阿片常用者の告白』（1822）が有名。また、『芸術として見た殺人』（1827）は犯罪論文の先駆として江戸川乱歩ら日本の推理作家からの評価も高い。

彼は学生時代 ほんの酔狂から、ド・クインシーが書いた幻覚の描写が本当か試したくなり、煙草をアヘンチンキに浸してみたそうだ

ワトスンは、自分の患者であるアイザ・ホイットニーがアヘンの悪習にはまったきっかけをこう語った。

ロンドンに巣くう、もうひとつの顔

「唇のねじれた男」は、ワトスンが自分の患者でもある友人を探しにアヘン窟を訪れるところから物語が始まります。そこでワトスンは潜入捜査をしていたホームズに遭遇。実業家のネヴィル・セントクレアという男性が行方不明となり、殺害の容疑者としてヒュー・ブーンという乞食が逮捕されたという話を聞かされます。このヒュー・ブーンは並みの乞食ではなく、物乞いだけで平均的会社員よりもはるかに多くの収入を得ているという驚くべきキャラクターです。

また本作では、当時はまだ取り締まる法律のなかったアヘン窟やその界隈の薄暗く不健康な様子も描かれており、こちらも非常に印象的です。大都会ロンドンの繁栄の裏側にある、もうひとつの顔と言ってもいいでしょう。

このアヘン窟や乞食のブーンといったキャラクターの登場など、物事には表面から見ただけでは分からない意外な一面が潜んでいるということを教えてくれる作品です。

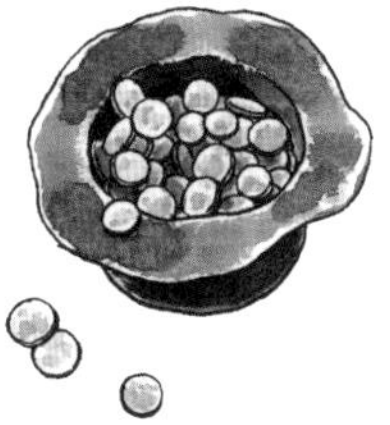

ヒュー・ブーンの稼ぎは、1日2ポンド以上！

COLUMN

ヴィクトリア時代とアヘン

Victorian era & Opium

ケシの実を原材料とする麻薬の一種であるアヘンは、当時の英国では鎮痛剤・酔い覚まし・強壮剤などの万能薬として、一般の人々でも処方箋なしで容易に買うことができるものでした。

19世紀に入ってから常用者が急増、強い副作用も知られ始めていましたが、深刻な痛みを和らげる鎮痛剤としてアヘンを頼る人も多く、1920年の危険薬物法が成立するまで、一般に普及し使われていました。

そのため当時は、本作のアイザ・ホイットニーのようにアヘン中毒になった人間がたくさんいたと言われています。

ケシの花

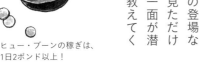

COLUMN

警察官登場回数ランキング

正典（原作）60作で、複数回登場する警察関係者は意外に少なく、レストレード、グレグスン、ホプキンズ、ブラッドストリートの4人だけです。『四つの署名』のアセルニー・ジョーンズや「赤毛組合」のピーター・ジョーンズ、「ウィステリア荘」のベインズ、『恐怖の谷』のマクドナルドなど、ホームズ・シリーズでは印象的な警部・刑事が数多く登場しますが、前記の4人以外はそれぞれ、その回のみの登場となっています。

登場数トップに輝いたのは、12作のレストレード！初登場時ライヴァル扱いだったグレグスンを大きく引き離す結果となりました。グレグスンはそれでも全体で2位ですので、第1作『緋色の研究』の登場警察官（しかも依頼人！）の面目躍如といったところでしょうか。

1位　12作（＋2作）　G・レストレード ⇒P013、P034、P115、P183参照

長編	『緋色の研究』、『バスカヴィル家の犬』 （『四つの署名』会話の中で登場）
冒険	「ボスコム谷の謎」、「独身の貴族」
回想	「ボール箱」
生還	「空き家の冒険」、「ノーウッドの建築業者」、「恐喝王ミルヴァートン」、 「六つのナポレオン像」、「第二のしみ」
挨拶	「ブルース・パーティントン型設計書」、「レディ・フランシス・カーファクスの失踪」
事件簿	（「三人のガリデブ」会話の中で登場）

2位　4作（＋1作）　トバイアス・グレグスン ⇒P034参照

長編	『緋色の研究』 （『四つの署名』会話の中で登場）
回想	「ギリシャ語通訳」
挨拶	「ウィステリア荘」、「赤い輪団」

3位　3作（＋1作）　スタンリー・ホプキンズ

生還	「ブラック・ピーター」、「金縁の鼻眼鏡」、「アビィ屋敷」 （「スリー・クォーターの失踪」会話の中で登場）

4位　2作（＋1作）　ブラッドストリート ⇒P138、P173参照

冒険	「唇のねじれた男」、「技師の親指」 （「青いガーネット」新聞記事の中で登場）

「唇のねじれた男」の事件の流れ

1884年5月		**ネヴィル・セントクレア**：ケント州リーの街に大きな邸宅〈杉屋敷〉を買い、暮らし始める。
1887年		**ネヴィル**：地元の醸造家の娘と結婚する。
1889年 6月15日（月）	朝	**ネヴィル**：いつもより早めにロンドンへ仕事に出かける。
	午後	**セントクレア夫人**：小包を受け取りにロンドンへ出かける。
	16時35分頃	**セントクレア夫人**： アヘン窟〈金の棒〉の3階の窓から、 夫ネヴィルが顔を出しているのを目撃。 警察官を連れて中に入るが、 夫の姿はなく、そのまま消息不明となる。 
		警察：〈金の棒〉の3階に住む乞食のヒュー・ブーンを逮捕する。
6月19日（金）※		**セントクレア夫人**：夫ネヴィルからの手紙が届く。
	夜遅く	**ワトスン夫人**：ワトスンと自宅でくつろいでいるところに友人ケイト・ホイットニーの訪問を受ける。 **ワトスン**：ケイトの夫アイザを探しに〈金の棒〉へ出かける。
	23時頃	**ワトスン**：〈金の棒〉へ到着。 アイザを発見、馬車に乗せ帰宅させる。 またそこでホームズとも出会う。 
6月20日（土）	未明	**ホームズ**：ワトスンを連れ、〈杉屋敷〉に馬車で移動。セントクレア夫人に失踪調査の状況報告する。 **ホームズとワトスン**：〈杉屋敷〉に泊まる。 **ホームズ**：寝ずに推理。
	4時25分少し前	**ワトスン**：ホームズの叫び声で目を覚ます。
	早朝	**ホームズとワトスン**： ブーンが収監されている ボウ街の警察裁判所へ向かう。 

※：現実の「1889年6月19日」は「水曜日」ですが、作中では「1889年6月19日」は「金曜日」と書かれています。この表は作中に記載されている曜日にもとづいて作成しています。

英国の貨幣
Currency

貨幣から当時の暮らしを推理

英国の貨幣単位は、1971年にポンドとペニーに統一されるまで、ギニー・ソヴリン・シリング・ペニー…と種類も多く、十二進法と二十進法が使われていたため、とても複雑でした。ホームズの時代の英国には金貨や銀貨・銅貨などの様々な硬貨が流通し、正典（原作）にもたくさん登場しています。

ファージング（銅貨）

1961年まで流通していた英国最少額の硬貨。

正典では「緑柱石の宝冠」で1回のみの登場。ホールダーが息子に「1ファージングも出さんぞ！」と宣言しています。日本で言うところの「お前にはびた一文出すものか！」ですね。

30mm

ペニー（ペンス）（銅貨）

現在も用いられている英国最古の硬貨。ペンスはペニーの複数形の呼び名です。

半ペニー硬貨　1ペニー硬貨

30mm

「唇のねじれた男」の乞食ヒュー・ブーンの稼ぎは、7百枚近い1ペニーや半ペニー硬貨でした（約5万5千円）。「赤毛組合」のウィルスンが買ったインクは一瓶1ペニー（約百円）で、『四つの署名』のメアリが受け取った封筒は一束6ペンス（約6百円）の品、「ボヘミアの醜聞」でホームズが馬を手入れした見返りはビールと2ペンス（約2百円）、「青いガーネット」ではベイカーがクリスマスにガチョウを受け取るのに毎週数ペンス（数百円）、積み立てていました。

シリング（銀貨）

1971年まで流通。

30mm

『緋色の研究』ではワトスンは軍から1日11シリング6ペンス（約1万3千8百円）の支給金を受け取っていました。『緋色の研

ヴィクトリア時代の主な英国硬貨

銅貨	1ファーシング　farthing	1/4ペニー　（約25円）
	半ペニー　half penny	1/2ペニー　（約50円）
	1ペニー　penny	1/12シリング　（約100円）
銀貨	タペンス　twopence	2ペンス　（約200円）
	スリペンス　threepence	3ペンス　（約300円）
	6ペンス　sixpence	6ペンス＝1/2シリング　（約600円）
	1シリング　shilling	12ペンス＝1/20ポンド　（約1,200円）
	1フロリン　florin	2シリング＝1/10ポンド　（約2,400円）
	半クラウン　half crown	2シリング6ペンス　（約3,000円）
	クラウン　crown	5シリング　（約6,000円）
金貨	半ソブリン　half sovereign	10シリング＝1/2ポンド　（約12,000円）
	1ソブリン　sovereign	20シリング＝1ポンド　（約24,000円）
	1ギニー　guinea ※	21シリング（約25,200円）
―	1ポンド　pound sterling	240ペンス＝20シリング　（約24,000円）

※ギニーは、1813年まで鋳造され1817年には政府に回収されたため、ホームズの時代には使われていませんでした。ですが回収された後も、医者や弁護士、土地の売買などの場ではギニーを使った取引習慣は残りました。ギニーでの支払いはソヴリンよりも1シリング多く払うことを意味し、チップを上乗せする感覚で使われていました。

究』『四つの署名』でホームズがベイカー街不正規隊《イレギュラーズ》に渡したお駄賃はひとり1シリング（約千2百円）、『四つの署名』でのベイカー街不正規隊12人分の切符代は3シリング6ペンス（約4千2百円）。「青いガーネット」のガチョウの仕入値は24羽で7シリング6ペンス（約9千円）、卸値は12シリング（約1万4千4百円）。「独身の貴族」では高級ホテルの部屋代8シリング（9千6百円）でした。

半クラウン（銀貨）
1971年まで流通。

30mm

「唇のねじれた男」でホームズが、馬車の借り賃として、御者のジョンに半クラウン（約3千円）を渡し、「ボヘミアの醜聞」でボヘミア国王の手紙の紙は一束半クラウン（約3千円）は下らない高級紙でした。

■クラウン（銀貨）
1917年まで流通。
正典にはクラウン硬貨は登場しませんでした。

30mm

■ソヴリン（金貨）
ギニーに変わり使用されるようになった硬貨。
⇒P096【アイテム／金貨】参照

見どころcheck! 唇のねじれた男 を 少しだけディープに楽しもう!

考察 日付の問題

今日は水曜日だよね
金曜だよ!!

――と言うワトスンですがこの日、1889年6月19日は 現実のカレンダーではなんとなんと水曜日!!
間違っていたのは、アヘン患者アイザ・ホイットニーじゃなくて、ワトスンの方??!

Who is ジェイムズ?

さあ私たちに話して
それともジェイムズには外してもらう?

ご存じの通りワトスンの名前は"ジョン・H・ワトスン"!!
――ではこの時「ジェイムズ」と呼ばれたのは なぜか??!

作者コナン・ドイルの"うっかり"で片づけることもできますが、多くのシャーロッキアンが研究のタネにしています。
中でもミステリ作家ドロシー・L・セイヤーズ(1893-1957)が発表した、「ワトスンのミドルネーム"H"はスコットランドでのジェイムズの呼び名"ヘイミッシュ(Hamish)"ではないか」という説が見事に辻褄が合っていて、特に多くの支持を受けているようです。

※シャーロッキアンとは…〈ホームズ〉の熱烈な愛好家・研究家のこと。〈ホームズ〉を愛する人たちの団体は、世界各地に300以上もあります。

名台詞

"Oh, a trusty comrade is always of use."

「なあに、信頼できる盟友はいかなる時も役立つものさ」

ましてや記録作家ともなればなおさらだよ
僕でお役に立てるんならね

折に触れ、ワトスンへの信頼を口にするホームズ! 事件の記録者としても有難く思っているのが分かりますね!!

厳しくダメを出すことも多いけど…

ホームズのファッションチェック!
ガウンの巻

セントクレア氏の＜杉屋敷＞にて

ゆったり目の青いドレッシング・ガウン!
古びたブライヤーのパイプ
ソファ代わりに並べた枕やクッション
ジャグ煙草1オンス(28.35g)の山(朝にはすっかり無くなっていた)

今回のワトスン君 天賦の才!の巻

ホームズも認めるワトスンの才能!!

――私は、ホームズの思考の流れを断ち切るのを恐れて傍らにじっと座っていた――
それは…
君は沈黙という素晴らしい天賦の才の持ち主だよ
それが君を実にかけがえのない相棒にしているんだね

名台詞

"I think, Watson, that you are now standing in the presence of one of the most absolute fools in Europe."

「思うにワトスン、君は今ヨーロッパで1番の大うつけの前にいるのだよ」

僕なんて、ここからチャリング・クロスまで蹴り飛ばされてこそふさわしい男さ!
ちなみに距離にして10キロメートルくらいでしょうか
なかなか真相に気づけなかった自分に超辛口評価!!

冒険07

青いガーネット

The Adventure of the Blue Carbuncle

［事件持込日］?・?・?年12月25日
［持込人］ピータースン（便利屋）
［事件内容］便利屋ピータースンが拾ったガチョウの体内から、盗まれた宝石〈青いガーネット〉が見つかる
［主な地域］ロンドン／グッジ街、コヴェント・ガーデン市場ほか

Story

ガチョウから生まれた クリスマス・ミステリー

クリスマスの2日後の朝、ワトスンが221Bを訪れると、ホームズは使い込まれた帽子を熱心に観察しているところでした。

便利屋のピータースンが、クリスマスの朝早くにチンピラに絡まれていた男性を助けようとしたのですが、その男性は帽子とガチョウを残して慌てて逃げてしまったというのです。

その落とし物は221Bに持ち込まれ、帽子はホームズのもとに、ガチョウは傷む前にピータースンの家で調理されることになりました。

ホームズが帽子の推理を披露していると、そのピータースンが慌てて駆け込んで来ました。掌にガチョウのお腹から出て来たという青く輝く宝石を乗せて――。

221B
ハドスン夫人
ディナーを用意する
シャーロック・ホームズ
ジョン・H・ワトスン
クリスマスの翌々朝、クリスマスの挨拶のために221Bを訪問する
拾ったガチョウと帽子を持ち込む
ピータースン
暴漢から助ける
ヘンリー・ベイカー
ブラッドストリート警部
逮捕
マギー・オークショット
常連客
パブ〈アルファ・イン〉の主人
卸売
ウィンディゲイト
鳥の卸業者
ガチョウを納品
ブレッキンリッジ
きょうだい＊
ジョン・ホーナー
配管工
修理
ホテル・コスモポリタン
〈青いガーネット〉の持ち主
モーカー伯爵夫人
伯爵夫人のメイド
キャサリン・キューザック
ホテルの案内係主任
ジェイムズ・ライダー

＊＝P151【マギー・オークショット】参照

ヘンリー・ベイカー

Henry Baker

パブ〈アルファ・イン〉の常連客：便利屋ピーターソンがホームズに届けた帽子とガチョウの落とし主。

🈩スコットランド帽
Scotch bonnet
スコットランドの伝統的な帽子。細かく編まれたウールの帽子でつばがなく、てっぺんには房が取り付けられている。

スコットランド帽
頭が大きい
下に行くにつれて細くなる、知性を感じさせる幅広の顔
鼻の先と両ほほが赤みを帯びている
猫背
先のとがった白髪交じりの茶色いあごひげ
コートのボタンをあごまでかけている
手首を見るとシャツもカフスも身につけてないらしい
色あせた黒いフロック・コート⇒P092🈩参照
背が高い

ホームズの〈帽子の推理〉
- 高い知性の持ち主
  ⇒帽子の容量が大きい
- 今は落ちぶれている
  ⇒帽子は3年前の高級品、以後買い換えていない
- 昔は思慮深かった
  ⇒風に飛ばされないようにゴム紐をつけたのに今は切れたまま
- 妻に愛想をつかされている
  ⇒帽子に埃がついており、手入れをして貰っていない
- 自尊心は失っていない
  ⇒シミをインクで隠そうとしている
- 座ったままのことが多く、完全に運動不足
  ⇒内側にたくさんの汗のしみがあり、汗をかきやすく身体の鍛錬ができていない
- 髪には白いものが混じり、散髪したばかりで、ライム入りのヘアクリームを使っている
  ⇒裏地についている
- 家にはガスが引かれていない
  ⇒獣脂ロウソクのしみが複数ある

赤い鼻とほほ、それに差し出された手のかすかな震えが、ホームズの推理した飲酒癖を思わせた。

ここまで身を持ち崩したのにはおそらく酒もからんでるだろうね

ピータースン

Peterson

便利屋《コミッショネア》：クリスマスの朝、トテナム・コート通りで暴漢に襲われている男性を助けた際、その男が落としていったガチョウと帽子を拾う。その男性の所在が分からなかったため、221Bのホームズのもとにガチョウと帽子を持ち込んだ。

Check Point

便利屋《コミッショネア》　Commissionaire

“Corps of Commissonaires”（雑役隊）と呼ばれる組織の一員で、制服を着用。クリミア戦争（1853-1856）の傷痍《しょうい》軍人に雇用の機会を与えようと、1859年にエドワード・ウォルター大尉（Sir. Edward Walter 1823-1904）が組織を作ったのが始まりです。

信用のおける便利なメッセンジャーとして、手紙や小包を配達したり、ガイドや病院への付き添いをしたりなど、時間決めや日雇いで様々な仕事をしていました。

正典（原作）に登場する便利屋は全部で4人。本作「青いガーネット」のピータースンの他に、『緋色の研究』のグレグスンの手紙を届けに221Bを訪れた便利屋、「海軍条約文書」の外務省で用務員室に詰めていたタンギー、そして、「マザリンの宝石」でホームズの台詞の中に目撃者として登場しています。

B管区ブラッドストリート警部の話
ホーナーは逮捕される時に激しく抵抗し無実を訴えたが、窃盗の前科もあり巡回裁判にまわした。取り調べ中は激しく興奮していたが、終了時に卒倒。廷外に担ぎ出された。

ジョン・ホーナー

容疑者

John Horner

配管工事人：12月22日、ホテル・コスモポリタンに依頼され、モーカー伯爵夫人の宿泊する部屋の暖炉の火格子を修理する。その後、夫人の宝石箱から〈青いガーネット〉の紛失が判明し、窃盗の容疑で逮捕される。

Check Point

配管工《はいかんこう》　Plumber

ガスや水道のパイプなどを取り付ける仕事をする配管工。

正典（原作）では4作に配管工が登場します。本作「青いガーネット」のジョン・ホーナーの他に、「花婿の正体」のメアリ・サザーランドの父親が生前に配管工事店を経営、ホズマー・エンジェルと出会ったのもガス配管業界の舞踏会でした。「恐喝王ミルヴァートン」ではホームズが引く手あまたの配管工という触れ込みでミルヴァートン家を訪問、「背中の曲がった男」ではワトスンが家のガス管修理のために修理人を呼んだと言っています。

ブラッドストリート警部＝P138、P173

モーカー伯爵夫人

Countess of Morcar

宝石〈青いガーネット〉の持ち主：ホテル・コスモポリタン宿泊時、宝石箱に入れておいた〈青いガーネット〉が盗まれる。

　容疑者が逮捕されるが、宝石の行方が分からないため、1千ポンド（約2千4百万円）の賞金をかける。

〈青いガーネット〉の賞金千ポンドは市価の20分の1にも満たないはずだ
と、いうことは2万ポンド（約4億8千万円）以上!!

Check Point

青いガーネット

The blue carbuncle

　モーカー伯爵夫人が所有する架空の宝石。大きさは40グレイン（約2.6g）。

　中国南部の厦門《アモイ》川の岸で発見されてからまだ20年足らず。あらゆる点でガーネット（ざくろ石）の特徴を備えているにもかかわらず、赤ではなく青い色をしているため、同じものはふたつとない貴重な宝石と言われている。この宝石を巡って、殺人が2件、硫酸をあびせた事件が1件、自殺が1件、窃盗事件が数件起きている。

キャサリン・キューザック

Catherine Cusack

モーカー伯爵夫人のメイド：宝石の盗難に気付いた案内係主任ジェイムズ・ライダーの大声を聞き、部屋に駆けつける。

ジェイムズ・ライダー

James Ryder

ホテル・コスモポリタンの案内係主任：ジョン・ホーナーの修理作業に立ち会う。ホーナーの帰宅後、モーカー伯爵夫人の〈青いガーネット〉が無くなっていることに気がつく。

ネズミのような顔つき

ウィンディゲイト
Windigate

パブ〈アルファ・イン〉の主人：ブルームズベリ地区の大英博物館の近くに小さな店を構える。この年、店の常連たちを相手に〈ガチョウ・クラブ〉を設立。

赤ら顔
白い
エプロン

店主が今年から、毎週何ペンスか積み立てるとクリスマスにガチョウが1羽貰えるという、〈ガチョウ・クラブ〉というのを作ったんです。

マギー・オークショット
Maggie Oakshott

ジェイムズ・ライダーのきょうだい＊：既婚。ブリクストン通り117番地249に住む鳥の飼育業者。ジェイムズのためのクリスマス用のガチョウを売り物とは別に育てている。

＊＝原文ではジェイムズはマギーのことを「sister」と呼んでいますが姉か妹かは不明です。

ブレッキンリッジ
Breckinridge

鳥卸屋〈ブレッキンリッジ〉の主人：コヴェント・ガーデン市場に店を出している。繁盛している。

不愛想
鋭い目つき
刈り込んだ
ほおひげ
ピンク・アン

豆 ピンク・アン
Pink'un
正式名称は〈スポーティング・タイムズ（The Sporting Times）〉。主に競馬記事が中心で、ピンク色の紙に印刷されていたので〈ピンク・アン〉と呼ばれるようになった。

ビル
Bill

〈ブレッキンリッジ〉の使用人の少年：ブレッキンリッジに言われ、ガチョウの仕入れ先が書かれた薄い小型の帳簿と背表紙が脂で汚れた大型台帳を持ってくる。

モーズリー
Maudsley

つい最近までペントンヴィル刑務所に服役していた。現在は出所し、キルバーンに住んでいる。

あんなほおひげでポケットから〈ピンク・アン〉が顔を出している男なら
賭けごとという餌には、必ずくいつく！

ヘンリー・ベイカー＝P148

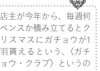

プレゼントは謎解きを

「青いガーネット」は、クリスマスシーズン発売の〈ストランド・マガジン〉1892年1月号に掲載されました。

　クリスマスの朝、ホームズのもとに落とし物として届けられたガチョウ――そして、そのお腹の中から出てきた青い宝石。そんな少しメルヘンがかった出来事から事件が始まります。

　ガチョウと一緒に持ち込まれた帽子から落とし主の特徴を導き出すホームズの推理の見事さや、ワトスンとふたりでガチョウと宝石の不思議な関わりのもとをたどっていく過程も面白く、クリスマスにふさわしい楽しい作品。いつものように依頼人がいるわけではなく、ホームズたちが自発的に謎を追うところも本作の特徴です。

　頭脳労働を生きがいとするホームズにとっても、この謎解きは最高のクリスマスプレゼントになったことでしょう。

〈アルファ・イン〉で乾杯する2人

COLUMN

伝統的な英国のクリスマスメニュー

Traditional English Christmas Menu

英国のクリスマスと言えば、「七面鳥の丸焼き《ロースト》」を思い浮かべる方も多いのではないでしょうか。この「鳥の丸焼き《ロースト》」、中世の英国では一般的にはガチョウが、貴族の間ではガチョウに加えて白鳥や孔雀（！）が食べられていたそうです。

　七面鳥は、メキシコのアステカ人によって家禽化された鳥が、16世紀にスペイン人によって欧州に持ち込まれ、英国には1525年に伝わったと言われています。（参考文献：『クリスマス・ウォッチング』扶桑社刊）

　そして、19世紀中頃から「七面鳥＝クリスマスの定番メニュー」のイメージが一般的となりますが、それにはディケンズの『クリスマス・キャロル』の影響があったと言われています。

「青いガーネット」の事件の流れ

12月22日		**モーカー伯爵夫人**：ホテル・コスモポリタン滞在中、宝石〈青いガーネット〉の盗難に遭う。 **配管工事人ジョン・ホーナー**：宝石窃盗の容疑で逮捕される。
12月25日	4時頃	**ピータースン**： 帰宅途中にグッジ街でもめ事に遭遇。 ガチョウと帽子を拾う。 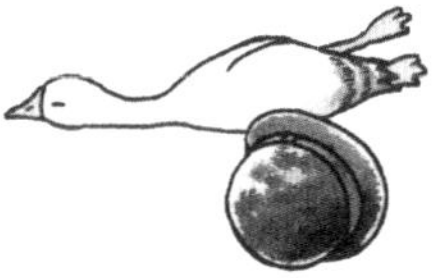
	朝	**ピータースン**：ホームズのもとにガチョウと帽子を持ち込む。
12月27日	朝	**ピータースン**：ホームズからガチョウを貰い受け、自宅に持ち帰る。
		ワトスン：往診の途中、221Bに立ち寄る。
	午前	**ピータースン**： 持ち帰ったガチョウの内臓から宝石を発見し、221Bに駆け込んで来る。  **ホームズ**： ピータースンに、夕刊各紙に帽子の持ち主に向けての広告掲載と新たなガチョウの購入を依頼する。 **ワトスン**、往診に戻る。
	18時30分過ぎ	**ワトスン**： 往診を終え221Bを再び訪問。 夕刊を見て訪ねて来たヘンリー・ベイカーと玄関で一緒になる。 
		ホームズ：ベイカーからガチョウの購入先を聞く。
	19時頃	**ホームズとワトスン**：聞き込みに出かける。ガチョウの購入先のパブ〈アルファ・イン〉を訪れ、店主から仕入れ先を聞き出す。
		ホームズとワトスン：コヴェント・ガーデン市場の卸業者〈ブレッキンリッジ〉からガチョウの仕入れ先を聞き出す。
		ホームズとワトスン：〈ブレッキンリッジ〉の前でガチョウのことを熱心に聞いている男と出会う。
		ホームズとワトスン：男と一緒に221Bに戻る。

「青いガーネット」に登場する

ホームズの世界を彩るアイテム

ケープは腕の動きやすさを考慮し、肘ぐらいまでの長さ

アルスター・コート

Ulster coat

オーバーコートの一種。

アイルランドのアルスター産の生地で作られたことからこの名がついた。

ヴィクトリア時代後期のホームズが着ているアルスター・コートにはケープが付いているが、時代とともにそのデザインは変化し、現在のアルスター・コートと呼ばれる物にはケープはついていない。

ホームズの定番コスチューム?!

ホームズのコスチュームとしてお馴染みとなっているのが、ケープのついたオーバーコート。ケープ付のコートについては、正典（原作）の『緋色の研究』「青いガーネット」の2作でホームズが「アルスター」を着るという記述があり、「青いガーネット」ではシドニー・パジェットの挿絵でもアルスター姿のホームズを見ることができます。挿絵の中では「唇のねじれた男」「まだらの紐」「技師の親指」でも、ホームズはアルスターと思われるコートを着ています。

映像作品などでは、ホームズは「インヴァネス（Inverness）」を着ていることも多く、「ホームズのコート＝インヴァネス」というイメージがありますが、正典には「インヴァネス」という単語は一度も登場しません。

スコットランド・インヴァネス地方発祥の「インヴァネス・コート」はアルスターに似ていますが、大きな違いは袖が隠れるぐらいケープが長いことです。（インヴァネスには袖なしタイプもあり、どちらも映像作品でよく着られています）

ちなみにパジェットは、挿絵のホームズに「ケープ付のコート」と「鹿撃帽」を同時に着せたことは一度もなく、この〝ホームズの2点セット〟のイメージを定着させたのは、1939年の映画でホームズを演じ好評を博した、ベイジル・ラスボーンだと言われています。

英国の新聞

Newspaper

新聞は、1855年に「印紙税」が廃止されると、安価な価格で発行することが可能になり、19世紀後半の英国において急速に一般へと広まっていった。

印紙税廃止前の1851年には英国全体で563紙だった新聞が、廃止後の1867年には1294紙、1895年には2304紙も発行された。（参考文献：『イギリス新聞物語』ジャパンタイムズ刊）

この時代の最先端情報ツール

ホームズは「六つのナポレオン像」の中で「新聞というものは利用方法を知っていれば実に有難い」と言っているように、数多くの事件で新聞を活用しています。ホームズが事件のために新聞を利用したり何かしらの情報を得たりしたのは、正典60作中、約半分にもなります。

そして、ホームズもワトスンも新聞をよく読み、ワトスンが読んでいた記事がホームズの役に立ったことも多くありました。ホームズは暇があるとせっせと新聞を切り抜いて備忘録を作り、仕事の役に立ててもいます。「オレンジの種五つ」「ブルース・パーティントン型設計書」「マスグレイヴ家の儀式書」「赤い輪団」では切り抜きを整理するホームズの様子を垣間見ることができます。この新聞は居間や自分の部屋だけでは置ききれず、物置部屋も借りて保存しているようです（「六つのナポレオン像」）。

ホームズがよく活用するのは私事広告欄。『緋色の研究』「青いガーネット」では情報を得るために広告を出し、「三人のガリデブ」ではジョン・ガリデブに新聞に広告を出すことを薦めています。「赤毛組合」の組合員募集、「ソア橋の難問」のニール・ギブスンの家庭教師募集、『四つの署名』のモースタン大尉や「花婿の正体」のホズマー・エンジェルの捜索願も新聞広告が使われており、物語を通してこの時代いかに新聞が活用されていたかを感じることが出来ます。

見どころcheck! 青いガーネット を 少しだけ ディープに楽しもう!

ホームズのファッションチェック!
その① ガウンの巻
ホームズは紫色のドレッシング・ガウンを着てソファにくつろいでいた
パイプラック
くしゃくしゃの新聞の山

今回のワトスン君
クリスマスの挨拶にとホームズの所に寄ったワトスンでしたが——
じゃ僕は往診を続けてくる
6時半だね♫
時間までには戻ってくるよ
事件の進展は見とどけたい
往診廻りの途中だったようで…お忙しい中ご苦労様です

221Bのクリスマスメニュー!
夕食は7時
ヤマシギが出るはずだ!
と、ワトスンに告げるホームズ
想像図
——ところが、2人は夕食そっちのけで捜索へGO!
ディナーは予定変更して
ホットなうちに手がかりを追いかけないか?
腹はへってるかい?
それほどでも!
ホットなうちに食べてもらえなかったハドスンさんがちょっと気の毒…
ジュ〜

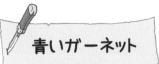

注目！ホームズの聞き込みテクニック!!

田舎の鳥だって方に5ポンド賭けたんだ
残念！あの鳥は町育ちさ
ウソだね信じられるものか！
何?! だったら賭けるか？
じゃ 1ポンド賭けよう
よしこれ見てみな！
ヘヘン
フン
競馬新聞

相手がギャンブル好きと見てとるや話を〝賭け〟に誘導し、ガチョウの仕入れ情報をしっかりGET！
ホームズ流心理テクニック、見事なり！

ホームズのファッションチェック！

その② ワトスンも一緒

首にはクラヴァット（クロアチア発祥のネクタイの一種）
アルスター・コート（⇒P154参照）

——ところで<青いガーネット>に懸けられた賞金1000ポンド（約2400万円）は誰の手に…？

やはり発見者のピーターソン夫妻でしょうか？

もし暴漢たちに襲われなければ、ガチョウが飲み込んだガーネットはヘンリー・ベイカー夫人が発見したはず——彼ら夫婦にも何か恩恵があるといいな…

※1ポンド（約2万4千円）

名台詞

“My name is Sherlock Holmes. It is my business to know what other people don’t know.”

「僕の名はシャーロック・ホームズ、他の人たちの知らないことを知るのが仕事です」

あなたは？
なんでこのことを知ってるんで…
さすがホームズ！自己紹介も自信に満ちあふれています！

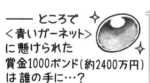

冒険08

まだらの紐

The Adventure of the Speckled Band

1883年4月初め 目を開けると 枕元にホームズが立っていた
起こしてすまないワトスン
これも連鎖反応というヤツでね
僕もハドスンさんに、叩き起こされた
そしてハドスンさんを起こしたのは…
何事?! 火事??
まだ7時15分だよ
ムニャ
依頼人だ 若い女性だそうだよ
火事ではない!
こんな朝早くよくよくの事情だろう
もし面白い事件だったら、君をのけものにしちゃ悪いと思ってね
ありがたいね
それなら逃がすわけにはいかないいな
お早うございます
僕はシャーロック・ホームズ
こちらは相棒のDr.ワトスン
さ、どうぞ火のそばへ
ハドスンさん、火をおこしてくれましたね♪
震えてらっしゃるようだ
パチ パチ
私を震えさせているのは寒さではありません
恐怖です
パチ パチ
朝日の中で震える美しき依頼人―― その口から語られる恐怖とは一体――?!

[依頼日] 1883年4月初め
[依頼人] ヘレン・ストーナー(資産家)
[依頼内容] 姉の不可解な死の際と同じ現象が自分の身にも起き、身の危険を感じたので相談にのって欲しい
[主な地域] サリー州ストーク・モーラン

Story

由緒ある屋敷に響く謎の口笛

ある朝、ヘレン・ストーナーという女性がひどく取り乱した様子で221Bを訪ねて来ました。

幼くして父を亡くしたヘレンと双子の姉妹のジュリアは、8年前に母も亡くし、その後は母の再婚相手のロイロットに引き取られて彼の領地であるサリー州の屋敷で暮らしていました。

ところが2年前、結婚を直前に控えたジュリアが数日間不気味な口笛に悩まされた後、「まだらの紐」という謎の言葉を残して、原因不明で亡くなってしまったのです。そして昨夜、ジュリア同様結婚を目前にしたヘレンの耳にも、突然、その恐ろしい口笛が聞こえてきたということでした。

ホームズは怯える彼女にすぐに屋敷まで駆けつけることを誓うのでした。

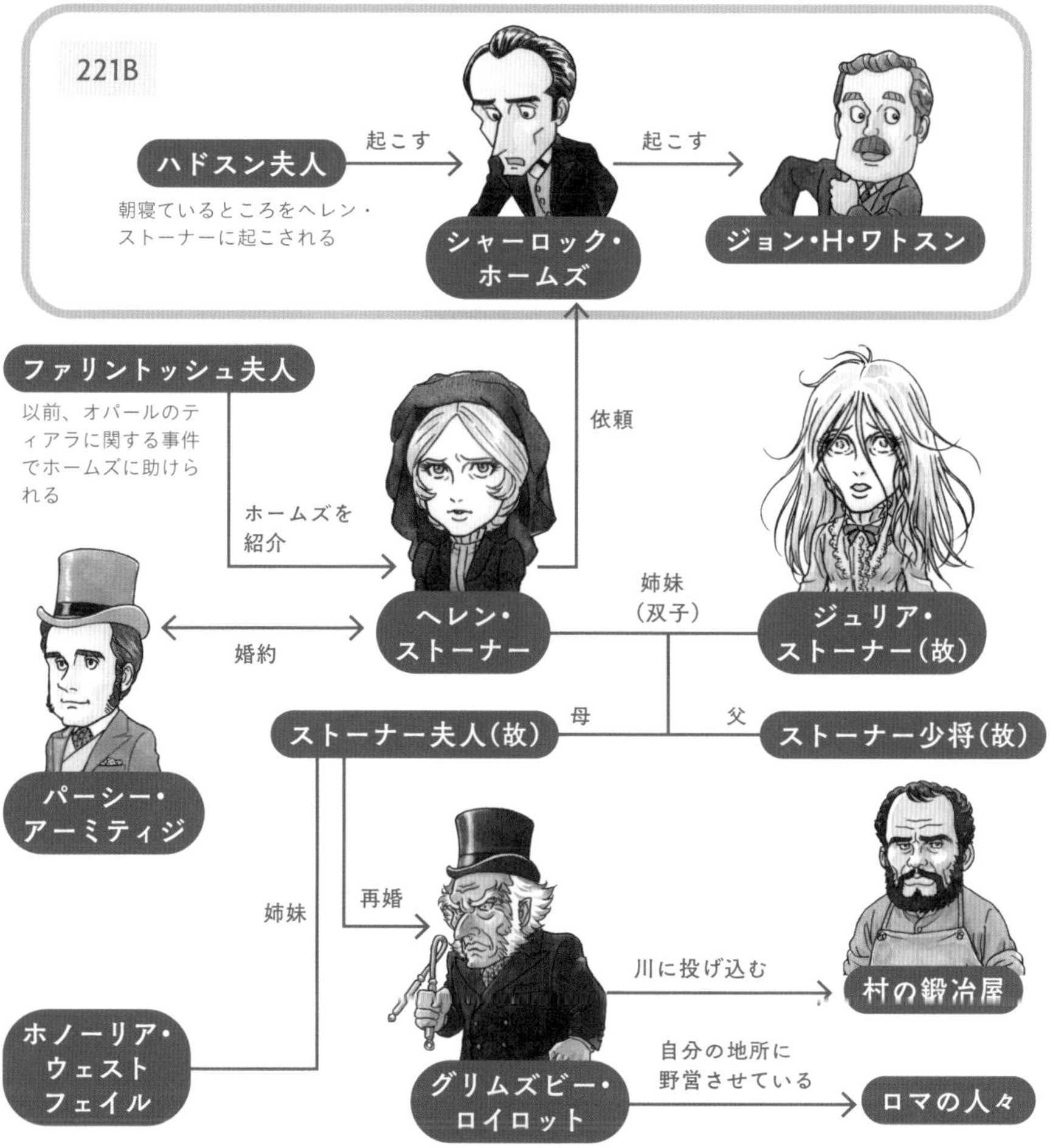
221B
ハドスン夫人
起こす
朝寝ているところをヘレン・ストーナーに起こされる
シャーロック・ホームズ
起こす
ジョン・H・ワトスン
ファリントッシュ夫人
以前、オパールのティアラに関する事件でホームズに助けられる
ホームズを紹介
依頼
ヘレン・ストーナー
姉妹（双子）
ジュリア・ストーナー（故）
婚約
パーシー・アーミティジ
母
ストーナー夫人（故）
父
ストーナー少将（故）
姉妹
再婚
ホノーリア・ウェストフェイル
グリムズビー・ロイロット
川に投げ込む
村の鍛冶屋
自分の地所に野営させている
ロマの人々

ヘレン・ストーナー

Helen Stoner

依頼人

資産家：2年前に双子の姉妹のジュリアを不可解な死によって失い、現在は義父ロイロットと2人暮らし。パーシー・アーミティジという青年との結婚を間近に控えていたが、昨夜、ジュリアが死ぬ数日前から耳にしていたという怪しい口笛が突如聞こえて来たため恐ろしくなり、ホームズに助けを求める。

顔や背格好を見ると30歳ぐらい…その割に白髪が目立っている。
厚いヴェール
白髪が混ざり始めた頭髪
追いつめられた動物のようにおびえた落ち着きのない目
青ざめてひきつりやつれ切った顔
黒い服
今朝の汽車で来ましたね

若い婦人が朝のこんな時間に寝ている人を叩き起こすんだから、差し迫って伝えなければいけないほどの事態なんだろう

Profile

- 父はベンガル砲兵隊のストーナー少将。若くして亡くなる
- 母は財産家。ロイロットとはインドで知り合い再婚。年千ポンド（約2千4百万円）以上の収入があったが、結婚後はロイロットに管理を任せていた。英国に戻って間もなくの8年前、クルーの近くで起きた鉄道事故で亡くなる
- 双子の姉妹ジュリアがいたが、2年前「まだらの紐」という謎の言葉を残して急死する
- ハロウの近くに母の姉妹であるホノーリア・ウェストフェイルが住んでおり、交流がある
- 1か月前にパーシー・アーミティジという長年の知り合いから結婚を申し込まれる

ホームズの依頼人観察ポイント

・左の手袋のてのひらに往復切符の帰りの半券がある。
・朝早く家を出て、ドッグ・カートで泥道をかなり長く走って駅についた。
・上着の左の腕に、ついたばかりの泥はねが少なくとも7か所。
・こういう泥がつくのは、ドッグ・カートで御者の左側に座った時だけ。

グリムズビー・ロイロット

Dr. Grimesby Roylott

元医者：サリー州の〈ストーク・モーラン屋敷〉に義理の娘ヘレン・ストーナーと住んでいる。ヘレンがホームズに助けを求めたのが気に食わず、221Bに押しかけ、ホームズを恫喝した。

黒いシルクハット
深くくぼんだ
黄色っぽい目
百戦錬磨の猛禽類を
思わせる、
肉の薄い尖った鼻
黄色く日に焼けた
シワだらけの
邪悪そうな大きな顔
褐色に日焼けした
大きな手
戸口を塞がんばかり
の大男
221Bの火かき棒を
捻じ曲げてしまうほど
の腕力
なにしろ父は計り知れないほど力が強く怒ると手がつけられません…
長いフロック・コート
⇒P092豆参照
医者の恰好と農夫の恰好が混ざったようなおかしな風体。
膝まである長いゲートル
⇒P190豆参照

Profile

- サリー州ストーク・モーランの有名な一族ロイロット家の最後のひとり
- イングランドでも有数の大富豪だったが、浪費癖のある領主が4代も続いたため19世紀初めにはすっかり没落。貧乏貴族の境遇を変えようと、親戚に学費を立て替えて貰い医学の学位を取る
- インドへ渡り、カルカッタで医者として成功をおさめる
- インドの自宅で盗難騒ぎが相次いだため、発作的に地元民の執事を殴り殺してしまい、牢獄生活を送る
- 牢獄生活で気難しい人間になり、失意のもと英国に引き揚げ、先祖代々の土地に戻る
- ヘレンの母親のストーナー夫人とはインドで出会い結婚した

ジュリア・ストーナー（故）

Julia Stoner

ヘレン・ストーナーの双子の姉妹：享年30。2年前のクリスマスに、おばの家で知り合った休職中の海兵隊少佐と婚約。結婚式まであと2週間という時、「まだらの紐（バンド）」という謎の言葉を残し亡くなる。

今の私のように…

彼女が亡くなった時は、30歳でしたが、髪の毛はすでに白くなり始めていました。

村の鍛冶屋

Local blacksmith

ロイロットに橋の欄干から川へ投げ込まれる。ヘレンがかき集めるだけ集めたお金で示談に持ち込み、騒ぎは表沙汰には至らなかった。

パーシー・アーミティジ

Percy Armitage

ヘレン・ストーナーの婚約者：ヘレンの長年の知り合い。1か月前にヘレンに結婚を申し込む。レディングに近いクレーン・ウォーターのアーミティジ家の次男。

御者

The trap driver

ホームズとワトスンがレザーヘッド駅の宿屋で雇った御者。ふたりはトラップ馬車に乗り〈ストーク・モーラン屋敷〉に向かった。屋敷はレザーヘッド駅から4～5マイル（約6.4～8㎞）ほどの距離にある。

ヘレン・ストーナー＝P160

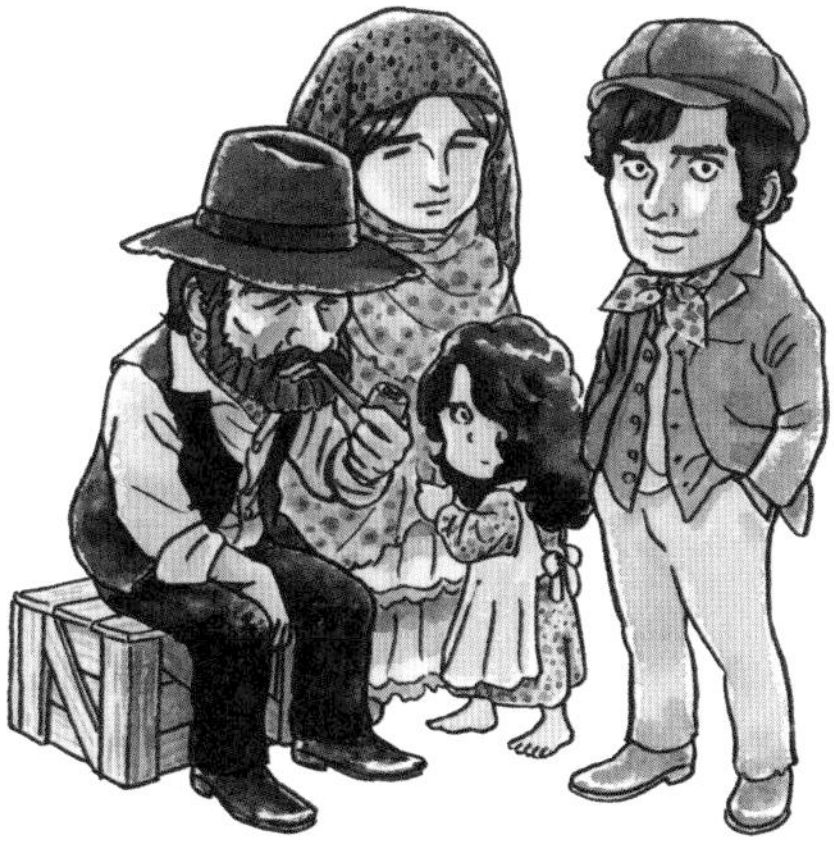

ロマの人々
Gypsies

ロイロットが例外的に親しくしている人々。ロイロット家の地所に野営することも許されており、ロイロットをテントでもてなしたり、何週間も一緒に放浪の旅をしたりしている。

ヒヒ
A baboon

チーター
A cheetah

インドの動物が好きなロイロットが、インドの知り合いから送って貰った。屋敷の庭で放し飼いにしている。

敷地内を自由にうろついているので、村人からは飼い主同様に恐れられています。

COLUMN

正典の中の変わった動物たち
Strange animals

正典（原作）には、犬、馬、猫といった身近な動物の他に、ちょっと変わった動物たちも登場します。

本作「まだらの紐」登場のヒヒとチーターの他に、「背中の曲がった男」ではヘンリー・ウッドがテディという名のマングースをコブラと一緒に連れて歩き、「ヴェールの下宿人」ではサハラ・キングという名のライオンがサーカスに登場しました。

また、『四つの署名』に登場した名犬トービーの飼い主、剥製屋のシャーマン老人は、犬43匹（！）の他に、アナグマ、オコジョ、スローワーム（ヒメアシナシトカゲ）※などを飼育しており、ホームズの要請で朝早くに訪問したワトスンはあやうく毒蛇を投げつけられそうになりました。

※スローワーム（slow-worm）は、ヨーロッパからアフリカ北西部にかけて生息する四肢をもたないトカゲ。和名ヒメアシナシトカゲ。

気になるふたりの同居時代

「ホームズとワトスンは221Bで同居している」というイメージを持っている人も多いかと思いますが、本作「まだらの紐」より前に書かれた短編7作は、いずれもワトスンが結婚した後のお話なので、物語はワトスンが221Bを訪問したり、夫人と自宅でくつろいでいるところから始まったりしています。

ワトスンの結婚はもちろん喜ばしいことなのですが、ホームズとの間に少し距離ができてしまったようで、ちょっと寂しさも感じます。

しかし、この「まだらの紐」では、そんな距離感は微塵もありません。本作はワトスンが結婚するだいぶ前のホームズとの同居時代のお話なのです。

ワトスンが家庭を持ち、開業医となる前のこの時代——ふたりで100%の精力を注ぎ、事件に挑むその姿は、とても若々しさにあふれています。

そして本作は、ゲストキャラクターもとても魅力的です。美しくか弱き依頼人のヘレン・ストーナー、優れた知性と怪力無双の肉体を併せ持つロイロット博士。博士が221Bに乗り込んで来てホームズと対峙するシーンは、シリーズ屈指の名場面です。

COLUMN

ドイルが選ぶ〈ホームズ〉ベスト12

The best 12 that Doyle chose

〈ストランド・マガジン〉は、1927年1月号で「コナン・ドイルが選ぶベスト12作はどの作品か当てよう」というコンテストを開催。結果は6月号に掲載され、的中率1位の読者には、ドイルのサイン入り自伝と賞金百ポンド（約240万円）が贈られました。

1. まだらの紐
2. 赤毛組合
3. 踊る人形
4. 最後の事件
5. ボヘミアの醜聞
6. 空き家の冒険
7. オレンジの種五つ
8. 第二のしみ
9. 悪魔の足
10. プライアリ・スクール
11. マスグレイヴ家の儀式書
12. ライゲイトの大地主

「まだらの紐」の事件の流れ

1853年頃		**ヘレン・ストーナー**：インドで暮らしていた2歳の時に、母がグリムズビー・ロイロット博士と再婚する。
1875年頃		**ヘレン**：英国に戻ってまもなく、母が鉄道事故で死亡。義父のロイロット博士、双子の姉妹のジュリアと一緒にサリー州の屋敷に移り住む。
1881年4月頃		**ジュリア**：結婚式の2週間前に不可解な死を遂げる。
1883年3月頃		**ヘレン**：パーシー・アーミティジと婚約。
依頼日前々日		**ヘレン**：自室の改修工事のためジュリアの部屋に移る。
依頼日前日	夜中	**ヘレン**：ジュリアが亡くなった時に聞いたという口笛の音を聞き、恐怖する。
依頼日 1883年 4月初め	早朝	**ヘレン**：221Bに到着 **ホームズ**：ハドスン夫人に起こされる。
	7時15分	**ワトスン**：ホームズに起こされる。
	午前	**ヘレン**：ホームズ、ワトスンと面会し調査を依頼し帰宅。 **ロイロット**：ヘレンの退室直後に221Bに現れ、威嚇し立ち去る。
		ホームズ：朝食後、調査に出かける。
	13時近く	**ホームズ**：帰宅。
	午後	**ホームズとワトスン**：汽車で移動。ロイロット邸を調査する。
	夜	**ホームズとワトスン**：ロイロット邸を見通せる宿屋で待機。
	23時	**ホームズとワトスン**：ロイロット邸の窓からのヘレンの合図を受け、ジュリアの部屋へ移動する。
依頼日翌日	未明	**ホームズとワトスン**：暗闇の中で待機。
	3時30分頃	**ホームズとワトスン**：かすかな物音に、ホームズが反応する。
	朝	**ホームズとワトスン**：ヘレンをハロウのおばの元へ送り届ける。
依頼日翌々日		**ホームズとワトスン**：汽車でロンドンへ帰る。

見どころcheck! まだらの紐 を少しだけディープに楽しもう!

名場面
シリーズ屈指の好敵手
ロイロット博士
登場!!!
お節介が!
出しゃばりが!!
警視庁の小役人風情が!!
Holmes!
Holmes!!
Holmes!!!
鋼鉄の火かき棒
これに対してホームズは余裕のスマイル対応!!
この自信は一体どこから?!
ニコニコ
実に面白いお話ですね
お帰りの際はきちんとドアをお閉めくださいね
すきま風おわかりでしょう?

ホームズの秘めたる能力
天才的頭脳に加えてこの腕力!!
もう少しいてくれたら
僕の腕っぷしだってまんざらでもないところを見せられたんだがね…
まさにスーパーヒーロー!!
元に戻してる

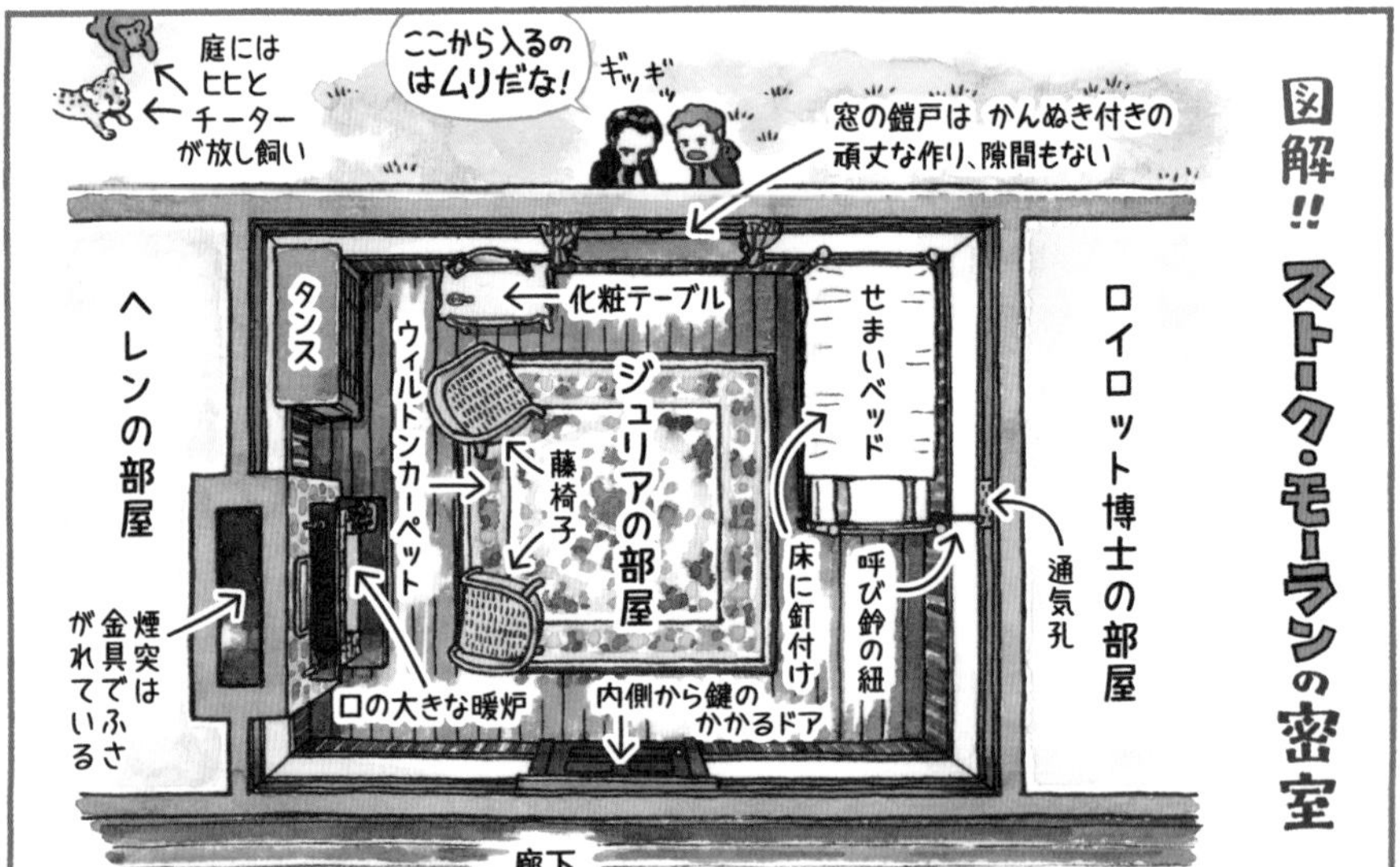
図解!! ストーク・モーランの密室
庭にはヒヒとチーターが放し飼い
ここから入るのはムリだな!
ギッギ
窓の鎧戸は かんぬき付きの頑丈な作り、隙間もない
化粧テーブル
タンス
ヘレンの部屋
ウィルトンカーペット
藤椅子
ジュリアの部屋
せまいベッド
ロイロット博士の部屋
床に釘付け
呼び鈴の紐
通気孔
煙突は金具でふさがれている
口の大きな暖炉
内側から鍵のかかるドア
廊下

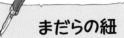

名台詞
"Your presence might be invaluable."
「君がいてくれることは計り知れない価値があるさ」
"Then I shall certainly come."
「それなら是も非もなく行くよ」

今回のワトスン君
装備編
ポケットにリヴォルヴァーを忍ばせといてくれると有難い
鉄の火かき棒を結んじまう紳士の話相手にはイーリーNo.2が最適だろう
「イーリー(Eley)」は、銃ではなく弾丸のメーカー名です。
ハブラシも忘れずに!

名場面
シリーズ屈指の緊迫シーン!!
絶対眠っちゃダメだ!
眠ると命にかかわる…
ヒソヒソ
コク
ごくり
そっ
この恐ろしい張り込みの一夜をどうして忘れられるだろうか…

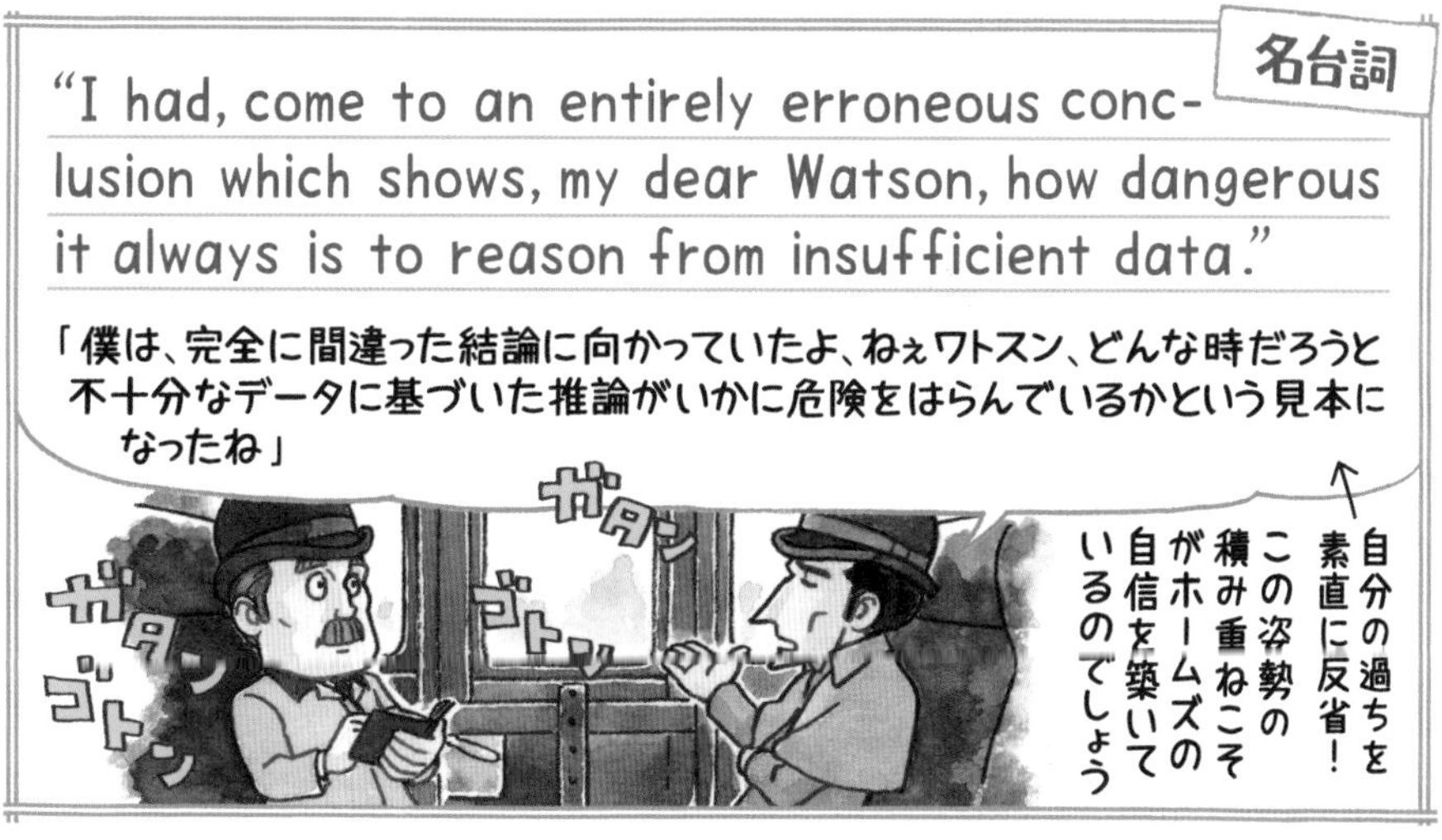
名台詞
"I had, come to an entirely erroneous conclusion which shows, my dear Watson, how dangerous it always is to reason from insufficient data."
「僕は、完全に間違った結論に向かっていたよ、ねぇワトスン、どんな時だろうと不十分なデータに基づいた推論がいかに危険をはらんでいるかという見本になったね」
ガタン
ゴトン
ガタン
ゴトン
自分の過ちを素直に反省!
この姿勢の積み重ねこそがホームズの自信を築いているのでしょう

冒険 09

技師の親指

The Adventure of the Engineer's Thumb

［依頼日］1889年?月?日／夏
［依頼人］ヴィクター・ハザリー（水力技師）
［依頼内容］自分が親指を失うに至った奇妙な仕事の真相を解明して欲しい
［主な地域］バークシャー州アイフォード

Story

青年技師が受け取った恐怖の報酬

ある朝ワトスンの診療所に、親指を切断されたヴィクター・ハザリーが担ぎ込まれて来ました。

水力技師である彼はスターク大佐と名乗る男性から掘削《くっさく》用の水圧プレス機の修理を高額で頼まれ、昨夜遅く汽車に乗り大佐の屋敷まで出向きました。しかし秘密厳守にこだわる大佐の態度に不信感を抱きます。実際に機械を確認し、大佐の嘘を指摘した途端、大佐から殺されかけました。親指を失いながらもロンドンに逃げ戻った彼は、パディントン駅で車掌に助けられ、ワトスンの治療を受けることになったのです。

ハザリーの様子から事の異様さを感じたワトスンは、ぜひホームズに相談するように勧めるのでした。

スコットランド・ヤード
私服刑事
ブラッドストリート警部
221B
シャーロック・ホームズ
要請
事件を持ち込む
パディントン駅の車掌
怪我をしたハザリーをワトスンの診療所へ連れていく
介抱
ヴィクター・ハザリー
来院
ジョン・H・ワトスン
結婚して、町医者に戻っている
警告
アイフォードの屋敷
仕事を依頼
ファーガスン
大佐の秘書兼マネージャー
ライサンダー・スターク大佐
エリーゼ

ヴィクター・ハザリー

Victor Hatherley

水力技師：50ギニー（約126万円）という破格の報酬で依頼された水圧プレス機の点検の仕事が、奇怪な事件へと展開し、親指を失う。

依頼人

布の帽子
血の気の失せた顔
男性的なごつい顔立ち
地味なヘザー・ツイードの服
せいぜい20代半ばぐらい
片方の手の親指を失う大けが

ワトスンの診断

- 巻きつけてあったハンカチ全体が血でまだらになっていた。
- 親指があるはずの場所に、ぞっとするような真っ赤な海綿状の断面があった。指の付け根から叩き切られたか、引きちぎられたようである。

Profile

- グリニッジにある〈ヴェナー・アンド・マシスン社〉で見習いを7年務める
- 2年前、見習いの年季があけた時に父が亡くなり、かなりの遺産を相続。ヴィクトリア街16番地A・4階に小さな事務所を構える。
- 開業して2年、持ち込まれた仕事は相談が3件、簡単な工事が1件。
- 毎日午前9時～午後4時まで客待ちをしていたが、開業してから2年間の全収入は27ポンド10シリング（約66万円）。
- ロンドンの下宿でひとり暮らし

ハザリーの事務所の事務員

Clerk

閉店時間に訪れたスターク大佐の名刺を、ヴィクター・ハザリーに取り次ぐ。

ライサンダー・スターク大佐

Colonel Lysander Stark

陸軍大佐：バークシャー州アイフォードの屋敷で使っている水圧プレス機が故障したので、その故障個所の調査をヴィクター・ハザリーに破格の報酬で依頼する。

灰色の目
輝いている目
尖った鼻
皮膚がピンと
張りついている
突き出たほお骨
尖ったあご
普通より
やや高い背丈
ガリガリに痩せた体
質素ながら
きちんとした服装
病気で痩せたというのではなく、生まれながらの体質といった感じです。
キビキビとした歩き方

エリーゼ

Elise

スターク大佐のアイフォードの屋敷にいた女性。大佐のことを「フリッツ」と呼ぶ。

美しい女性でした。外国語っぽい言葉で大佐と問答していました。
英語は
カタコト…
上等な布地の
黒っぽい服

ファーガスン

Mr. Ferguson

スターク大佐の秘書兼マネージャー：スターク大佐のアイフォードの屋敷にいた男性。大佐と共に、ハザリーの点検作業に立ち会う。

わずかに発した言葉から同国人（英国人）だと分かりました。
陰気で無口
低い背丈
二重あご
チンチラウサギの
ようなひげ
ずんぐりした
太めの体型

豆 チンチラウサギ
Chinchilla rabbit
フランス原産ウサギ目ウサギ科。体重3kgほどの小型種から、6.5kgほどの大型種までいる。げっ歯目のチンチラに似た黒と白の霜降り状の毛色をもつ。

ヴィクター・ハザリー＝P170

アイフォード駅のポーター
Porter

ハザリーが乗る最終列車がアイフォード駅に到着した際、プラットホームにいたポーター（荷物運搬人）。翌朝も勤務していた。

アイフォード駅の駅長
Station-master

ホームズ一行がアイフォード駅に到着した際、駅から見えた火事の詳細をホームズたちに説明する。

パディントン駅の車掌
The Guard

ワトスンが彼の長い患いを治したのがきっかけで、熱心にワトスンの腕前を宣伝したり、病人がいると往診を薦めたりするようになった。怪我をしたヴィクター・ハザリーもこの車掌がワトスンのもとに連れ込んだ。

Check Point

アイフォード駅
Eyford Station

水力技師ヴィクター・ハザリーが仕事の依頼を受け、出かけて行ったバークシャー州アイフォード。レディングから7マイル（11.2km）足らずのオックスフォード州との境近くにあると書かれている村です。正典（原作）には架空の地名が数多く登場しますが、このアイフォードもそのひとつです。

レディングは、ロンドンから西に約60km、パディントン駅から約1時間のところに実在し、ここからまたさらに先に向かうための路線がいくつも分岐している乗換駅としても知られています。

正典の記述によれば、パディントン駅から出発し、レディングで乗り換え、最終列車が11時過ぎに着くというアイフォード駅。「レディングから7マイル」、「駅の北側を除く周囲三方に丘がある」、「3マイル離れたところに警察署がある」などの立地条件をもとに、モデルと思われる土地を探すのはホームズ研究のひとつにもなっています。

Check Point

221Bとワトスン家のメイド

Maid

ホームズやワトスンの面倒を見てくれる人というとハドスン夫人を思い浮かべる人も多いかと思いますが、221Bやワトスン家にはメイドもいました。

ワトスン家のメイドについては、「ボヘミアの醜聞」でメアリ・ジェーンという名の不器用なメイドがいることが語られており、「ボスコム谷の謎」でワトスンに電報を渡したのも、「技師の親指」で早朝にワトスンを起こしたのも、「空き家の冒険」で来客をワトスンに知らせたのもメイドでした。

221Bのメイドは、『緋色の研究』では来客を出迎え、「オレンジの種五つ」ではコーヒーを用意し、「ブルース・パーティントン型設計書」ではホームズに電報を渡しています。

ワトスン家のメイド

Watson's maid

朝の7時ちょっと前にドアを叩いてワトスンを起こす。

ブラッドストリート警部

Inspector Bradstreet

スコットランド・ヤードの警察官：ホームズ、ワトスン、ハザリーと一緒に現場探しに同行する。

⇒P140【COLUMN／警察官登場回数ランキング】参照

私服刑事

A Plain-clothes man

スコットランド・ヤードの警察官：ホームズ、ワトスン、ハザリー、ブラッドストリート警部と一緒に現場探しに同行する。

Check Point

ブラッドストリート警部

Inspector Bradstreet

ブラッドストリート警部は、正典（原作）に複数回登場する警察官のひとりです。

本作「技師の親指」の他に、「唇のねじれた男」ではホームズとワトスンが訪れたボウ街の警察裁判所で当直を務め、「青いガーネット」では新聞にコメントを載せました。全部で3回、全て『冒険』での登場となっています。

⇒P140【警察官登場回数ランキング】参照

ワトスンが持ち込んだ事件

「技師の親指」は、ワトスンがホームズに事件を持ち込むという珍しいパターンのお話です。

水力技師のヴィクター・ハザリー青年が、親指を切り落とされた状態で、救急患者としてワトスンのもとに担ぎ込まれます。

ワトスンがパディントン駅の近くで開業していることや、患者や治療の様子なども分かる本作は、シリーズ全体を通しても少ない、ワトスンの医者としての姿を知ることができる嬉しい作品です。

本作は、主人公が親指を失った状態で登場するかなり刺激的な物語ですが、ガリガリに痩せた怪しさ満点のライサンダー・スターク大佐や、夜中に連れ込まれた真っ暗な屋敷、暗闇の中から現れる謎の美女、ウサギのような顔をした男――などなど、おとぎ話のような不気味な魅力にも満ちています。なかなか映像化されないのが残念な作品でもあります。

ホームズ的には出番少なめの本作ですが、現場の捜索に向かう汽車の中で被害者ハザリー青年や同行した警部たちと地図を囲み犯罪現場を特定する〝捜査会議〟のシーンでは、シリーズ屈指とも言える鮮やかな名推理を披露します。

COLUMN

221Bの朝食

breakfast in 221B

ホームズとワトスンの朝食シーンは作中にたびたび登場しますが、その料理名まで記されていることは少なく、朝食の定番ベーコンエッグが登場したのも本作「技師の親指」のみ。他には、スクランブルエッグが「ブラック・ピーター」で1回、ハムエッグが『四つの署名』「海軍条約文書」で2回、ゆで卵が「ソア橋の難問」「隠居した画材屋」で2回。『緋色の研究』ではワトスンが卵用のスプーンを使っているのでこれを〈ゆで卵〉にカウントしたとしても、卵料理が計7作品。それ以外の朝食は「海軍条約文書」でカレー味のチキンの記載があるだけです。

ワトスンには、ハドスン夫人の料理だけでももう少し詳しく書いて欲しかったなとちょっぴり残念に思います。

「技師の親指」の事件の流れ

依頼日前日	夕方	**ヴィクター・ハザリー**：ロンドンの事務所にライサンダー・スターク大佐という人物が現れ、高額報酬の仕事を依頼される。 
	23時過ぎ	**ハザリー**：大佐に指定された、バークシャー州のアイフォード駅に到着する。
	0時過ぎ頃	**ハザリー**：迎えに来た大佐と馬車に乗り、大佐の屋敷に到着する。
依頼日 1889年夏	未明	**ハザリー**：通された部屋で待機中、突然現れた謎の女性から屋敷を去るように警告されるが、それを拒む。
		ハザリー：屋敷内にある水圧プレス機を点検。大佐に修理箇所を説明する。
		ハザリー：大佐に襲われ3階の窓からの逃走を試みるが、親指を1本切断され窓から落下。気絶する。 
	夜明け近く	**ハザリー**：アイフォード駅付近で目覚める。
	6時過ぎ	**ハザリー**：パディントン駅に到着。
	7時ちょっと前	**ハザリー**：パディントン駅の車掌に連れられ、ワトスンの診療所を訪れる。 **ワトスン**：メイドに起こされる。
		ワトスン：ハザリーを治療した後、ホームズに相談することを薦める。 
		ワトスン、ハザリー：221Bに到着。ホームズと朝食をとる。
	朝食後	**ハザリー**：ホームズに事件のいきさつを話す。
		ホームズとワトスン、ハザリー：スコットランド・ヤードのブラッドストリート警部と私服刑事を連れて、アイフォードへ汽車で向かう。 

見どころcheck! 技師の親指 を少しだけディープに楽しもう!

今回のワトスン君 お仕事情報
●開業場所は、パディントン駅からそう離れていない所
●医院は自宅も兼ねている
●患者は着々と増えている
●馴染みの患者となった車掌さんが熱心に患者を斡旋してくれるようになった
中に通しときました
新しい患者!

DATA
ワトスンがホームズに紹介した事件
2件。
「ハザリー氏の親指」と
「ウォーバートン大佐の狂乱」である
――と
本作
語られざる事件
カキカキ

221Bの朝食 1889年ある夏の日
RASHERS AND EGGS!!
ホームズは愛想よく我々を迎え、ベーコンエッグを追加注文してくれた

ホームズの習慣
朝食前にパイプをふかしながら〈タイムズ〉紙の私事広告欄に目を通す
この時、吸っているのは前日の吸殻から燃え残りを集めてマントルピースの隅で乾燥させたリサイクル煙草!!
ウロウロ
なかなか節約上手!!

名場面
列車内で事件現場を推理し合う一行
南ですな こっち側がよりさびれてますからな
私は西です 小さな集落がいくつかあるし
僕は北ですね 馬車は坂を登ってないはずですので
東かな…と
なんと意見がきれいにバラバラ！さて、ホームズはどこを指す?!
答えはぜひ小説で！

ホームズは切り抜きを貼り集めた分厚い備忘録を本棚から引っ張り出した
あなたの興味を引きそうな記事が 1年程前あらゆる新聞に載っていましたよ
さすがの記憶力！
そしてこの記録力!!

名台詞
"Experience, indirectly it may be of value."
「経験です！それは間接的にですが価値をもたらすでしょう」
親指を失い50ギニーも貰い損ね
何か得る物はあっただろうか…？
ぼそり
ガタン
ゴトン
この経験を言葉にするだけであなたは今後ずっと
素晴らしい話し相手だ！
という評判を得られますよ
励ましとも慰めとも突き放しともとれる奥深いコメントです

冒険10

独身の貴族

The Adventure of the Noble Bachelor

［依頼日］1887年10月?日（金）（⇒P185参照）
［依頼人］ロバート・セント・サイモン卿（貴族）
［依頼内容］結婚式直後に失踪した花嫁ハティ・ドーランを捜して欲しい
［主な地域］ロンドン／ランカスター・ゲイトほか

Story

姿を消した新大陸の花嫁

英国有数の貴族、ロバート・セント・サイモン卿が221Bを訪ねて来ました。卿は3日前の朝に結婚式を挙げましたが、その直後に花嫁が消えてしまったというのです。

花嫁はアメリカの大富豪のひとり娘ハティ・ドーラン。ふたりは1年前サンフランシスコで出会い、後にロンドンで再会し結婚に至りました。

式はロンドンの教会でごく内輪だけで行われ、その後は場所を移し披露宴朝食会が開かれましたが、その最中に花嫁が気分が悪くなったと言って退席し、そのまま行方不明になってしまったというのです。

セント・サイモン卿の説明を聞き終えたホームズの口から「事件は解決した」という言葉が飛び出しました。

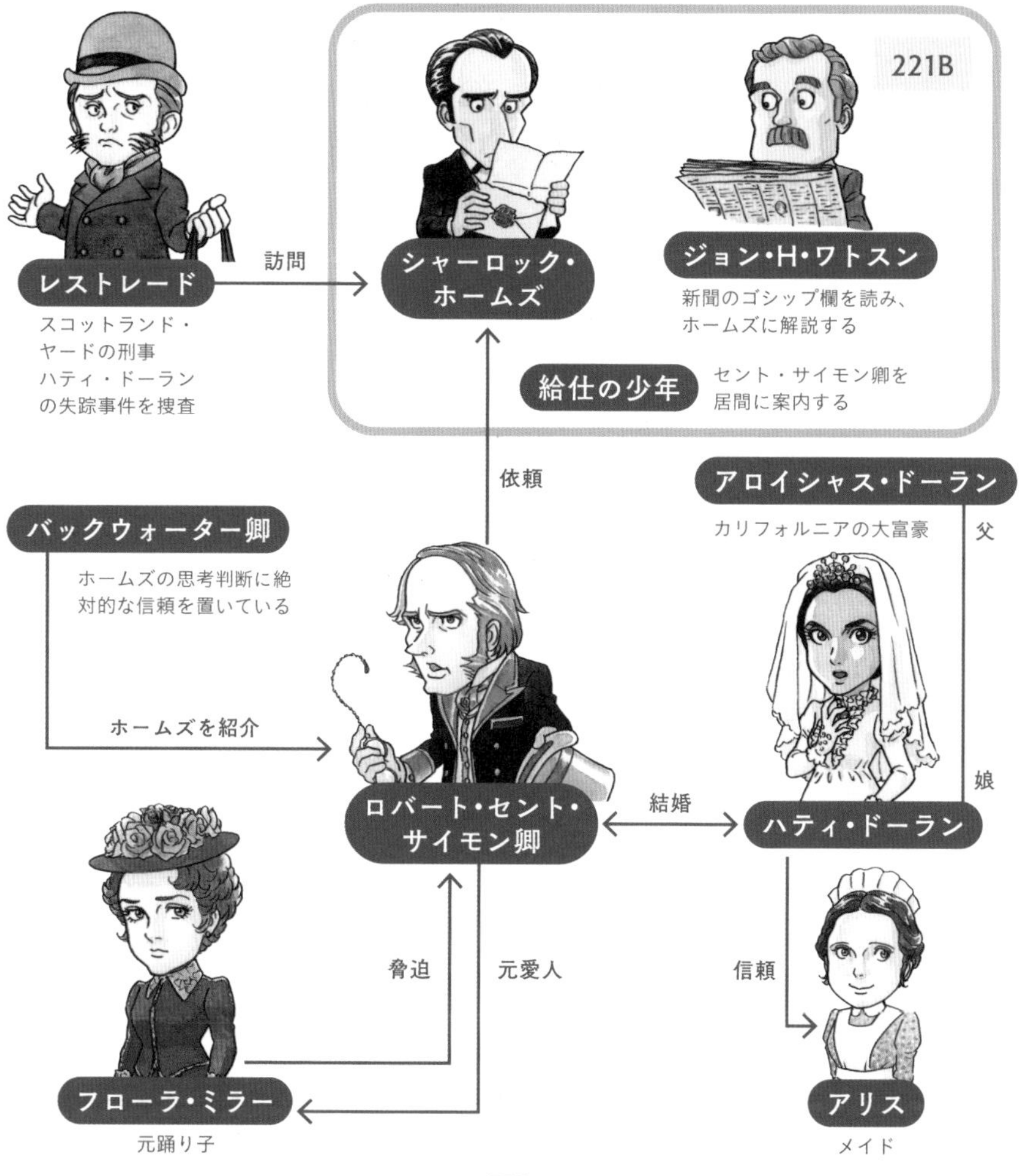
221B
レストレード
スコットランド・ヤードの刑事
ハティ・ドーランの失踪事件を捜査
訪問
シャーロック・ホームズ
ジョン・H・ワトスン
新聞のゴシップ欄を読み、ホームズに解説する
給仕の少年
セント・サイモン卿を居間に案内する
依頼
アロイシャス・ドーラン
カリフォルニアの大富豪
父
娘
バックウォーター卿
ホームズの思考判断に絶対的な信頼を置いている
ホームズを紹介
ロバート・セント・サイモン卿
結婚
ハティ・ドーラン
脅迫
元愛人
信頼
フローラ・ミラー
元踊り子
アリス
メイド

ロバート・ウォルシンガム・ド・ヴィア・セント・サイモン卿

Lord Robert Walsingham de Vere St.Simon

依頼人

貴族：1年前、サンフランシスコを旅行中にハティ・ドーランと知り合い、その後ロンドンで婚約。3日前に結婚式をあげたが、式直後の披露宴朝食会の最中に花嫁が席を離れ、そのまま行方不明となる。途方にくれた卿はホームズに調査を依頼する。

全体としては老けた印象を与える姿だ。口元もなんだが不機嫌そう。
だいぶ薄くなった頭頂部
白髪混じりの頭髪
感じのよい知的な顔立ち
青白い顔
高いカラー
高い鼻
キビキビとした態度
金縁の鼻眼鏡を振る癖 ⇒P124 豆参照
黄色い手袋
つばが大きく波打った帽子
黒いフロック・コート ⇒P092 豆参照
白いチョッキ
膝を少し曲げたまま歩く
淡い色のゲートル ⇒P190 豆参照
黒いエナメル靴

キザギリギリの凝った服装

Profile

- 1846年生まれ（41歳）
- バルモラル公爵次男
- 紋章は、地は空色、黒い中帯の上方に鉄菱《てつびし》模様を3個あしらう
- プランタジネット王家の直系で母方はチューダー王家の血をひく
- 父公爵は元外務大臣、自身も前内閣の植民次官を務めた
- 現在、公爵家の財産はバーチムアのわずかな所有地のみ

ハティ・ドーラン
Hatty Doran

セント・サイモン卿の結婚相手：アメリカ合衆国カリフォルニア州サンフランシスコ市の大富豪アロイシャス・ドーランのひとり娘。結婚式直後の披露宴朝食会の途中で突然姿を消し、行方不明になる。

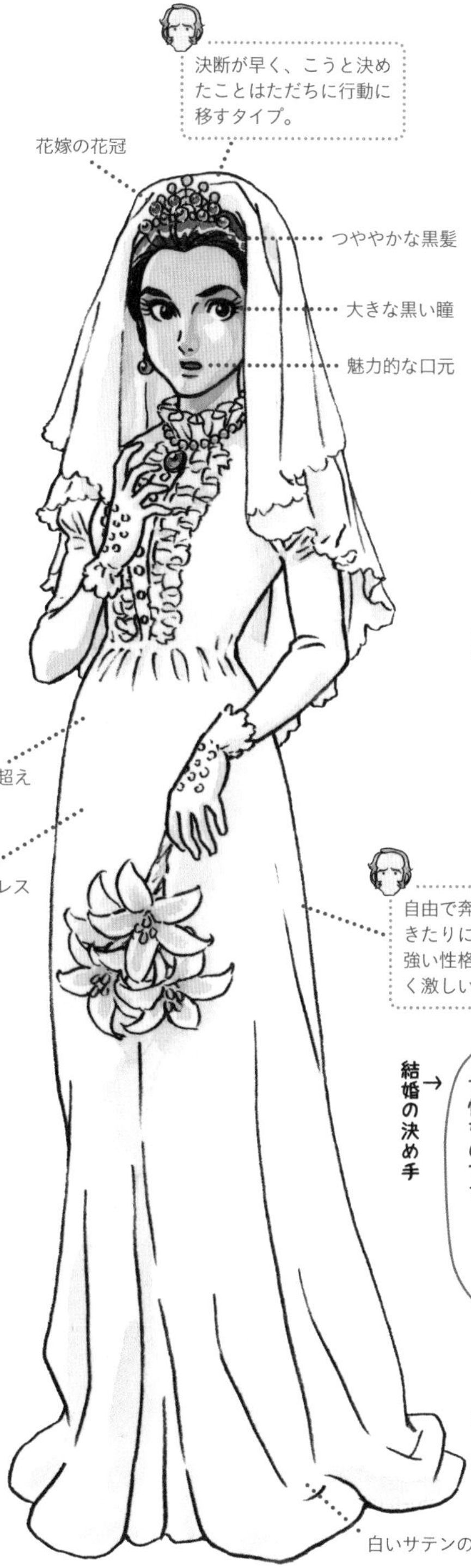
決断が早く、こうと決めたことはただちに行動に移すタイプ。
花嫁の花冠
つややかな黒髪
大きな黒い瞳
魅力的な口元
持参金は6桁超え
絹のウェディングドレス
自由で奔放で、どんなしきたりにもとらわれない強い性格で、火山のごとく激しい女性です。
白いサテンの靴

結婚の決め手→
その一方で、自己犠牲もいとわず不名誉なことを何よりも嫌う、心根の気高い女性なのです
ポッ

アロイシャス・ドーラン
Aloysius Doran

ハティ・ドーランの父：太平洋岸一の大富豪。サンフランシスコ在住。数年前までは無一文だったが、金鉱を掘り当てて財をなす。ロンドンのランカスター・ゲイトにも家具付きの家を購入し、結婚式後の披露宴朝食会は、そこの屋敷で行われた。

セント・ジョージ教会で行われた結婚式の列席者一覧

- アロイシャス・ドーラン（花嫁の父）
- バルモラル公爵夫人（花婿の母）
- バックウォーター卿
- ユースタス卿（花婿の令弟）
- ミス・クレアラ・セント・サイモン（花婿の令妹）
- ミス・アリシア・ホイッティントン

計6人
※ただし、教会は開かれているので一般の参列者も参加可能

セント・サイモン卿＝P180

アリス

Alice

ハティ・ドーランのメイド：ハティと一緒にカリフォルニアからやって来た。彼女の腹心のメイド。

アメリカとこちらでは考え方も違うんでしょうね…
ハティが少々度を越していると思うほど心を許している。

フローラ・ミラー

Flora Millar

元アレグロ座の踊り子：セント・サイモン卿とは数年来の極めて親しい知り合い。セント・サイモン卿の結婚を知り、脅迫めいた手紙を何通も送ったり、披露宴朝食会当日もドーラン邸の玄関先で口汚くののしり押し入ろうとした。

愛らしいところもあるのだが、極めて短慮なことに私に熱をあげてしまいまして…。

フランシス・ヘイ・モールトン

Francis Hay Moulton

アメリカ人：鉱山でひと山あてようと、モンタナ、アリゾナ、ニューメキシコと渡り歩いていたが、ある鉱山キャンプでアパッチ族に襲われ死亡したという記事が、新聞に掲載される。

鋭い顔つき
日に焼けた肌
小柄で引き締まった身体
キビキビした身のこなし

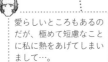

料理屋と少年

A confectioner's man and a youth

221Bに豪華な晩餐（ヤマシギがひとつがい、キジが1羽、フォアグラのパイが1皿、クモの巣だらけの年代物のワイン数本）を届けに来る。

驚いたことに、ごちそうを並べ終えるとふたりはアラビアン・ナイトのジニーのように姿を消した。ホームズが出かけたあと、孤独を感じる暇など全くなかった。

レストレード

Lestrade

スコットランド・ヤードの警察官：ハティ・ドーラン失踪事件を捜査する。フローラ・ミラーがハティをおびきだして罠をしかけたのではないかと推理。ハイド・パークのサーペンタイン池の岸辺近くでハティに関係する遺留品が発見されたため、遺体を探すために池をさらう。

⇒P013【主要な登場人物】参照
⇒P140【COLUMN／警察官登場回数ランキング】参照

給仕の少年

page-boy

221Bの給仕：221Bを訪れたセント・サイモン卿を居間まで案内する。

襟巻
ピージャケット
黒い粗布のバッグ

バックの中身
- 絹のウェディングドレス
- 白いサテンの靴
- 花嫁の花冠
- 花嫁のヴェール
- 指輪

実在の人物

ヘンリー・デイヴィッド・ソロー

Henry David Thoreau (1817-1862)

アメリカ合衆国、マサチューセッツ州生まれ／思想家、エッセイスト

自然主義者。ウォールデン湖畔の自給自足生活の記録『ウォールデン 森の生活』（1854）は、エコロジー思想の先駆として後世に多大な影響を与えた。

状況証拠も場合によっては非常に説得力を持つ、ソローの言葉を借りると君がミルクの中からマスを見つけた時とかね

ホームズは、自身の推理が状況証拠によって裏付けられた現在の状況を、ソローの言葉を引用し表現した。

〝衰退〟と〝若さ〟を象徴するふたり

本作「独身の貴族」のロバート・セント・サイモン卿は貴族ではありますが、財産をほとんど失い困窮している、いわゆる〝没落貴族〟です。

そんな状態でも、貴族を特別と考え、気位高くふるまうセント・サイモン卿ですが、もともと身分など気にかけないホームズの前では、その態度はむしろ気の毒なくらい滑稽に感じてしまいます。お洒落な服で身を固めながらも、歩く姿勢などから老けた印象を受けるそのキャラクターは、〝英国貴族の衰退〟を象徴しているようです。

一方、セント・サイモン卿の結婚相手ハティ・ドーランは、アメリカという若い国の勢いを象徴するかのような、野山で育ったジャジャ馬娘の金鉱王令嬢。ふたりのキャラクターは見事に対照的です。

そして脇役では、スコットランド・ヤードのレストレードが3度目の登場。見当違いの捜査をしてホームズにからかわれるやりとりもすっかり定着してきた感じです。

レストレードは――
額を軽く3回叩き、
頭を振って
急ぎ立ち去った――
TAP
TAP
TAP

COLUMN

サーペンタイン池
Serpentine

サーペンタイン池は、ロンドン中心部ウェストミンスター区の広大な公園「ハイド・パーク（Hyde Park）」内にある人口の池です。1730年にジョージ2世の妻キャロライン・オブ・アンスバッハ（Caroline of Ansbach 1683-1737）のために、ウェストボーン川を堰《せ》き止めて作られ、池の形状が「蛇（serpent）」に似ていたことが名前の由来になりました。

現在でも人気の観光スポットですが、サーペンタイン池がホームズ・シリーズに登場するのは「独身の貴族」1回だけです。ハティ・ドーランの花嫁衣裳その他を公園の管理人が池のほとりで見つけ、事件に関係があると睨んだレストレードが池の中を捜索し、ホームズにからかわれてしまうのでした。

「独身の貴族」の事件の流れ

1886年		**セント・サイモン卿**：サンフランシスコでハティ・ドーランと知り合う。
1887年※ 春～夏頃		**セント・サイモン卿**：ロンドンの社交シーズンにハティと再会、婚約する。
10月※?日（火）	朝	**セント・サイモン卿**：セント・ジョージ教会でハティと結婚式を行う。 その後、ドーラン邸に移動し披露宴朝食会が開かれたが、10分程で花嫁が退席、そのまま行方不明になる。
依頼日 10月?日（金）	午後	**ワトスン**：古傷が痛むので221Bで休息。新聞を読み尽くす。 **ホームズ**：散歩から帰宅。テーブルの上に乗っていたセント・サイモン卿からの手紙に目を通す。
	15時	**ホームズ**： ワトスンと一緒にセント・サイモン卿の花嫁失踪事件のあらましを新聞記事でおさらいする。
	16時	**セント・サイモン卿**：221Bを訪れ、調査を依頼する。
		レストレード： セント・サイモン卿が帰った直後221Bを訪問。サーペンタイン池で発見されたハティの花嫁衣裳、10月4日付のホテルの領収書裏に書かれた手紙などをホームズに見せる。
	17時過ぎ	**ホームズ**：調査に出かける。 **ワトスン**：221Bで留守番。
	18時前頃	**ワトスン**：突如221Bに現れた料理屋の使いが、晩餐の仕度を整えて去っていくのを見て驚く。
	21時少し前	**ホームズ**：221Bに帰宅。 **セント・サイモン卿**：ホームズに呼ばれ再び221Bを訪問。

※＝正典（原作）には具体的な年月の記載はありませんが、1846年生まれのセント・サイモン卿をホームズが「現在41歳」と言及し、発見されたホテルの領収書の日付が「10月4日」だったことから、本書では本作は1887年10月に起きた事件と推察します。

見どころcheck! 独身の貴族 を 少しだけ ディープに楽しもう!

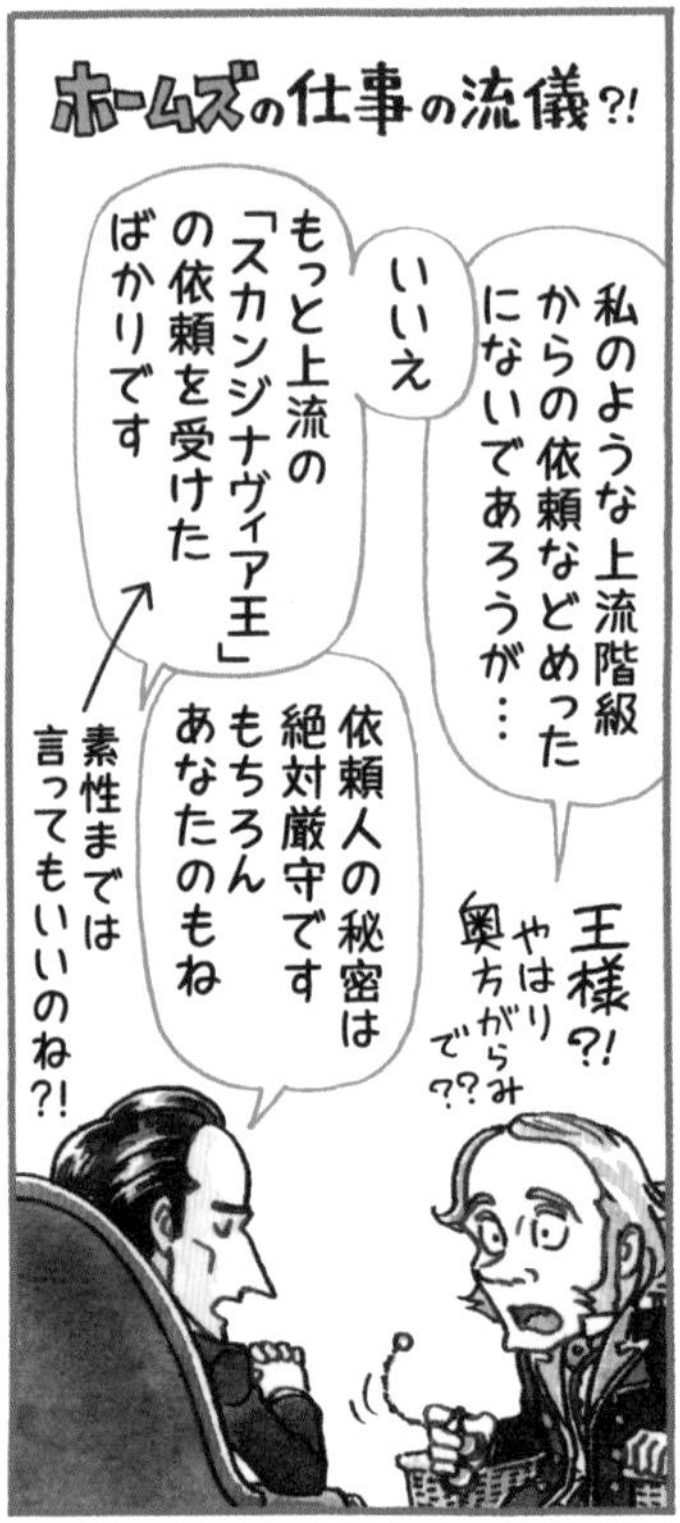
ホームズの仕事の流儀?!
私のような上流階級からの依頼などめったにないであろうが…
いいえ
もっと上流の「スカンジナヴィア王」の依頼を受けたばかりです
依頼人の秘密は絶対厳守です もちろんあなたのもね
王様?!
やはり奥方がらみで??
素性までは言ってもいいのね?!

今回のワトスン君 古傷の謎
私は"手足のひとつ"の中に持ち帰ったアフガン従軍記念のジェザイル銃弾がしつこく疼くので、1日中家にいた——

僕は今どこが疼いているんだろう?

『緋色の研究』では"肩"『四つの署名』では"脚"と語られているワトスンの負傷箇所は、シリーズ最大のミステリー?!

ズキズキ?

ズキズキ?

ズキズキ?

ズキズキ?

退屈しのぎに読みあさった新聞の山

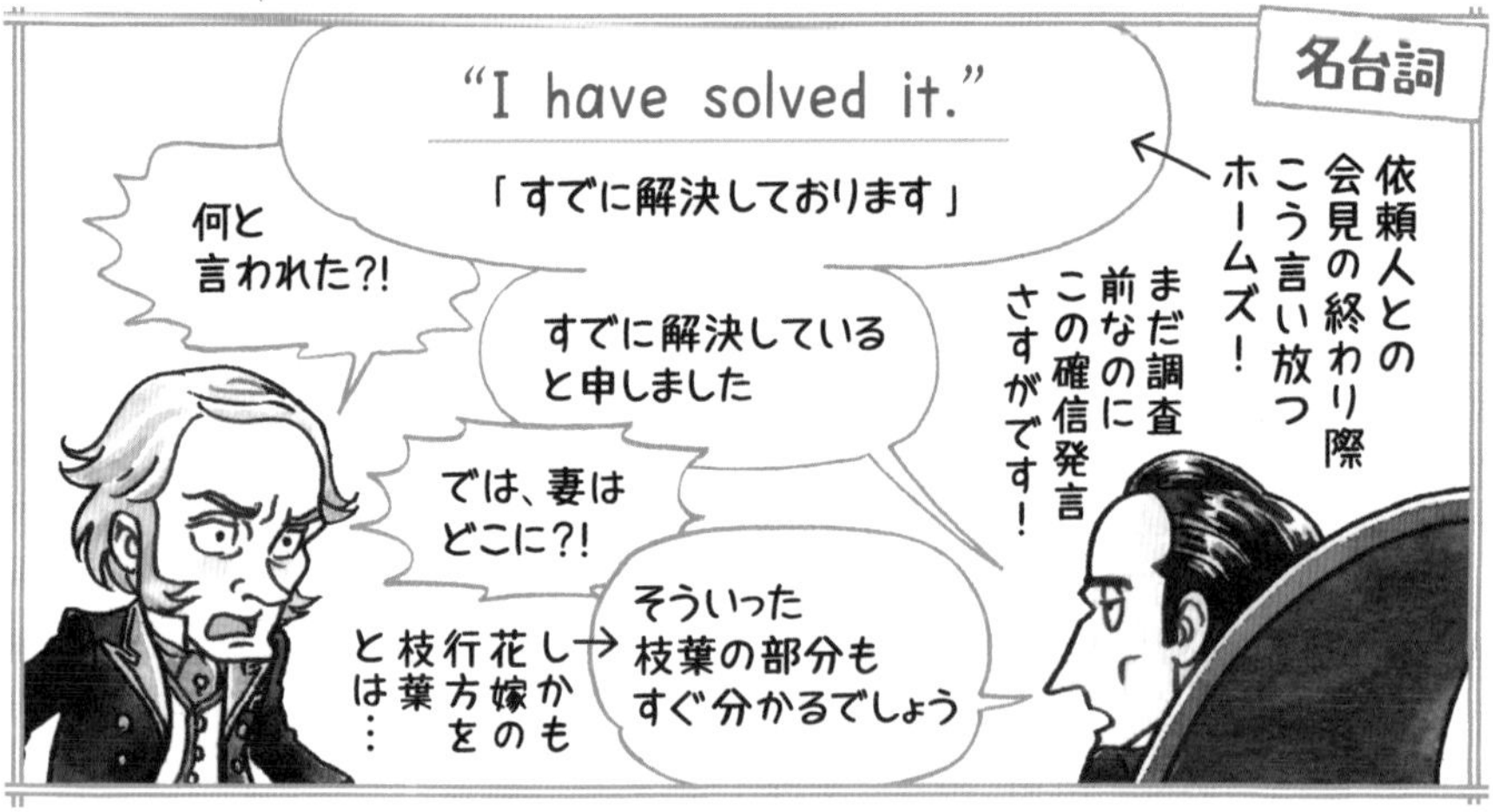
名台詞
"I have solved it."
「すでに解決しております」
依頼人との会見の終わり際こう言い放つホームズ!
まだ調査前なのにこの確信発言さすがです!
何と言われた?!
すでに解決していると申しました
では、妻はどこに?!
しかも花嫁の行方を枝葉とは…
そういった枝葉の部分もすぐ分かるでしょう

レストレード 三度目の登場!!!
花嫁の遺体を探して サーペンタイン池を さらっていたんですよ
ははっ
じゃあトラファルガー 広場の噴水もさら ってみたかい
は？
いや、確率的には 似たようなもん だと思ってね
ああ、そうでしょ あなたには何でも お見通しなんでしょ どーせ どーせ
そして、さらに
こいつは重要な手がかりだ お手柄だね！
でしょ でしょ
――と、ホームズの レストレードいじりも 今回は特に絶好調!!
って、 それ 裏側!!

221Bの豪華夕食会!!
対になった 冷製ヤマシギ
キジ
フォアグラ のパイ
年代物のワイン
事件の関係者を 集めて、夕食会を セッティング!!
ホームズは、気配りのできる人!!

ホームズ アメリカへの 思いを語る
アメリカの方と お会いするのは いつも楽しい！
いつの日か 我々の子孫たちが
過ぎ去りし時代の 君主の愚行や大臣の 大失策といったものを 振り払い
ユニオンジャック と星条旗で クォータリング された旗の下に
同じひとつの世界的な 大国の市民となる日が くる――
僕はそう信じている 者のひとりなのです

冒険11

緑柱石の宝冠

The Adventure of the Beryl Coronet

［依頼日］????年2月?日（金）
［依頼人］アレグザンダー・ホールダー（銀行家）
［依頼内容］〈緑柱石の宝冠〉一部損壊紛失事件を解決して欲しい
［主な地域］ロンドン郊外南西部／ストレタムほか

Story

やんごとなき人物からの預かり物

ロンドンのシティ地区で2番目に大きな民間銀行の頭取《とうどり》アレグザンダー・ホールダーが酷い錯乱状態で221Bを訪ねて来ました。

彼は昨日、名も明かせぬ程の高貴な人物から5万ポンドの担保として国宝〈緑柱石の宝冠〉を預かることになり、それを自宅の鍵付き箪笥に保管しておきました。ところが夜中に目を覚ますと、なんと息子のアーサーが宝冠を捻じ曲げようとしていたというのです。

アレグザンダーが慌てて調べてみると宝冠からは3個の緑柱石が無くなっていました。息子はすぐに警察に引き渡されましたが犯行を否定し、それ以降、一切口を閉ざしてしまいます。

氏は途方に暮れ、ホームズに調査を依頼することにしたのでした――。

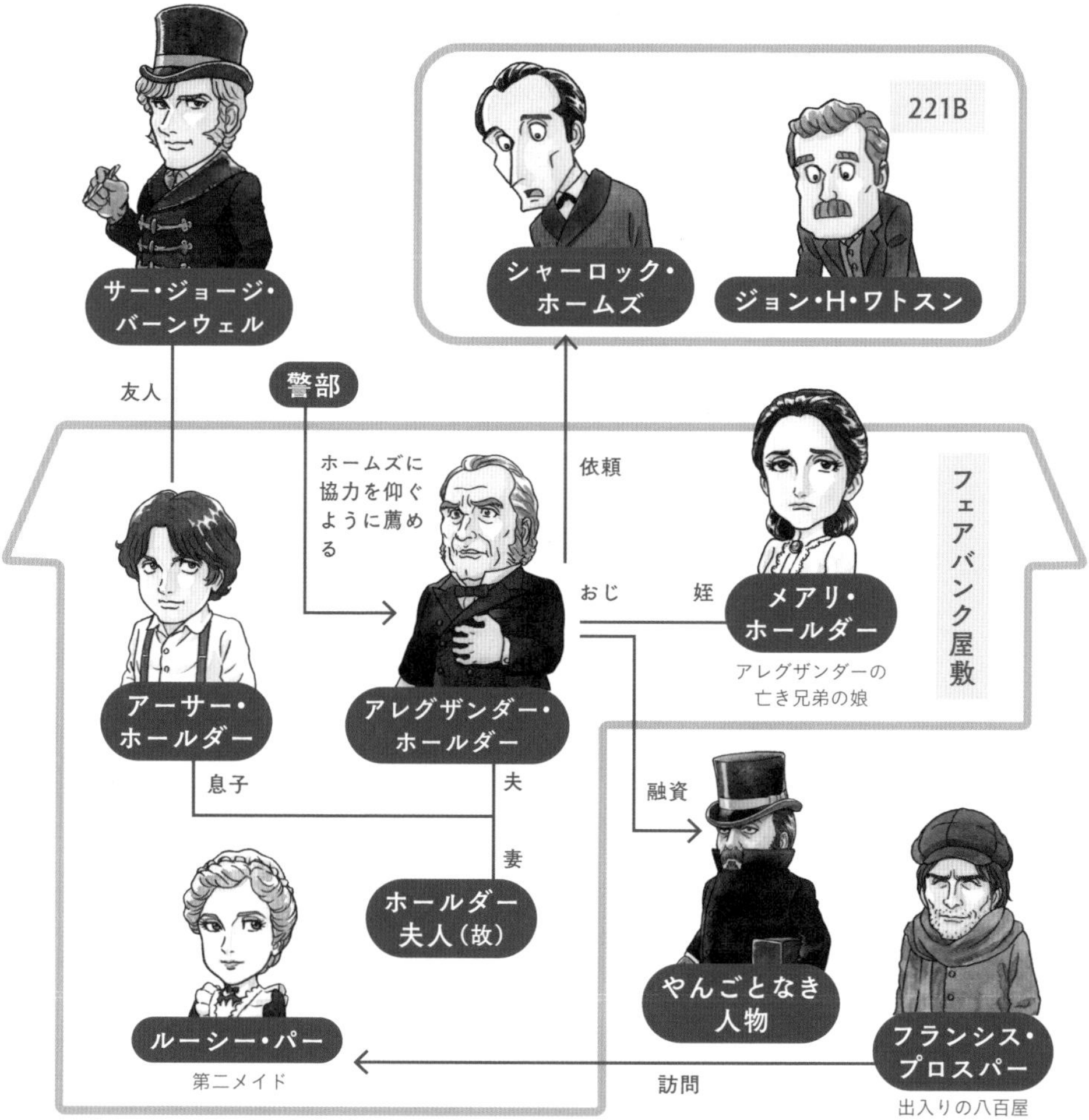
221B
シャーロック・ホームズ
ジョン・H・ワトスン
サー・ジョージ・バーンウェル
友人
警部
ホームズに協力を仰ぐように薦める
依頼
フェアバンク屋敷
おじ
姪
メアリ・ホールダー
アレグザンダーの亡き兄弟の娘
アーサー・ホールダー
アレグザンダー・ホールダー
息子
夫
妻
融資
ホールダー夫人（故）
やんごとなき人物
ルーシー・パー
第二メイド
訪問
フランシス・プロスパー
出入りの八百屋

アレグザンダー・ホールダー

Alexander Holder

〈ホールダー・アンド・スティーヴンスン銀行〉頭取：シティ地区で2番目に大きな民間銀行の頭取。5万ポンド（約12億円）貸し付けの担保として、〝やんごとなき人物〟から国宝のひとつである〈緑柱石の宝冠〉を預かる。ストレタムの〈フェアバンク屋敷〉在住。

依頼人

親類縁者が止めないと……
（挙動不審な歩き方を見て）あのような人がひとりで外出せざるを得ないその境遇に、むしろ悲しみを感じた。
はっきりとした目鼻立ち
眠りは浅い
年の頃は50歳ぐらい
高い背丈
ロンドンでも一流の紳士
ピカピカの帽子
堂々とした体格
地味ではあるが立派な身なり
黒いフロック・コート⇒P092豆参照
仕立てのいいパールグレイのズボン
茶色の上品なゲートル

豆ゲートル
gaiter
ズボンの裾や脛の部分を覆い保護をするための被服。材質は布や革で、ズボンの擦れを防いだり歩行を楽にするために使われる。細長い布を巻き付けるタイプやボタンやホックなどで止めるタイプなどがある。

アーサー・ホールダー

Arthur Holder

容疑者

アレグザンダーのひとり息子：若い頃、ある貴族クラブの会員になり、カード遊びや競馬に大金を賭けては借金をくり返している。父アレグザンダーが宝冠を預かって来た翌日未明の午前2時頃、宝冠を手に立っているところを父親に目撃され、警察に引き渡される。

妻を亡くして以後、愛情を全て息子に注ぎ、何でも望みどおりにやらせました。放蕩息子に育ったのも甘やかし過ぎたからだと、みんなそう言います。

私の事業を継がせるつもりでしたが、やんちゃで我儘で大金の扱いなど任せられません。

メアリ・ホールダー

Mary Holder

アレグザンダーの姪：24歳。5年前、唯一の肉親だった父親を亡くし、父親の兄弟であるアレグザンダーの養女となる。

黒い眉

黒い目

黒い髪

標準よりやや高い身長

ほっそりした身体つき

社交の場にもあまり顔は出さない、もの静かでしとやかな性格

あの子は我が家の太陽です

気立てが良くて愛情豊かで器量よし、家事も見事に切り回し、これ以上ないほど柔和で慎ましやかで上品で…あの娘は私の右腕と言ってもいい！

息子アーサーと結婚して欲しいのですが、2度も断られました。

アレグザンダー・ホールダー＝P190

サー・ジョージ・バーンウェル

Sir George Burnwell

アーサーの友人：アーサーより年上で、アーサーに悪い影響を与えている。

時折見せる油断ならない目つき
大変な美男子
話が上手い
世慣れしている

私ですら魅了されてしまうほどの好男子ですが、信用してはいけないタイプの人間です。私の可愛いメアリも同じ意見でしょう。

ルーシー・パー

Lucy Parr

ホールダー家の第二メイド：数か月前に雇われた。立派な推薦状を持っており、実際よく働いている。

美しい娘

非の打ち所の無い娘ですが、その美しさゆえの崇拝者が時折家の周りに寄ってくるのが唯一の欠点です。

フランシス・プロスパー

Francis Prosper

ホールダー家の出入りの八百屋：事件当夜ルーシーと会っているところを、勝手口の戸締りを確認していたメアリに目撃される。

片足が義足

3人のメイド

Three maid-servants

長年ホールダー家に仕え、間違いなく信用できる。住み込み。

馬屋番

Groom

ホールダー家の使用人。通い。

給仕

Page

ホールダー家の使用人。通い。

Check Point

やんごとなき人物

Illustrious client

“英国でももっとも貴重なもののひとつ”と言われる国宝級の宝冠を持ち出せる“英国でもっとも身分が高く、もっとも高貴で、もっとも尊い”人物とは誰か。

当時のこの表現に合う人物としては、プリンス・オブ・ウェールズと呼ばれた英国皇太子アルバート・エドワード（Albert Edward 1841-1910、のちのエドワード7世）か、その長男アルバート・ヴィクター王子（Albert Victor 1864-1892）ではないかとファンの間で考えられています。

英国でもっとも身分が高く、もっとも高貴で、もっとも尊い名前のひとつを持つ人物

The person who have one of the highest, noblest, most exalted names in England

5万ポンド（約12億円）が入り用になり、国宝の〈緑柱石の宝冠〉を担保として〈ホールダー・アンド・スティーヴンスン銀行〉に持ち込む。4日後の月曜日に自身が再度銀行に訪れ、受け出すことを約束する。

黒いモロッコ革の四角いケース

渡された名刺を見て飛び上がりました。そして、あまりの栄誉に打ちのめされる思いでした。

ありふれた浮浪者

Common loafer

〈フェアバンク屋敷〉での調査を切り上げたホームズが、さらなる捜査のため変装した姿。

ホームズ

赤いスカーフ
てかてか光ったみすぼらしい上着
擦り切れた古靴

まさに完璧！

時間にして数分の早ワザ！

警部と巡査

The Inspector and a constable

アレグザンダーの通報で〈フェアバンク屋敷〉に駆けつけ、アーサーを逮捕する。

国宝中の国宝とは

本作のタイトルにもなっている〈緑柱石の宝冠（The Beryl Coronet）〉は、作中に登場する〝国宝中の国宝〟のことです。ある〝やんごとなき人物〟から、この宝冠を預かることになった大銀行頭取のアレグザンダー・ホールダーは、銀行の保管庫より安全な場所として自宅の鍵付き箪笥を選択します。銀行の警備体制の信頼度がよほど低いのか、それともアレグザンダーはよほど動転していたのか——事実、宝冠の一部を損失してしまう事件が起きた際の彼のうろたえっぷりは尋常ではない域をはるかに超えたものでした。元々、想定外の出来事に弱いタイプだったのかもしれません。

さて、宝石と共にちぎれて一度は失われた宝冠の一部も、最後にはホームズの活躍で取り戻すことが出来るわけですが、「宝石にわずかな傷がつくだけでも重大問題」というおどし文句とともに預かったこの国宝の宝冠——一部がちぎれていたとしても宝石に傷がついていなければ〈預け主〉は納得して受け取ってくれるのか——受け渡しの際は何の問題も起きなかったのか——、とても気になるところです。

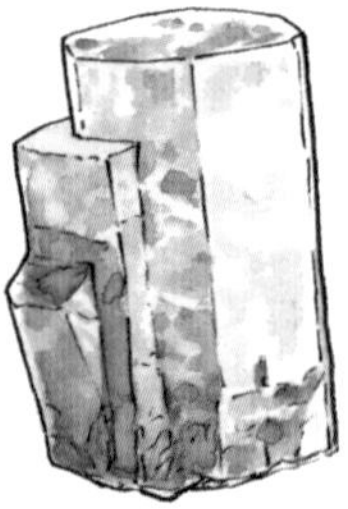

緑柱石 BERYL
ベリリウムを含む
六角柱状の鉱物

COLUMN

経済の中心地シティ

City of London

正式名称は、ロンドン市（City of London）。ロンドンの行政区とは異なり独立した自治都市で、警察組織もスコットランド・ヤードではなくシティ警察の管轄区となっています。

ロンドンの中心地にあるシティは、銀行や保険会社、商社のオフィスなどがあり、古くから経済の中心地として発展してきました。イングランド銀行、セント・ポール大聖堂、イナー・テンプル法学院（「ボヘミアの醜聞」のゴドフリー・ノートンはここに所属）などもこの区域にあります。

また『冒険』内に登場する「赤毛組合」のウィルスンの質屋、「花婿の正体」のメアリの義父ウィンディバンクが勤める商社、「緑柱石の宝冠」のホールダーの銀行なども、シティ内にありました。

「緑柱石の宝冠」の事件の流れ

依頼日前日 ?月?日（木）	朝	**アレグザンダー・ホールダー**： 銀行を訪れた“やんごとなき人物”に、 国宝「緑柱石の宝冠」を 担保として5万ポンドを貸し付ける。
	夕方	**アレグザンダー**：預かった宝冠を自宅に持ち帰り、化粧室の自分のタンスの中にしまい鍵をかける。
	夕食後	**アレグザンダー**：貴重な宝冠を預かったことを、息子アーサーと姪メアリに話す。
	就寝前	**アレグザンダー**：タンスの中の宝冠を確認し、もう1度鍵をかける。
依頼日 2月?日（金）	2時頃	**アレグザンダー**：物音に目を覚まし隣の化粧室に行ってみると、宝冠を手に持ち立っているアーサーがいたので、驚く。宝冠からは3個の緑柱石が失われている。 **アーサー**：宝冠の窃盗を否定し、他の一切に関しても口を閉ざす。
		アレグザンダー：警察に通報。アーサーが逮捕される。
	朝	**アレグザンダー**：221Bを訪れ、調査を依頼する。
		ホームズとワトスン：アレグザンダーと共に屋敷の調査に向かう。
		ホームズ：屋敷内外を詳しく調査。
	15時頃	**ホームズとワトスン**：221Bに帰宅。 **ホームズ**：浮浪者の変装をして出かける。
	午後	**ホームズ**：ワトスンがお茶をちょうど終えた頃、一旦帰宅。またすぐ普段着に着替えて出かける。
	深夜	**ワトスン**：ホームズがなかなか帰らないため先に就寝。
依頼日翌日 2月?日（土）	9時過ぎ	**ワトスン**：朝食におりていくとホームズはすでに帰宅、朝食をすませていた。 **アレグザンダー**：221Bを再び訪問。
依頼日 翌々々日 2月?日（月）	朝	“やんごとなき人物”が銀行に宝冠を請け出しに来る期日。

見どころcheck! **緑柱石の宝冠** を少しだけディープに楽しもう!

預かった国宝を持ち帰り、自宅のタンスに保管する銀行頭取のアレグザンダーですが…
古い鍵なら、どれだって開いちゃうよ そのタンス
と忠告する息子アーサー
息子はいい加減なことを言う奴なので気にもかけませんでした
と、後に語る父アレグザンダーですが…「あんたの息子を信じなさい♪」という言葉をこの親父さんに贈りたい!!

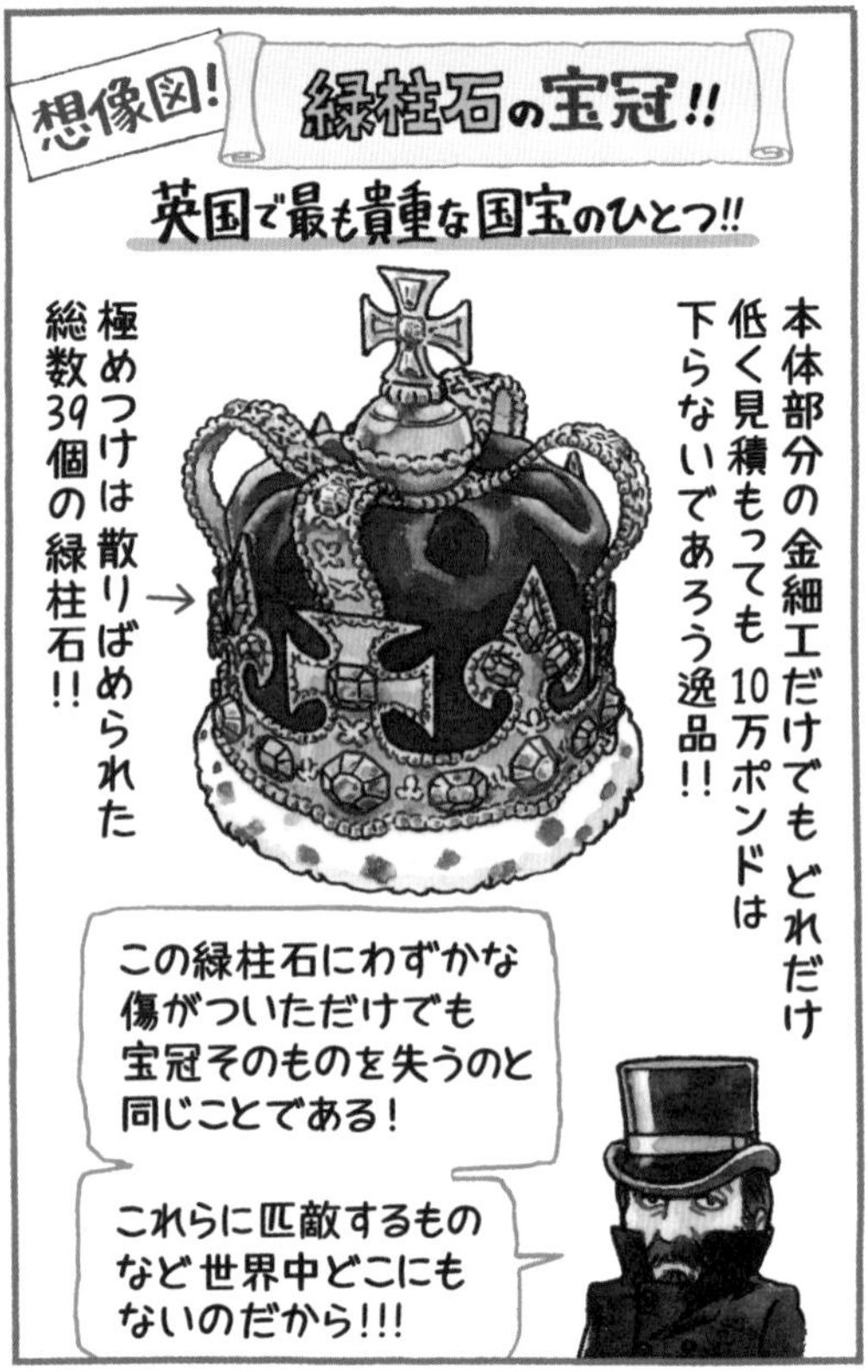

想像図! 緑柱石の宝冠!!

英国で最も貴重な国宝のひとつ!!

本体部分の金細工だけでも どれだけ低く見積もっても10万ポンドは下らないであろう逸品!!

極めつけは散りばめられた総数39個の緑柱石!!

この緑柱石にわずかな傷がついただけでも宝冠そのものを失うのと同じことである!

これらに匹敵するものなど世界中どこにもないのだから!!!

ホームズVS宝冠!?

僕はかなり指の力が強いはずなんですがね…

んぐぐ…

これは並みの人間じゃ引きちぎるのは無理ですな…

ホームズの力自慢は「まだらの紐」でも実証済みですが…それはさておきやることが大胆!! 破損しているとは言え国宝ですよ!!

ハラハラ

今回のワトスン君

221Bで待機

ホームズが捜査に精出している間、ワトスンはひとりお留守番

通りがかりにちょっと寄ってみただけなんだ
おっと、もう行かなきゃ！
捜査の方ははかどってるかい？
そそくさ
ポイ
ちょっと淋しい

ホームズのお弁当

輪切りにしたパン
スライスした牛肉
自ら作ったサンドウィッチをポケットにポイ！
変装中
ダイレクト!?

今回の収支内訳

支出

サー・ジョージの古靴を手に入れるのに

6シリング

宝冠の一部を買い戻すのに

3000ポンド

収入

アレグザンダーからの小切手

4000ポンド

H&S BANK
£4,000

と、いうことでホームズの純利益（報酬）は

999ポンド14シリング也

※1ポンド＝20シリング（約2万4千円）

名台詞

"That when you have excluded the impossible, whatever remains, however improbable, must be the truth."

「不可能を全て除外した時、最後まで残ったものが何であろうと、どれほど有りそうもないことだろうと、それが真実に違いありません」

僕の古くからの信条です

『四つの署名』でも同じ信条をワトスン相手に「何度も話した」と語っているホームズ！

「古くから」ってどのくらい?! ホームズだったら小学生の頃から言ってそう

冒険 12

ぶな屋敷

The Adventure of the Copper Beeches

［依頼日］？？？？年？月？日／うすら寒い早春
［依頼人］ヴァイオレット・ハンター（家庭教師）
［依頼内容］雇い主のルーカッスルから不可解な指示を受け、不安なので相談に乗って欲しい
［主な地域］ハンプシャー州ウィンチェスターほか

Story

栗毛の家庭教師を悩ませる謎の雇用条件

ある早春の朝、家庭教師のヴァイオレット・ハンターという女性が221Bを訪ねて来ました。現在、〈ぶな屋敷〉の家庭教師へと誘われている彼女は、それを受けるべきか相談したいというのです。

屋敷の主人ルーカッスルは破格の給料を払う代わりに、いろいろと不可解な条件を要求してきました。中でも「長髪を短く切ってください」という条件には彼女も驚き、一旦は申し出を断りましたが、相手からは更なる給料増を提案されます。

この申し出に戸惑いながらも経済的に苦しかった彼女は、ホームズの「危険があればすぐに駆けつける」という言葉に力を得、ひとり〈ぶな屋敷〉へと向かうのでした。

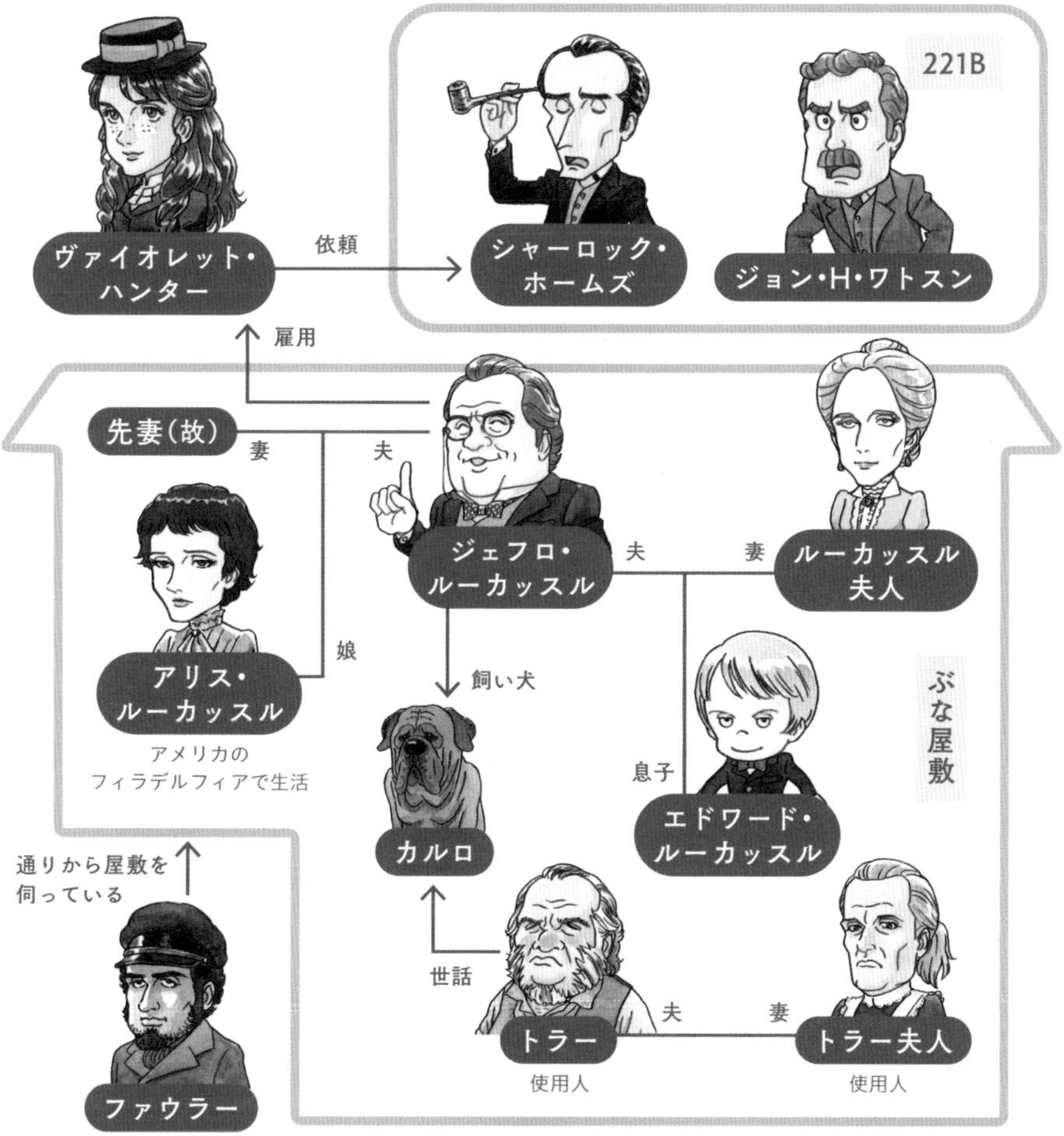
221B
ヴァイオレット・ハンター
依頼
シャーロック・ホームズ
ジョン・H・ワトスン
雇用
先妻（故）
妻
夫
ジェフロ・ルーカッスル
夫
妻
ルーカッスル夫人
アリス・ルーカッスル
娘
アメリカのフィラデルフィアで生活
飼い犬
カルロ
息子
エドワード・ルーカッスル
ぶな屋敷
通りから屋敷を伺っている
ファウラー
世話
トラー
使用人
夫
妻
トラー夫人
使用人

ヴァイオレット・ハンター

依頼人

Violet Hunter

家庭教師：2か月前、5年間勤めていたスペンス・マンロー大佐が子供を連れて、カナダ・ノヴァスコシアのハリファックスへ転勤してしまい、職を失う。両親・親戚はいない。

千鳥の卵のような
そばかす
芸術的だとも褒められるほどの
一種独特な栗色の豊かな髪
キビキビした態度
質素だがきちんとした服装

利発そうで明るい表情やキビキビした態度は、自分の力で世の中を渡って来た女性のもの。
ホームズもこの依頼人の所作や話し方に好意を持ったようだ。

ヴァイオレット・ハンターの家庭教師事情

前職スペンス・マンロー大佐の家では、月4ポンド（約9万6千円）の報酬。

↓

ジェフロ・ルーカッスルは最終的に
年120ポンド（約288万円）
を提示！月10ポンド（約24万円）！なんと今までの2.5倍！

↓

その条件が…
- 髪の毛をばっさり切る
- ジェフロが用意する鋼青色（electric blue）の服を着る
- ハンターが座る場所をジェフロがあれこれ指定する

正直言って自分の姉妹が引き受けるところを見たいシチュエーションではありませんな

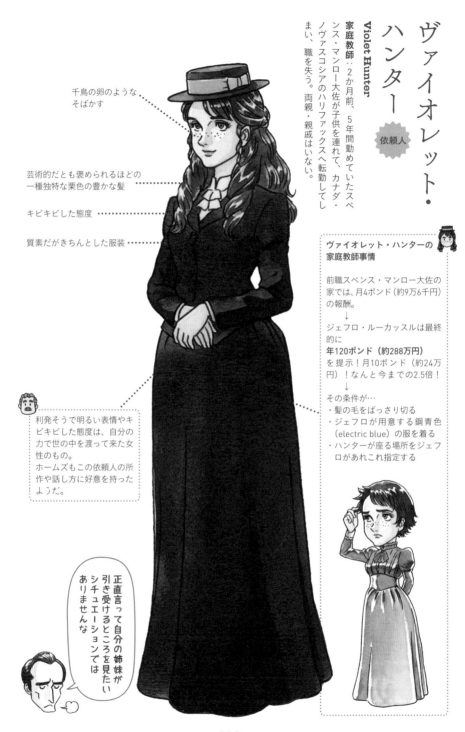

ジェフロ・ルーカッスル

Jephro Rucastle

家庭教師を探している紳士：ハンプシャー州にある〈ぶな屋敷〉に住んでいる。ひと目見てハンターを気に入り、「髪を切る」「用意した服を着る」など、変わった条件を出す代わりに年120ポンド（約288万円）という高額の報酬を申し出る。

愛想よく
ニコニコした顔
キラキラ光る
細い切り込み
のような目
鼻眼鏡を
掛けている
⇒P124
豆参照
白い顔
ノド元までずっしりと
垂れ下がった二重あご
こんなに思いやりのある素敵な男性に出会ったことなど、いまだかつてなかったように思いました。
並外れて
太った身体

ルーカッスル夫人

Mrs. Rucastle

ジェフロ・ルーカッスルの後妻：7年前にジェフロと結婚。ふたりの間にエドワードという息子がいる。

ちょっぴり
灰色がかった目
無口
青白い顔
いつも隅々まで
気を配っている
ご主人よりもずっと若く、まだ30代にもなっていない感じです。
お顔もそうですが、お心のほうにも血の気が足りていない感じです。時々とても悲しそうな顔をして沈み込んでいらっしゃいます。
ご主人と坊ちゃまを心から愛していらっしゃることは容易に見てとれます。

ヴァイオレット・ハンター＝P200

エドワード・ルーカッスル

Edward Rucastle

ルーカッスル夫妻の息子：6歳。やんちゃ坊主。ネズミ・小鳥・昆虫などをつかまえるのが得意。

大きい頭
年の割に小さい体

こうも完全に甘やかされたひねくれ小僧なんて初めてお目にかかりました！

スリッパでゴキブリ退治をするところをぜひお見せしたい！瞬きする間もなく3匹はいけますぞ！

自分よりも弱い生き物を痛めつけることを楽しみにしているようです。

アリス・ルーカッスル

Alice Rucastle

ジェフロ・ルーカッスルの娘：ジェフロと先妻の娘。ジェフロがハンターに語ったところによると、新しい母になじめずに屋敷を離れ、現在はアメリカのフィラデルフィアにいる。

20歳を過ぎたばかりのお嬢様には、若いお母さまと一緒の暮しは居心地がよくなかったのでしょう。

ファウラー

Mr. Fowler

謎の男：街道から〈ぶな屋敷〉の様子を伺っている。

グレイの服
あごひげ
小柄

ジェフロ・ルーカッスル＝P201

トラー
Mr. Toller

ルーカッスル家の使用人：いつでも酒の匂いをプンプンさせていて、ハンターが家庭教師に来てからの2週間で2回も酔いつぶれている。

トラー夫人
Mrs. Toller

ルーカッスル家の使用人：トラーの妻。

いつもむっつりとした顔
背が高くて丈夫そうな体つき

白髪混じりの髪
白髪混じりのあごひげ

無口で不愛想なところはルーカッスル夫人をしのぐほど。

本当に不愉快なご夫婦！

カルロ
Carlo

ルーカッスル家の番犬：マスティフ犬（mastiff）。ジェフロの飼い犬だが、世話が出来るのはトラーだけ。夜間は鎖を外し屋敷の敷地内を見張らせているが、食事は1日1回で量も少ないのでいつもマスタードみたいにピリピリしている。

鼻づらは真っ黒
褐色（tawny tinted）の体
子牛ほどもあるがっしりした体
ごつごつ骨ばっている
垂れ下がっているあご肉

ストーパー女史
Miss Stoper

女性家庭教師斡旋所経営者：〈ウェスタウェイ〉という有名な家庭教師斡旋所を経営。独身。ハンターは、失業してから週1度ここへ通い、働き口を探していた。

苦々しい表情で私を一瞥したので、これは相当な手数料をふいにしたな、と邪推せずにはいられませんでした。

キャラクター小説としてのホームズ・シリーズ

「ぶな屋敷」のヒロイン、ヴァイオレット・ハンターは、ホームズ・シリーズに登場する多くの女性たちの中でもとりわけ魅力的なキャラクターのひとりです。

聡明で観察力に長け、好奇心も強く、ちょっぴり向こう見ずな所もあり、探偵の助手としても成功しそうな女性です。女性に関心がないはずのホームズも彼女に対しては珍しく何かと気にかけている様子でした。

本作は、このハンターをはじめ、噺家顔負けの話芸を誇る笑顔の巨漢ジェフロ・ルーカッスル、幽霊のように影の薄い夫人、頭が大きく根性の曲がったお坊ちゃま、ひと癖ありそうな使用人トラー夫妻と子牛ほどの大きさもある猛犬カルロ――と、個性的キャラクターの宝庫です。

個性的なキャラクターが豊富なのはシリーズ全体を通して言えることですが、本作はコナン・ドイルのキャラクター創造力・描写力の面白さを特に堪能できる1作だと思います。

髪を切る
ヴァイオレット・ハンター

COLUMN

無かったかもしれない「ぶな屋敷」

There may not have been『COPP』

『シャーロック・ホームズの冒険』の最後を飾る本作「ぶな屋敷」ですが、このお話は当初予定されておらず、作者コナン・ドイル自身はホームズを死なせて、シリーズに終止符を打つ物語を書くつもりだったそうです。

ところが、このことを母親メアリ宛ての手紙に書いたところ、彼女から猛反対を受け、さらに物語のプロットの提案までされたとか――そうして出来たのが、この「ぶな屋敷」だということです。ホームズ・シリーズがここで終わりを迎えることなく、私たちがその後の活躍を楽しめるのもドイルのお母さんのおかげですね。

ドイルの母・メアリ
(Mary Doyle 1837-1920)

「ぶな屋敷」の事件の流れ

依頼日の前の週		**ヴァイオレット・ハンター**：女性家庭教師斡旋所で、ジェフロ・ルーカッスルから雇用の申し出を受けるが、「髪を切る」などの不可解な採用条件に驚き、辞退する。
その翌々日		**ハンター**：ジェフロから再度雇用を希望する手紙が届く。
依頼日前日		**ハンター**：ホームズに相談の手紙を送る。
依頼日 うすら寒い早春	10時半	**ハンター**：221Bを訪れ、ホームズにジェフロから提示された不可解な採用条件について相談をする。
	晩	**ハンター**：髪を切る。
依頼日翌日 [ぶな屋敷 1日目]		**ハンター**：ジェフロの住むウィンチェスターの〈ぶな屋敷〉に到着。
[ぶな屋敷 3日目]	朝食後	**ハンター**：ジェフロの指示で青い服を着て窓際の椅子に座り、1時間ほどジェフロの面白話を聞く。
[ぶな屋敷 5日目]		**ハンター**：再びジェフロから指示され、青い服を着て窓際の椅子に座り面白話を聞いた後、10分ほど本の朗読をする。
[ぶな屋敷 ?日目]		**ハンター**：三たび、青い服を着て窓際の椅子に座るが、この行為を不審に思い、用意しておいた手鏡のかけらでこっそり窓の外を観察する。
依頼日から 約2週間後		**ハンター**：立ち入り禁止の棟へ侵入。ジェフロに見つかり、次に入ったら番犬カルロの前に放り出すと脅しを受ける。
	晩遅く	**ホームズ**：ハンターから助けを求める電報が届く。
その翌日	9時半	**ホームズとワトスン**：汽車でウィンチェスターに向かう。
	11時半	**ホームズとワトスン**：ウィンチェスターに到着。駅前のホテルで、ハンターから〈ぶな屋敷〉で起きた出来事を聞く。
		ハンター：ひとりで先に帰宅。ホームズの指示に従い、使用人のトラー夫人をワインセラーに閉じ込め棟の鍵を手に入れる。
	19時	**ホームズとワトスン**：〈ぶな屋敷〉に到着。
		ホームズとワトスン、ハンター：立ち入り禁止の棟へ侵入。 **ジェフロ**：帰宅。侵入に気がつき、激怒する。

パイプの基本構造

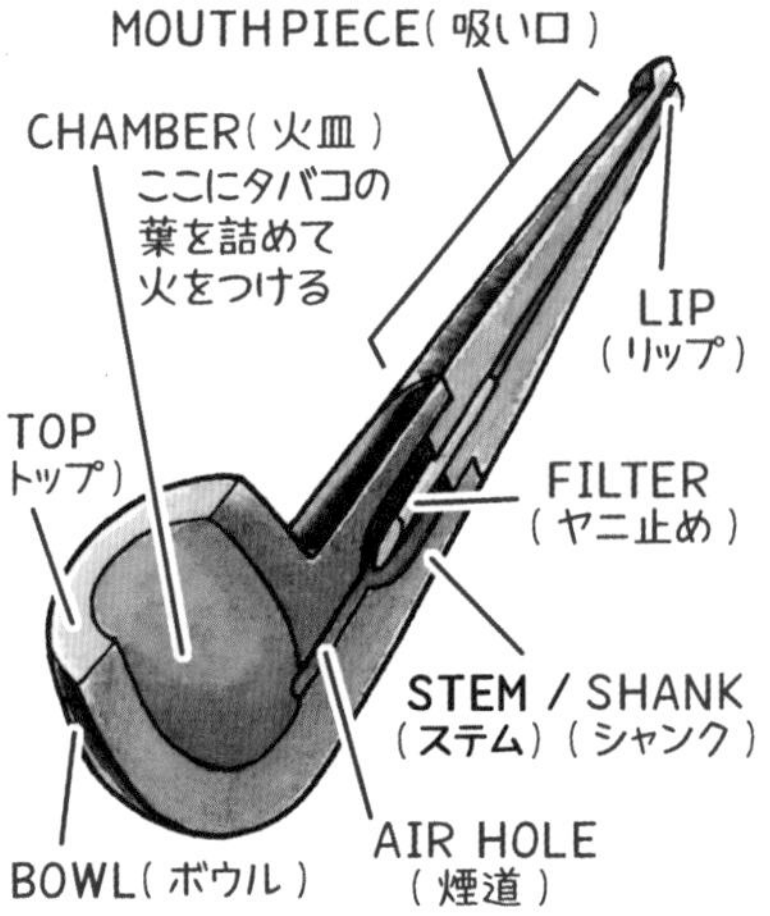
MOUTHPIECE（吸い口）
CHAMBER（火皿）
ここにタバコの
葉を詰めて
火をつける
LIP
（リップ）
TOP
（トップ）
FILTER
（ヤニ止め）
STEM / SHANK
（ステム）（シャンク）
AIR HOLE
（煙道）
BOWL（ボウル）

パイプ

pipe

洋式喫煙具の一種。

アメリカ大陸の先住民族の間で使用されていたものが喫煙の文化と共に16世紀中頃にヨーロッパへと伝えられた。

パイプは、時代や民族や地域ごとに、木・陶器・金属・石など様々な素材で、それぞれ特色があるものが作られている。

ホームズの思考の友

「ホームズのパイプ」は、数えてみたところ、正典60作中37作品で登場していました。まさにホームズのトレードマークともいえるアイテムです。

多くの場合はただ「パイプ(pipe)」とだけ書かれていますが、種類がはっきり分かるものもあります。「黒いクレイパイプ(black clay pipe)」[図1]、「長い桜材のパイプ(long cherry-wood pipe)」[図2]、「古いブライヤーのパイプ(old briar-root pipe)」[図3]の3種類です。

ホームズはパイプに独自のこだわりを持っているようで、ワトスンが「瞑想にはクレイパイプ、議論したくなると桜材のパイプを使う」と「ぶな屋敷」の冒頭で語っています。

種類が分かるパイプの中では「クレイパイプ」の登場回数が6作品と一番多く、さすがはホームズが瞑想用に使うだけのことはあります。「青いガーネット」「ぶな屋敷」「恐喝王ミルヴァートン」の3作品ではただ単に「クレイパイプ(clay pipe)」。「赤毛組合」「花婿の正体」『バスカヴィル家の犬』の3作品では「黒いクレイパイプ(black clay pipe)」と書かれています。また「這う男」の冒頭では、ワトスンが自分の存在のことを「ホームズにとってヴァイオリンや古い黒いパイプと同じく、捜査に必要な習慣のひとつ」と述懐していますが、ワトスンの言うこの「古い黒いパイプ」も、ホームズ

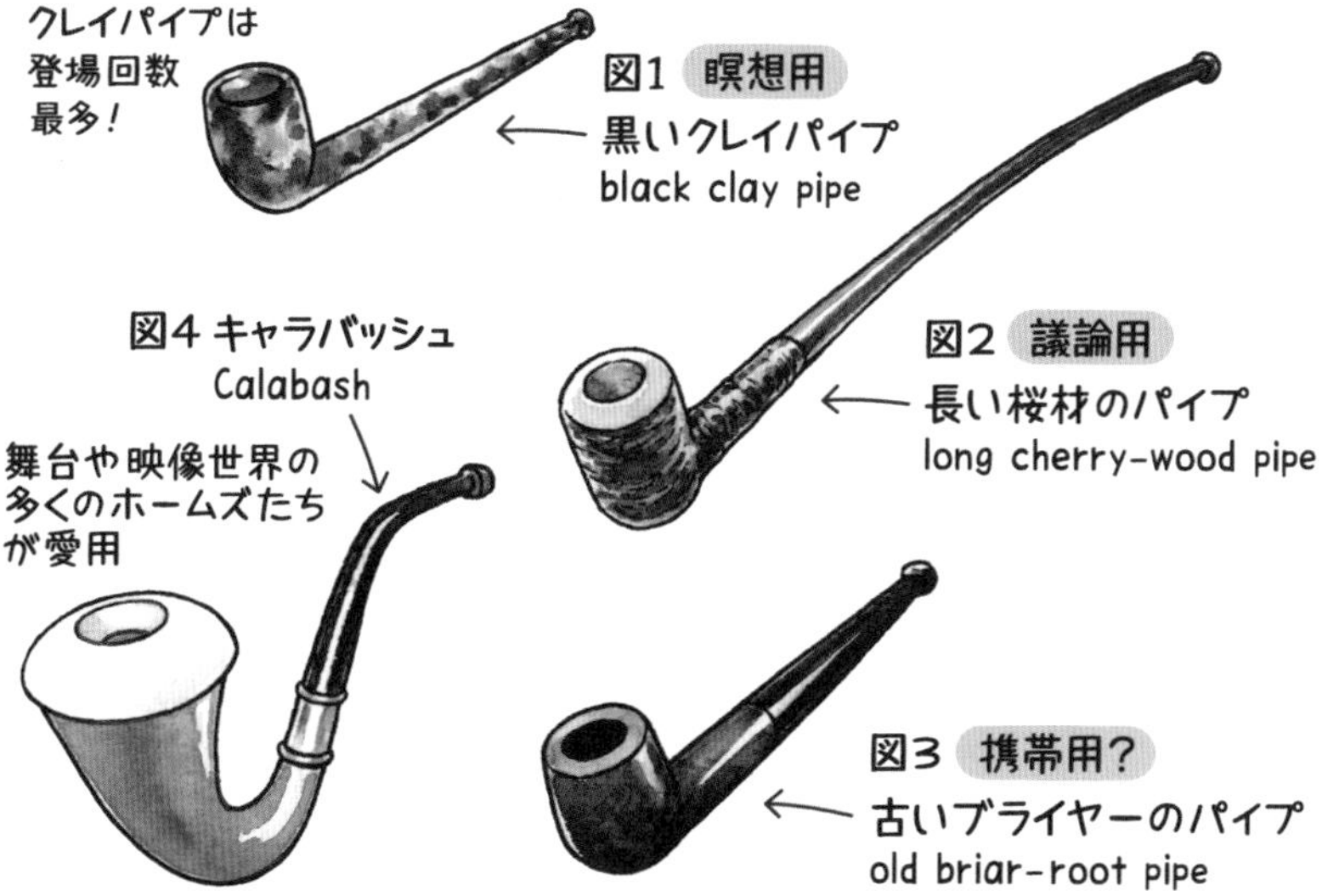
クレイパイプは
登場回数
最多！
図1 瞑想用
黒いクレイパイプ
black clay pipe
図2 議論用
長い桜材のパイプ
long cherry-wood pipe
図3 携帯用？
古いブライヤーのパイプ
old briar-root pipe
図4 キャラバッシュ
Calabash
舞台や映像世界の
多くのホームズたち
が愛用

が「捜査に必要だ」ということと「色が黒い」ということを考え合わせると、瞑想用の〝クレイ〟パイプのことだと考えてもいいかもしれません。

ブライヤーのパイプは、「唇のねじれた男」では〝瞑想〟の際に使われていますが、これは外泊先でのことだったので、壊れやすい陶器製のクレイパイプよりも木製のブライヤーのパイプの方が持ち運びに便利だったからかもしれません。

ところで、映像作品やイラストなどでは、ホームズが柄の大きく湾曲した「キャラバッシュ(Calabash)」[図4]と呼ばれるパイプをくわえている姿をよく見かけますが、このパイプは第二次ボーア戦争(1899～1902)を機に生まれたパイプと言われており、それまでは柄がまっすぐなパイプが主流でした。もしホームズがこのキャラバッシュを使っていたとしても、〝後期の方の事件〟で、ということになります。

「キャラバッシュ」がホームズのイメージとなったのは、俳優のウィリアム・ジレットが舞台でホームズを演じる際、パイプをくわえたまま喋りやすいということで採用し、使ったのが始まりと言われています。

ウィリアム・ジレット
(William Gillette 1853-1937)

見どころcheck! ぶな屋敷 を 少しだけ ディープに楽しもう!

名台詞
“I can't make bricks without clay.”

「粘土なしにはレンガは作れないよ」

DATA!

データ!

データ!

ハンター嬢のことだけどさ…

「十分なデータもなしに推理するのは間違いのもと」というホームズの信条を例えた名言!

ホームズの習慣
ホームズは議論を交わしたい時は桜材の長いパイプを使う
君のいただけないところは
推理過程をただ厳正に綴るだけに納めるべきところをだね
色付けしようとか生命を吹き込もうとか試みてしまうところじゃないかね
ムギュ
ちなみに話題はワトスンが発表しているホームズの事件記録について!!

考察
―と、
作中で過去の事件を振り返る2人ですが
「ボヘミア」や「花婿」や「唇」や「独身」にしろ…

「青いガーネット」だって…

この会話の中の事件は「独身の貴族」以外はどれもワトスン結婚後の事件。

―ということは、この「ぶな屋敷」も結婚後の事件ということになりますね。

また、本作の別のシーンでは…

丁度、私が寝床に就こうと思った時に電報が――

と、あります。

この期間、ワトスンは221Bに寝泊まり?!!「オレンジの種五つ」の時みたいにまた奥さん外泊中かな?

※ホームズの「バリツ」は『生還』で、ワトスンの「ラグビー」は『事件簿』で語られます！⇒P212、P214【作品一覧】参照

名台詞

"It is my belief, Watson, founded upon my experience, that the lowest and vilest alleys in London do not present a more dreadful record of sin than does the smiling and beautiful countryside."

「経験上確信を持って言うが、ワトスン、ロンドンの最も劣悪でいかがわしい裏通りなんてものは、朗々明媚たる田舎に比べ、それ程すさまじい犯罪の記録をもたらしちゃくれないものさ」

さすがは犯罪の専門家ホームズ！考える事が人とは違う！
ガタタン
どこの誰がこんな古き良き田舎家を前にして犯罪を連想するかね？
普通はこう
ゴトン

名場面
バリツのホームズとラグビーのワトスンの合体タックル炸裂!!※
BAM

今回のワトスン君
今回もリヴォルヴァー持参のワトスン！
そして見事な精密射撃を披露!!
さて今回の標的は?!

ヴァイオレットは名探偵?!
絶妙な話術で注意を引き付けるルーカッスル！
爆笑しつつもしたたかに窓の外を観察するヴァイオレット！
この息詰まる攻防以外にもいろいろと機転をきかせる彼女!!
キャハハ
ちら
ハンカチに隠した鏡のかけら
「探偵の助手として221Bの一員に！」というパラレルワールドも見てみたい!!
私、生まれつき観察眼が鋭いんです
自覚も十分！

シャーロック・ホームズの創造主

アーサー・コナン・ドイル
Arthur Conan Doyle (1859-1930)

スコットランド、エディンバラ生まれ
作家、医者

フルネームは「アーサー・イグナチウス・コナン・ドイル」。「コナン」も「ドイル」もどちらも姓である（複合姓）。

代表作〈ホームズ〉シリーズの他、〈チャレンジャー教授〉シリーズのSF小説『失われた世界』や歴史小説〈ジェラール准将〉シリーズなど、多ジャンルにわたりヒット作を残している。

ホームズ誕生

世界中で愛される名探偵シャーロック・ホームズの生みの親アーサー・コナン・ドイルは、1859年5月22日にスコットランドのエディンバラで生まれました。

家が貧しかったため、確実な収入を得られる医師を目指しエディンバラ大学の医学部に進学。同大学で教鞭をとっていたジョゼフ・ベル博士との出会いがドイルの人生の大きな分岐点になります。ベル博士は患者をちょっと見ただけで、その出身地や経歴、病状などを言い当て、学生たちを驚嘆させていたといいます。

卒業後、医業の傍らで小説を書くようになったドイルはこの恩師をモデルにした探偵小説を書き上げます。それが、1887年に発表されたホームズ物語第1作目の『緋色の研究』でした。

ジョゼフ・ベル
Joseph Bell (1837-1911)

イギリス・スコットランド、エディンバラ生まれ　医師

エディンバラ大学医学部卒業。同大学の医学校の講師、治安判事なども務め、1887年にはエディンバラ王立外科医師会会長に選出された。ヴィクトリア女王がスコットランドを訪れた際の担当医師でもあった。

()＝ドイルの年齢	ホームズ作品年表　（●＝ドイル略歴）
1859年（0歳）	**●5月22日／スコットランド、エディンバラで生まれる**
1876年（17歳）	**〈ヴィクトリア女王、インド皇帝を兼任〉** **●エディンバラ大学入学**
1877年（18歳）	**●後にホームズのモデルとなるジョゼフ・ベル博士と出会う**
1881年（22歳）	**●エディンバラ大学卒業**
1887年（28歳）	**〈ヴィクトリア女王即位50周年記念式典〉** シャーロック・ホームズ初登場 『緋色の研究』〈ビートンズ・クリスマス・アニュアル〉掲載
1888年（29歳）	『緋色の研究』単行本出版
1890年（31歳）	『四つの署名』〈リピンコッツ・マガジン〉2月号掲載 『四つの署名』単行本出版
1891年（32歳）	ホームズ短編作品連載開始 「ボヘミアの醜聞」〈ストランド・マガジン〉7月号掲載
1892年（33歳）	短編集『シャーロック・ホームズの冒険』単行本出版
1893年（34歳）	「最後の事件」〈ストランド・マガジン〉12月号掲載 ホームズ作品連載中断 短編集『シャーロック・ホームズの回想』単行本出版 ホームズ作品の初舞台化（主演：チャールズ・ブルックフィールド）
1900年（41歳）	ホームズ作品の初映画化（アメリカ／主演：不明）
1901年（42歳）	**〈ヴィクトリア女王崩御、エドワード7世即位〉** 『バスカヴィル家の犬』〈ストランド・マガジン〉連載（8月号～1902年4月号）
1902年（43歳）	『バスカヴィル家の犬』単行本出版
1903年（44歳）	「空き家の冒険」〈ストランド・マガジン〉10月号＆〈コリアーズ〉9月26日号掲載
1905年（46歳）	短編集『シャーロック・ホームズの生還』単行本出版
1914年（55歳）	『恐怖の谷』〈ストランド・マガジン〉掲載（9月号～1915年5月号）
1915年（56歳）	『恐怖の谷』単行本出版
1917年（58歳）	短編集『シャーロック・ホームズ最後の挨拶』単行本出版
1927年（68歳）	ホームズ最後の作品 「ショスコム荘」〈ストランド・マガジン〉4月号＆〈リバティ〉3月5日号掲載 短編集『シャーロック・ホームズの事件簿』単行本出版
1930年（71歳）	**●7月7日／サセックス州クローバラにて死去**

続刊予告①

本書で取り上げていない〈ホームズ〉作品一覧

〈ス〉＝〈ストランド・マガジン〉、〈コ〉＝〈コリアーズ〉、＊＝“The Adventure of”

【短編集】シャーロック・ホームズの回想 The Memoirs of Sherlock Holmes／1893年

名馬シルヴァー・ブレイズ ＊Silver Blaze／〈ス〉1892年12月号

ボール箱 ＊the Cardboard Box／〈ス〉1893年1月号

黄色い顔 ＊the Yellow Face／〈ス〉1893年2月号

株式仲買店員 ＊the Stockbroker's Clerk／〈ス〉1893年3月号

グロリア・スコット号 ＊ the “Gloria Scott”／〈ス〉1893年4月号

マスグレイヴ家の儀式書 ＊the Musgrave Ritual／〈ス〉1893年5月号

ライゲイトの大地主 ＊the Reigate Squire／〈ス〉1893年6月号

背中の曲がった男 ＊the Crooked Man／〈ス〉1893年7月号

入院患者 ＊the Resident Patient／〈ス〉1893年8月号

ギリシャ語通訳 ＊the Greek Interpreter／〈ス〉1893年9月号

海軍条約文書 ＊the Naval Treaty／〈ス〉1893年10、11月号

最後の事件 ＊the Final Problem／〈ス〉1893年12月号

【長編】

バスカヴィル家の犬 The Hound of the Baskervilles／
〈ス〉1901年8月号～1902年4月号

【短編集】シャーロック・ホームズの生還 The Return of Sherlock Holmes／1905年

空き家の冒険 ＊the Empty House／〈ス〉1903年10月号／〈コ〉1903年9月26日号

ノーウッドの建築業者 ＊the Norwood Builder／〈ス〉1903年11月号／〈コ〉1903年10月31日号

踊る人形 ＊the Dancing Men／〈ス〉1903年12月号／〈コ〉1903年12月5日号

美しき自転車乗り ＊the Solitary Cyclist／〈ス〉1904年1月号／〈コ〉1903年12月26日号

プライアリ・スクール ＊the Priory School／〈ス〉1904年2月号／〈コ〉1904年1月30日号

ブラック・ピーター ＊Black Peter／〈ス〉1904年3月号／〈コ〉1904年2月27日号

恐喝王ミルヴァートン ＊Charles Augustus Milverton／1904年4月号／〈コ〉1904年3月26日号

六つのナポレオン像 ＊the Six Napoleons／〈ス〉1904年5月号／〈コ〉1904年4月30日号

三人の学生 ＊the Three Students／〈ス〉1904年6月号／〈コ〉1904年9月24日号

金縁の鼻眼鏡 ＊the Golden Pince-Nez／〈ス〉1904年7月号／〈コ〉1904年10月29日号

スリー・クォーターの失踪 ＊the Missing Three-Quarter／
〈ス〉1904年8月号／〈コ〉1904年11月26日号

アビィ屋敷 ＊the Abbey Grange／〈ス〉1904年9月号／〈コ〉1904年12月31日号

第二のしみ ＊the Second Stain／〈ス〉1904年12月号／〈コ〉1905年1月28日号

【回想】「ギリシャ語通訳」ほか
マイクロフト・ホームズ
Mycroft Holmes

シャーロック・ホームズの7つ年上の実兄。弟以上の頭脳の持ち主！

【回想】「最後の事件」
ジェイムズ・モリアーティ教授
Professor James Moriarty

ロンドンの裏社会を牛耳る天才数学者。ホームズ曰く“犯罪界のナポレオン”。

【生還】「美しき自転車乗り」
ヴァイオレット・スミス
Violet Smith

愛用の自転車にまたがり颯爽《さっそう》と道をゆく、ヴィクトリア時代のはいからさん！

【生還】「恐喝王ミルヴァートン」
チャールズ・オーガスタス・ミルヴァートン
Charles Augustus Milverton

数々の上流階級を地獄へと追いやった笑顔の恐喝王。

【バスカヴィル家の犬】
ヘンリー・バスカヴィル
Henry Baskerville

魔犬伝説今なお息づく先祖の地へと帰って来た、アメリカ育ちの遺産相続人！

【生還】「空き家の冒険」
セバスチャン・モラン大佐
Colonel Sebastian Moran

数々の武勲を誇る元軍人の凄腕スナイパー！猛獣狩りの名手としても名を轟かせる！

本書で取り上げていない〈ホームズ〉作品一覧

〈ス〉=〈ストランド・マガジン〉、〈コ〉=〈コリアーズ〉、〈ハ〉=〈ハースツ・インターナショナル〉、〈リ〉=〈リバティ〉、
＊ = " The Adventure of "

【長編】

恐怖の谷 The Valley of Fear／〈ス〉1914年9月号〜1915年5月号

【短編集】シャーロック・ホームズ最後の挨拶 His Last Bow ／ 1917年

ウィステリア荘 ＊Wisteria Lodge／〈ス〉1908年9月号、10月号／〈コ〉1908年8月15日号

ブルース・パーティントン型設計書 ＊the Bruce-Partington Plans／
〈ス〉1908年12月号／〈コ〉1908年12月12日号

悪魔の足 ＊the Devil's Foot／〈ス〉1910年12月号／〈ス〉米国版1911年1月号、2月号

赤い輪団 ＊the Red Circle／〈ス〉1911年3月号、4月号／〈ス〉米国版1911年4月号、5月号

レディ・フランシス・カーファクスの失踪 The Disappearance of Lady Frances Carfax／
〈ス〉1911年12月号／〈アメリカン・マガジン〉1911年12月号

瀕死の探偵 ＊the Dying Detective／〈ス〉1913年12月号／〈コ〉1913年11月22日号

最後の挨拶——シャーロック・ホームズのエピローグ—— His Last Bow : An Epilogue of Sherlock Holmes／〈ス〉1917年9月号／〈コ〉1917年9月22日号

【短編集】シャーロック・ホームズの事件簿 The Case-Book of Sherlock Holmes ／ 1927年

マザリンの宝石 ＊the Mazarin Stone／〈ス〉1921年10月号／〈ハ〉1921年11月号

ソア橋の難問 The Problem of Thor Bridge／
〈ス〉1922年2月号、3月号／〈ハ〉1922年2月号、3月号

這う男 ＊the Creeping Man／〈ス〉1923年3月号／〈ハ〉1923年3月号

サセックスの吸血鬼 ＊the Sussex Vampire／〈ス〉1924年1月号／〈ハ〉1924年1月号

三人のガリデブ ＊the Three Garridebs／〈ス〉1925年1月号／〈コ〉1924年10月25日号

高名な依頼人 ＊the Illustrious Client／〈ス〉1925年2月号、3月号／〈コ〉1924年11月8日号

三破風館 ＊the Three Gables／〈ス〉1926年10月号／〈リ〉1926年9月18日号

白面の兵士 ＊the Blanched Soldier〈ス〉／1926年11月号／〈リ〉1926年10月16日号

ライオンのたてがみ ＊the Lion's Mane／〈ス〉1926年12月号／〈リ〉1926年11月27日号

隠居した画材屋 ＊the Retired Colourman／〈ス〉1927年1月号／〈リ〉1926年12月18日号

ヴェールの下宿人 ＊the Veiled Lodger／〈ス〉1927年2月号／〈リ〉1927年1月22日号

ショスコム荘 ＊Shoscombe Old Place／〈ス〉1927年4月号／〈リ〉1927年3月5日号

【恐怖の谷】
ジャック・マクマード
Jack McMurdo

拳銃片手に恐怖が支配するヴァーミッサ谷へと流れてきた、わけありの若者！

【恐怖の谷】
エティ・シャフター
Ettie Shafter

恐怖の谷ヴァーミッサに咲く可憐な一輪の花、下宿屋のマドンナ！

【挨拶】「最後の挨拶」
フォン・ボルク
Von Bork

得意のスポーツ外交を隠れ蓑に英国中枢に忍び寄る、ドイツ帝国敏腕スパイ！

【挨拶】「瀕死の探偵」
カルヴァートン・スミス
Culverton Smith

死を招く伝染病、クーリー病研究の最先端を行くアマチュア細菌学者！

【挨拶】「ウィステリア荘」
ベインズ警部
Inspector Baynes

サリー州の田舎でくすぶっているが、ホームズも認める才覚と気骨の持ち主。

【事件簿】「高名な依頼人」
アデルバート・グルーナー男爵
Baron Adelbert Gruner

ヨーロッパ中に名を轟かせるオーストリアの美形男爵！その仮面の下には冷酷な殺人鬼の顔が！

おわりに

『シャーロック・ホームズ人物解剖図鑑』に最後までお付き合いくださり、本当にありがとうございます。えのころ工房が「〈ホームズ〉の登場人物たちを片っ端から絵にしてみよう」と思い立ったのは、2019年に北原尚彦さんとご一緒させていただいた『シャーロック・ホームズ語辞典』（誠文堂新光社）がきっかけです。その作業中、正典（原作）をくり返し読んでいく中で、改めて原作者コナン・ドイルのキャラクター創造力の見事さに気づかされました。どの登場人物たちも個性にあふれ、頭の中に映像が浮かんできます。絵にせずにはいられないキャラクターばかりです。そして『ホームズ語辞典』の仕事を終えたあとも〈ホームズ熱〉冷めやらぬ状態が続き、ついには自主制作による『ホームズの登場人物図鑑』を思いつき、ツイッターで少しずつ公開していました。そうした中、2020年11月に突然、エクスナレッジの佐藤美星さんから運命のメールが届き、なんと光栄なことに、本書は人気シリーズ『解剖図鑑』の仲間に加えていただけることになったのです。コロナ禍で大変なこの時世に最高の仕事をいただけたことに本当に感謝いたします。毎日毎日家に籠ってホームズ漬け。これ以上の幸せがあるでしょうか。しかも制作期間もたっぷり用意していただき、やりたい事はほぼやらせていただきました。「入れたい」と思った事柄を片っ端から入れていった結果、出来上がった本は〈人物図鑑〉の枠をはみだしてしまった感もありますが…。こんな本書ですが、正典を楽しむ際の副読本のように使っていただけたら幸いです。

最後になりましたが、慣れない本作りで右往左往するばかりの当方に対し、細やかなお心遣いと的確なアドバイスをくださった担当編集の佐藤美星さんに心からの感謝を申し上げます。そして無理難題を受け止め素晴らしい紙面に仕上げてくださったデザイナーの米倉英弘さんと横村葵さん、DTPの竹下隆雄さん。恐れ多い申し出をご快諾いただき本書を隅々までチェックしてくださった北原尚彦さんと明山一郎さん。助言をくださった日暮雅通さん。本当にありがとうございました。そして先人のホームズ研究者の方々がいなかったらこの本は作れませんでした。本の関係者の皆さん、ホームズ研究者の皆さん全てに心からのお礼を申し上げます。

本書の内容は、正典60編の初めの1／3にあたります。続刊でまたお会いできれば幸いです。

えのころ工房

登場人物索引

た行

さ行

ま行

な行

は行

実在の人物

あ行

か行

さ行

た行

は行

や行

<ホームズ>に関わりのある人物

や行

ら行

わ行

動物

●ディック・ライリー＆パム・マカリスター（編）／日暮雅通（訳）
『ミステリ・ハンドブック シャーロック・ホームズ』（原書房／ 2000）
●デヴィッド・スチュアート・デイヴィーズほか／日暮雅通（訳）
『シャーロック・ホームズ大図鑑』（三省堂／ 2016）
●デズモンド・モリス／屋代通子『クリスマス・ウォッチング』（扶桑社／ 1994）
●寺田四郎『英国新聞小史』（新聞之新聞社／ 1936）
●永田信一『図解レンズがわかる本』（日本実業出版社／ 2002）
●長沼弘毅『シャーロック・ホームズの挨拶』（文藝春秋／ 1970）
●日暮雅通『シャーロック・ホームズ・バイブル 永遠の名探偵をめぐる170年の物語』（早川書房／ 2022）
●ブリティッシュ・ライブラリー『イギリスのヴィンテージ広告』（グラフィック社／ 2016）
●マーティン・ファイドー／北原尚彦（訳）『シャーロック・ホームズの世界』（求龍堂／ 2000）
●ベン・マッキンタイアー／北澤和彦（訳）『大怪盗―犯罪界のナポレオンと呼ばれた男』（朝日新聞社／ 1997）
●ピーター・ヘイニング／岩井田雅行・緒方桂子（訳）
『NHKテレビ版シャーロック・ホームズの冒険』（求龍堂／ 1998）
●本田毅彦『インド植民地官僚　大英帝国の超エリートたち』（講談社／ 2001）
●マール社編集部『100年前のロンドン』（マール社／ 1996）
●マシュー・バンソン（編著）／日暮雅通（監訳）『シャーロック・ホームズ百科事典』（原書房／ 1997）
●水野雅士『シャーロッキアンへの道登山口から５合目まで』（青弓社／ 2001）
●ルース・グッドマン／小林由果（訳）『ヴィクトリア朝英国人の日常生活（上）（下）』（原書房／ 2017）
●ロジャー・ジョンスン・ジーン・アプトン／日暮雅通（訳）
『シャーロック・ホームズの全て』（集英社インターナショナル／ 2022）
●渡辺和幸『ロンドン地名由来事典』（鷹書房弓プレス／ 2014）
●『週刊100人／歴史は彼らによってつくられたNo.56コナン・ドイル』（デアゴスティーニ／ 2004）
●AventurasLiterarias ／ Sherlock Holmes Map of London（Aventuras Literarias S.L. ／ 2015）
●Dr John Watson & Sir Arthur Conan Doyle ／
THE CASE NOTES OF SHERLOCK HOLMES（Carlton Books Ltd ／ 2020）
●Harrod's Stores, Ltd.『Victorian shopping : Harrod's catalogue 1895』（Newton Abbot: David & Charles ／ 1895）
●John Bartholomew ／ Philips' handy atlas of the counties of England（George Philip and Son ／ 1873）
●Nicholas Utechin ／ The Complete Paget Portfolio（Gasogene Books ／ 2018）
●Britannica（https://www.britannica.com/）
●British Museum 大英博物館（https://www.britishmuseum.org/collection）
●BBC NEWS（https://www.bbc.com/news）
●COVE（https://editions.covecollective.org/）
●Queen Mary University of London,（https://www.qmul.ac.uk/）
●The New York Public Library（https://digitalcollections.nypl.org/）
●University College London（https://www.ucl.ac.uk/）
●NewsDigest 英国ニュースダイジェスト（http://www.news-digest.co.uk/news/）
●Natlonal Library of Scotland（https://www.nls.uk/）
●The Arthur Conan Doyle Encyclopedia（https://www.arthur-conan-doyle.com/index.php?title=Main_Page）
●「シャーロック・ホームズの世界」サイト（http://shworld.fan.coocan.jp/）
●コトバンク（https://kotobank.jp/）
●英国／グラナダＴＶ製作 ドラマ『シャーロック・ホームズの冒険』シリーズ（1984-1994）
●英国／ BBC製作『シャーロック・ホームズ』シリーズ（1968）

参考文献

- コナン・ドイル／日暮雅通（訳）≪新訳シャーロック・ホームズ全集≫（光文社文庫／ 2006-2008）
- コナン・ドイル／延原謙（訳）≪シャーロック・ホームズ・シリーズ≫（新潮文庫／ 1953-1955）
- コナン・ドイル／阿部知二（訳）≪シャーロック・ホームズ・シリーズ≫（創元推理文庫／ 1960）
- コナン・ドイル／W・S・ベアリンググールド（解説と注）／小池滋（監訳）
  ≪詳注版シャーロック・ホームズ全集≫（東京図書／ 1982）
- コナン・ドイル／小林司・東山あかね（訳）、[注釈訳] 高田寛
  ≪シャーロック・ホームズ全集≫（河出書房新社／ 1997-2002）
- Sir Arthur Conan Doyle ／ The Complete Illustrated Strand Sherlock HOlmes.
  The Complete Facsimile Edition.（Marboro Books Corp. a Div. of ／ 1990）
- 原文で読むシャーロック・ホームズ（https://freeenglish.jp/holmes/）
- コナン・ドイル／延原謙（訳）『わが思い出と冒険―コナン・ドイル自伝―』（新潮文庫／ 1965）
- 新井潤美『魅惑のヴィクトリア朝アリスとホームズの英国文化』（ＮＨＫ出版新書／ 2016）
- 磯部佑一郎『イギリス新聞史』（ジャパンタイムズ／ 1984）
- 岩田託子・川端有子『図説英国レディの世界』（河出書房新社／ 2011）
- 海野弘ほか『レンズが撮らえた19世紀英国』（山川出版社／ 2016）
- 蛭川久康・桜庭信之・定松正・松村昌家・ポールスノードン（編著）『ロンドン事典』（大修館書店／ 2002）
- 岸川靖（編）『別冊映画秘宝シャーロック・ホームズ映像読本』（洋泉社／ 2012）
- 北原尚彦／えのころ工房（絵）『シャーロック・ホームズ語辞典』（誠文堂新光社／ 2019）
- 北原尚彦『初歩からのシャーロック・ホームズ』（中央公論新社／ 2020）
- 北原尚彦（監修）『シャーロック・ホームズ完全解析読本』（宝島社／ 2016）
- 北原尚彦（編著）『シャーロック・ホームズ事典』（ちくま文庫／ 1998）
- 北原尚彦／村山隆司（絵・図）『シャーロック・ホームズの建築』（エクスナレッジ／ 2022）
- 小池滋『英国らしさを知る事典』（水声社／ 2010）
- 小池滋『英国鉄道物語』（晶文社／ 1979）
- 小林司・東山あかね『図説シャーロック・ホームズ』（河出書房新社／ 1997）
- 小林司・東山あかね（著）／植村正春（写真）『シャーロック・ホームズの倫敦』
  （求龍堂グラフィックス／ 1984）
- 小林司・東山あかね（編）『シャーロツク・ホームズ大事典』（東京堂出版／ 2001）
- 小林司・東山あかね（編）『名探偵読本1シャーロック・ホームズ』（パシフィカ／ 1978）
- 定松正・虎岩正純・蛭川久康・松村賢一（編）『イギリス文学地名事典』（研究社出版／ 1992）
- ジェリー・ボウラー／中尾セツ子（監修）／笹田裕子・成瀬俊一（編）
  『図説クリスマス百科事典』（柊風舎／ 2007）
- ジャック・トレイシー／日暮雅通（訳）『シャーロック・ホームズ大百科事典』（河出書房新社／ 2002）
- 朱牟田夏雄・長谷川正平・斎藤光（編）『18-19世紀英米文学ハンドブック作家作品資料事典』（南雲堂／ 1966）
- ジョン・D・ライト（著）／角敦子（訳）『図説ヴィクトリア朝時代十九世紀ロンドンの世相・暮し・人々』
  （原書房／ 2019）
- ジョン・ベネットショー・小林司・東山あかね（編）『シャーロック・ホームズ原画大全』（講談社／ 1990）
- 関矢悦子『シャーロック・ホームズと見るヴィクトリア朝英国の食卓と生活』（原書房／ 2014）
- 谷田博幸『図説ヴィクトリア百科事典』（河出書房新社／ 2001）
- ChaTea紅茶教室『図説ヴィクトリア朝の暮らし』（河出書房新社／ 2015）
- デイヴィッド・クリスタル（編集）、主幹・金子雄司、富山太佳夫（日本語版編集）
  『岩波＝ケンブリッジ世界人名事典』（岩波書店／ 1997）

絵と文／えのころ工房（えのころこうぼう）

2人組の漫画絵描き。1999年9月9日コンビ結成。『刑事コロンボ完全捜査ブック』『金田一耕助完全捜査読本』『シャーロック・ホームズ完全解読』（宝島社）、『シャーロック・ホームズ130』『放送50周年刑事コロンボ』（NHKサイト）、舞台『愛と哀しみのシャーロック・ホームズ』ポスター・パンフレット、『森江春策の災難』（芦辺拓／行舟文化）装画・カット、等でイラストを担当。『シャーロック・ホームズ語辞典』（文・北原尚彦／絵・えのころ工房／誠文堂新光社）で日本シャーロック・ホームズ大賞を受賞。

協力　北原尚彦
明山一郎

シャーロック・ホームズ人物解剖図鑑

2023年2月2日　初版第1刷発行

著者　えのころ工房
発行者　澤井聖一
発行所　株式会社エクスナレッジ
〒106-0032
東京都港区六本木7-2-26
https://www.xknowledge.co.jp/

問合せ先
編集　Tel. 03-3403-1381
Fax 03-3403-1345
info@xknowledge.co.jp
販売　Tel. 03-3403-1321
Fax 03-3403-1829